Amour...

Sans Peur

ANDREW GREY

Amour...
SANS PEUR

ANDREW GREY

Publié par
DREAMSPINNER PRESS

5032 Capital Circle SW, Suite 2, PMB# 279, Tallahassee, FL 32305-7886 USA
www.dreamspinnerpress.com

Édition e-book en français : 978-1-64080-280-3
Édition imprimée en français : 978-1-64080-279-7
Première édition française : octobre 2017
v 1.0

Édité aux États-Unis d'Amérique.

À Lynn West, mon éditrice et partenaire dans cette entreprise.
C'est peut-être moi qui invente et écris es histoires, mais c'est elle qui les perfectionne afin qu'elles puissent être lues et appréciées.
Sans Lynn, mes récits ne pourraient pas être imprimés. Merci pour tout.

I

— Tu sors ce soir ? l'interpella une voix fluette depuis le couloir, ce qui lui fit relever la tête de son ordinateur.

Raine rendit son sourire à Jeremy, qui était l'un de ses jeunes managers enthousiastes. Sérieusement, Raine adorait travailler dans un bureau gay. La meilleure chose qu'il ait pu faire de sa vie avait été de quitter cette énorme société étouffante et de prendre ce job dans une entreprise de textiles. La plupart des employés étaient gays ; merde, les patrons étaient gays. Ça rendait le bureau relaxant, et il y avait toujours une belle vue…

— Nous allons défiler tous ensemble à la Parade !

Ce type avait tellement d'énergie que Raine se demanda comment il était au lit. Peut-être employait-il un peu de cette énergie joviale à bon escient.

— Scotty a même fait une banderole !

Les bras de Jeremy volèrent au-dessus de sa tête.

— Il a écrit :« Comptables Gays… Ne comptez pas ». Tu as compris ? Le thème, c'est Elvis.

Le sourire de Jeremy s'élargit jusqu'à ses oreilles.

Raine ne voulait pas lui gâcher son plaisir, mais ce slogan était nul, vraiment nul ; ce qui ne l'empêcha pas de pouffer de rire.

— Je viens, oui.

Raine tenta de se concentrer sur les dernières entrées qu'il avait à faire.

— Laisse-moi juste finir ça et…

Il appuya sur quelques boutons avant de sauvegarder.

— …voilà c'est tout bon. Allons nous amuser maintenant !

Il éteignit son ordinateur, repoussa sa chaise et rejoignit son ami.

— J'adore la Gay Pride !

Jeremy sautait quasiment d'excitation alors qu'ils rejoignaient les hommes rassemblés, qui se préparaient à rejoindre la fête qui battait déjà son plein.

— Je n'arrive toujours pas à croire que la Parade passe devant notre immeuble. C'est dingue !

1

En approchant du groupe, il s'aperçut que certains de ses collègues avaient déjà enfilé leur déguisement.

— Qu'est-ce que tu es censé être ? demanda Raine en s'approchant d'un homme intégralement costumé.

— Je suis Elvis jeune, répondit Dexter, et Harvey va être Elvis vieux !

Raine vit l'autre homme s'approcher dans un costume complet – une énorme ceinture, un pantalon entièrement pailleté, une chemise blanche et même une cape.

— Ils voulaient essayer d'avoir un cercueil pour Elvis mort, interrompit Davis sous les gloussements, mais nous avons finalement pensé que c'était de trop mauvais goût, même pour nous.

La troupe s'esclaffa et se mit en marche vers l'ascenseur.

— Mais nous avons quand même réussi à ce qu'un type du service Crédits y aille en Elvis Militaire !

Mon Dieu, laissez un thème à un groupe d'hommes gays et ils vous le sucent jusqu'à la moelle.

La porte de l'ascenseur s'ouvrit sur Elvis Militaire, qui était accompagné d'Elvis Hawaiien et même d'Elvis Ours en Peluche dans un costume d'ours intégral, sans tête – fort heureusement – mais avec le pantalon d'Elvis, sa ceinture, et une pagaie sur laquelle on pouvait lire « Don't be Cruel [1] ».

— Ne pose pas la question, tu ne veux pas connaître la réponse, chuchota malicieusement Jeremy alors qu'ils entraient dans l'ascenseur pour descendre vers le hall.

En sortant, Raine aperçut les regards stupéfaits des autres employés de la boîte, tous vêtus de costumes-cravates. Des signes de têtes, des bouches grandes ouvertes et quelques éclats de rire les saluèrent tandis qu'ils défilaient dans le hall et sortaient dans la rue.

— Allez rejoindre les autres Elvis et amusez-vous bien, lança Raine alors qu'ils se frayaient un chemin sur le trottoir encombré, jusqu'à l'endroit où la parade était censée débuter.

— Tu ne défiles pas avec nous ? dit Jeremy en relevant les yeux vers lui, sa lèvre inférieure avancée en une moue adorable. J'espérais que nous irions ensemble…

1 Chanson d'Elvis Presley de 1956.

2

Waouh, là, il dépassait les limites du flirt. Eh bien, c'était une invitation en bonne et due forme, et il était sur le point de l'accepter… Enfin, il l'aurait fait sans aucune hésitation, à peine quelques mois plus tôt !

— Non, mais va avec les autres si tu veux. Je dois retrouver des amis pour regarder la Parade. Tu es le bienvenu si tu veux te joindre à nous, cela dit.

Il regarda Jeremy, dont les yeux passaient de lui aux autres hommes, essayant de décider quoi faire.

— Ce n'est pas grave. Vas-y, amuse-toi !

Il sourit, et Jeremy se rattacha au troupeau d'Elvis. Raine le regarda s'éloigner une seconde avant de continuer à descendre la rue. Son téléphone jouant « Celebration » le fit s'arrêter, et il le sortit de sa poche afin de voir qui l'appelait.

— Salut, Geoff !

— Mon Dieu, où es-tu ?

— C'est le week-end de la Gay Pride, et je suis en train de rejoindre quelques amis pour voir la Parade. Tu sais, Eli et toi devriez vraiment venir l'année prochaine. Ce serait amusant !

Il perçut le rire de Geoff à travers la ligne.

— Est-ce que tu imagines une seconde Eli à la Gay Pride ?

Raine imagina la scène un quart de seconde avant d'éclater de rire.

— Non, je suppose que non, bien qu'ils aient des chevaux cette année !

— Des vrais, ou bien juste deux mecs qui se tripotent sous une couverture de cheval ?

— Les deux, en fait.

Raine rit de plus belle et continua son chemin jusqu'à apercevoir ses amis, auxquels il adressa un signe de main pour leur indiquer qu'il les avait vus.

— Mais il y a de vrais chevaux, parce qu'il y a une équipe de Polo gay ou quelque chose comme ça. Mais sérieusement, vous devriez venir. J'adorerais vous voir.

— C'est promis, répondit Geoff. Et toi, tu sais que tu peux toujours nous rejoindre ici si tu as besoin de calme ou que tu ressens l'envie de pelleter du crottin.

— Et tu en as un paquet.

Raine entendit un groupe de musique se mettre à jouer.

3

— Je dois te laisser, la Parade commence, mais c'était sympa de t'entendre. Je t'appelle la semaine prochaine et nous pourrons fixer une date pour une visite.

— À bientôt.

La ligne fut coupée et Raine ferma son portable, le rangeant dans sa poche avant de rejoindre ses amis installés à une table. Il leva la pinte que ces derniers avaient déjà commandée pour lui et ils portèrent un toast à l'amitié, la fierté, et tous les mecs que Raine allait certainement se taper dans les deux jours à venir. En effet, les autres étaient tous engagés dans des relations suivies, et vivaient donc, en quelque sorte, par procuration à travers Raine, puisqu'il était le seul « électron » libre du groupe. Seigneur, il adorait le week-end de la Gay Pride. Après s'être rafraichi la gorge d'une nouvelle gorgée de bière, il se joignit à la conversation, chacun parlant à toute vitesse.

Une fois les premiers chars passés, ils se calmèrent et l'attention se focalisa sur les colliers de perles. Ce n'était certes pas non plus Mardi Gras à La Nouvelle Orléans, mais c'était la version gay. Mettez vingt mille hommes gays dans un espace confiné, jetez-leur des colliers de perles pailletés, mélangez le tout avec de l'alcool, et vous avez la recette parfaite pour un désordre monstre. Les gens sur les chars jetaient des poignées de colliers dans la foule, et bien entendu, moins vous portiez de vêtements, plus on vous jetait de colliers.

— Regardez-moi ça, dit Don en pointant du doigt un type qui paraissait sorti tout droit d'une fraternité, avec un polo et un short couleur pastel.

Bien entendu, le type retira son tee-shirt et le groupe put admirer un torse musclé, puis ce fut au tour de son short de disparaître, et là, le monde entier put apprécier pratiquement tout ce que le bon Dieu avait donné à ce garçon.

— En voilà une belle vue…

Chuck, son partenaire, lui tapa sur le bras.

— Garde tes yeux dans ta poche, toi.

— J'ai le droit de regarder… Après tout, il se donne en spectacle devant tout le monde !

Don fit mine de bouder puis passa son bras autour des épaules de son amant, avec qui il était depuis plus de trente ans.

Chuck secoua la tête avec indulgence.

— Va chercher des colliers.

4

Il chassa son compagnon de la table.

— Ne va simplement pas t'imaginer que tu peux baisser ton pantalon toi aussi.

— Hé ! réagit immédiatement Don. Je me demande s'ils me donneraient des colliers pour que je garde mon pantalon.

— Ce serait la meilleure ! plaisanta Chuck en levant son verre.

Don attrapa Raine par le coude et l'attira derrière lui dans la foule. L'homme était un obsédé de ces satanés colliers, saisissant et griffant tandis qu'il avançait et arrachait les colliers au vol. Cet homme avait beau avoir presque soixante ans, il était grand et avait des réflexes assez incroyables. Les petits jeunes n'avaient aucune chance face à lui. La parade continua sa route, les différents Elvis de la compta au milieu, qui leur jetèrent à leur tour des colliers de perles quand ils les dépassèrent. À la fin du défilé, Don et Raine avaient peut-être à eux deux des centaines de colliers de perles autour du cou. Ils retournèrent à leur table en riant et en plaisantant, et rejoignirent le reste du groupe pour partager leur butin ainsi qu'une autre tournée de bière.

— Nous devrions y aller, commenta Bob tandis que lui et son partenaire Charlie se levaient. Maintenant que la parade est passée, les jeunes vont se mettre à picoler sérieusement, et nous n'avons pas envie de voir ça.

Chuck et Don se levèrent à leur tour, et tous échangèrent des étreintes avant de se disperser dans la foule en mouvement pour rejoindre leur voiture.

Les soirs d'été à Chicago oscillaient entre chaleur étouffante et froid glacial, mais cette soirée-là était absolument parfaite. Ne sachant pas ce qu'il voulait faire, Raine déambula sur le trottoir, accrochant parfois le regard d'autres hommes. Par deux fois, il pensa sérieusement à aborder quelqu'un, mais décida de ne pas le faire – pour le moment. À quelques reprises, il aperçut ses collègues, toujours costumés, en train de faire la fête. Il savait bien qu'il pouvait les rejoindre, mais n'en avait pas très envie.

Un peu après minuit, alors que Raine revenait vers sa voiture, un groupe d'hommes à moitié saouls et déguisés passa sur le trottoir, chantant à pleins poumons et entraînant avec eux quiconque passait par là. Désireux d'éviter cette masse humaine alcoolisée, Raine se glissa entre deux boîtes de nuits et décida de prendre un raccourci via la rue perpendiculaire.

Raine regardait sa voiture, garée à l'endroit exact où il l'avait laissée – merci, Karma du parking – quand il sentit soudain quelqu'un tirer sur les colliers de perles, qui étaient toujours autour de son cou. Trébuchant en arrière, s'étranglant et toussant, il tentait de ne pas perdre l'équilibre quand il fut poussé entre deux magasins aux volets fermés.

— Qu'est-ce qu…

Avant qu'il puisse poursuivre, un poing frappa ses côtes, et la douleur fusa dans sa hanche et remonta jusqu'à son bras. Raine n'eut le temps de penser à rien, et encore moins à bouger, avant d'être retourné et qu'un poing atterrisse avec une violence inouïe dans son estomac. Tombant à même le sol, Raine eut des haut-le-cœur et commençait à vomir sur le trottoir quand un pied frappa ses côtes.

— Enculés de pédés, il faut vous le dire combien de fois !

Un autre coup de pied partit, d'une telle force qu'il souleva Raine du sol. Ce dernier retomba dans un bruit sourd et roula sur la chaussée en protégeant sa tête de ses mains, tentant désespérément de se rouler en boule alors qu'il peinait à respirer.

— Laissez-le tranquille ! cria quelqu'un, mais un autre coup atterrit encore sur son bras, et alors Raine entendit un craquement, et une nouvelle douleur s'ajouta à la douleur déjà omniprésente.

Il entendit alors des pas arriver en courant.

— Oublie pas, taffiole, t'as eu que ce que tu méritais !

Raine sentit sa main glisser légèrement, et alors il vit son attaquant se baisser à sa hauteur, muni d'une lame qu'il avait fait apparaître de nulle part.

— Les renforts arrivent, cria encore la voix, et Raine laissa retomber sa tête sur le sol froid.

Cela faisait trop mal de la tenir relevée. Il s'attendait maintenant à sentir le coup de couteau à n'importe quel moment et se tint prêt. Pourtant, au lieu de cela, il ne sentit qu'une main fouiller dans sa poche, puis des pas s'éloignèrent en courant. Raine relâcha l'air contenu dans ses poumons. Haletant, tentant de respirer, il resta allongé, laissant la fraîcheur du goudron imprégner son corps abimé – au moins, cela anesthésiait un peu la douleur.

Des ombres passèrent devant lui, et Raine leva une main pour tenter de les attraper, mais elles glissèrent entre ses doigts. Il pouvait à peine faire entrer de l'air dans ses poumons, et parler était absolument inenvisageable, alors il resta là où il était et attendit.

Quand il entendit de nouveaux pas, Raine sentit ses muscles se crisper, déclenchant une vague de douleur qui le parcourut de la tête aux pieds. S'attendant à recevoir un énième coup, il sursauta quand une main effleura son épaule.

— Appelez une ambulance !

Il entendit d'autres pas, puis une voix tout près de son oreille dit :

— Les secours arrivent.

Quelque chose de doux glissa sur lui, et tout à coup, il n'eut plus aussi froid. Il ferma enfin les yeux, et laissa son être sombrer dans l'abîme menaçant.

Les choses semblèrent se dérouler en périphérie de sa conscience. D'autres personnes arrivèrent, chuchotant, et puis la douleur s'estompa un peu, et son esprit s'envola, en quelque sorte. Peut-être qu'il était mort et qu'il montait au ciel. Raine n'en savait rien, et ne s'en souciait pas. Tout ce qu'il savait, c'était qu'il pouvait désormais dormir, la tension se relâchant dans ses muscles. Puis il flotta, fendit l'air de la nuit comme s'il naviguait sur un tapis volant.

— Est-ce que vous m'entendez ?

La voix semblait venir de loin, comme sous l'eau. Raine essaya de répondre, mais sa tête ne voulait pas bouger, et il ne parvenait pas à prendre assez d'air pour parler, alors il se résolut à remuer ses lèvres, un peu, et laisser le tapis volant l'emmener où bon lui semblerait.

Les gens et les voix semblèrent s'éloigner, et Raine eut soudain l'étrange sensation d'être dans une gigantesque piscine. Parfois, il s'approchait si près de la surface qu'il entendait les voix plus distinctement et pouvait presque les comprendre, mais ensuite, il sombrait une nouvelle fois au fond, et elles s'estompaient à nouveau. De temps à autre, il parvenait à se hisser vers la surface, mais il ne pouvait jamais tout à fait l'atteindre. Sur le point d'abandonner, épuisé et à bout de force, il fit un dernier effort et parvint enfin à s'extirper de l'eau en s'étouffant et en toussant, comme si ses poumons étaient encore remplis de liquide.

— Calmez-vous, trésor, tout va bien.

Raine sentit une main sur son épaule.

— Il faut juste retirer le tube à oxygène.

Raine se sentit mal, comme s'il allait vomir ; des mains le tinrent par les épaules tandis que quelque chose de long et fin glissait dans sa gorge. Il prit une profonde inspiration et ressentit une vive douleur dans sa poitrine, comme si quelqu'un lui sautait dessus.

— Tout va bien, trésor, détendez-vous et respirez normalement.

C'était la même voix, douce et calme, presque comme celle de sa mère.

Lorsqu'il voulut ouvrir les paupières, il les sentit crisser sur ses yeux et les referma aussitôt. Tentant l'opération une seconde fois, il eut moins le sentiment que ses paupières étaient faites en papier de verre, et il parvint alors à ouvrir les yeux, désireux de découvrir qui était cet ange à la voix si douce. La pièce était floue, tout comme elle, mais sa vision s'adapta après quelques secondes et Raine put voir une femme noire tout en rondeur qui lui souriait dans la pénombre.

— Qui ?

— N'essayez pas de parler, trésor, le calma-t-elle, tout en plaçant un masque sur son visage. Ça vous aidera à mieux respirer, alors détendez-vous. Votre ami mignon vient de sortir, mais il ne devrait pas tarder à revenir.

Elle fit le tour du lit et il la suivit du regard.

— Sur une échelle de un à dix, vous avez mal comment ?

Ce devait être la question la plus stupide qu'il ait jamais entendue. Son corps tout entier était palpitant et douloureux, respirer faisait un mal de chien, et mon Dieu, il était saucissonné de partout… genre, *partout*.

— Dix, s'entendit-il marmonner, et elle s'activa de plus belle autour du lit.

— Avez-vous assez chaud ?

Raine bafouilla quelque chose qui ressemblait plus ou moins à un oui, puis la douleur commença à faiblir et son esprit à s'envoler, mais qui s'en souciait ? Raine ferma les yeux, et la jeune femme à la voix douce s'effaça, remplacée par l'oubli et la chaleur du sommeil.

Quand il se réveilla de nouveau, la bouche aussi sèche que le Sahara, la chambre et la fenêtre plongées dans l'obscurité, Raine balaya la pièce du regard et vit une forme noire recroquevillée sur ce qui semblait être un canapé en-dessous de la fenêtre. Ce devait être l'ami dont l'infirmière avait parlé, bien qu'il n'ait aucune idée de qui cela pouvait bien être. Respirer était devenu plus simple, au moins, même s'il avait l'impression que le reste de son corps avait affronté trois rounds de coups de battes de baseball. Trouvant un bouton près de son lit, il appuya, priant ardemment pour qu'on lui apporte de l'eau. L'infirmière fit son apparition et s'empara d'une tasse avant de soulever le masque à oxygène, puis de placer la paille entre ses lèvres.

— Pas trop, prévint-elle, et Raine prit une petite gorgée, avalant précautionneusement avant d'en prendre une nouvelle.

Ses paupières redevinrent lourdes et il cligna des yeux.

Du moins avait-il eu l'impression d'avoir seulement cligné des yeux. Mais à présent, la pièce était ensoleillée et les rayons du soleil l'inondaient depuis la fenêtre. Raine tourna lentement la tête et aperçut la silhouette, toujours au même endroit et dans la même position. Tandis qu'il la regardait, cette dernière changea de position, s'étira puis s'assit.

— Geoff, tenta d'appeler Raine, mais il n'était pas certain d'avoir sorti le moindre son, avec ce masque qui lui couvrait une bonne partie du visage.

— Tout va bien, Raine. Je suis là.

Une main chaude vint se glisser dans la sienne.

— Qu'est-ce que tu fais là ?

Il parlait lentement, espérant se faire comprendre.

— La police m'a appelé. Ils n'ont pas trouvé de moyen d'identification sur toi, et j'étais le dernier numéro appelé dans ton portable.

— Mais pourquoi ?

Il voulait savoir pourquoi Geoff était là, mais parler était trop difficile, alors il laissa tomber. Son ami était ici, et c'était tout ce qui importait. Geoff s'occuperait de lui, quoiqu'il arrive.

— Je n'ai pas pu m'en aller.

Les doigts de Geoff serrèrent sa main et Raine lui rendit son étreinte, se réinstallant sur l'oreiller.

— Depuis combien de temps… ? marmonna-t-il, presque à lui-même, n'ayant aucune idée de la durée de son hospitalisation, ou même du jour de la semaine.

— Nous sommes mardi, l'informa Geoff calmement.

Il était allé à la Gay Pride le vendredi soir. Trois jours – il avait perdu trois jours entiers. Raine commença à s'agiter lorsque la douleur se réveilla. Geoff devait l'avoir remarqué car il fut à ses côtés, le réconfortant.

— Calme-toi, je vais chercher l'infirmière.

Sa main lâcha la sienne, et Geoff disparut pour réapparaître aussitôt, une infirmière sur les talons.

— Regardez donc qui s'est réveillé !

Elle passa quelques instants à inspecter les multiples tubes et machines, et la douleur commença à s'estomper.

— Comment respirez-vous ?

Elle souleva le masque et Raine put prendre une bouffée d'air normal.

— Je vais vous changer ça pour que vous puissiez parler plus facilement.

Elle plaça un tube sous son nez et lui passa le masque par-dessus la tête.

— Et maintenant ?

9

— C'est bien, répondit-il d'une voix éraillée.

— Le docteur va bientôt arriver, et ensuite, s'il l'autorise, vous pourrez déjeuner un peu.

— Merci.

Ou du moins était-ce ce que Raine avait voulu dire.

— Je vous en prie, trésor.

Elle gonfla ses oreillers et quitta la pièce.

Inclinant doucement sa tête sur l'oreiller, Raine leva le regard vers son ami.

— Que m'est-il arrivé ?

— Tu ne t'en souviens pas ? répliqua Geoff d'un ton préoccupé.

— Je me souviens m'être fait tabasser, mais c'est tout.

Il avait dû laisser échapper un peu de la colère qui l'agitait car Geoff reprit sa main.

— Est-ce qu'ils t'ont dit ce que j'avais ?

— On t'a opéré pour une rate éclatée. Heureusement, c'était tout. Un de tes reins est endommagé, mais ils pensent qu'il va guérir. Sinon, tu as été plutôt chanceux. Ils t'ont cassé quelques côtes ainsi que ton bras gauche. Tu as des bleus un peu partout, mais par chance, tu as réussi à protéger ton visage.

Bon, c'était tout de même un miracle. Raine s'apprêtait à poser plus de questions quand le docteur fit son apparition dans la pièce, tirant le rideau autour du lit.

— M. Baumer, je suis le Dr. Pasch.

Il attrapa sa fiche médicale et parcourut des yeux ses analyses.

— Ça a l'air d'aller mieux. Vous avez toujours du mal à respirer ?

— Seulement quand je prends une grande inspiration, répondit Raine, en veillant à ne pas lui en faire la démonstration.

— Bien.

L'homme releva à peine les yeux de la fiche.

— On dirait que vous souffrez toujours. Ça va certainement continuer encore quelques jours, puis la douleur devrait s'atténuer.

Il reposa la fiche sur le plateau au pied du lit puis tira sur le drap.

— J'aimerais vous examiner et écouter vos poumons. Il y avait du liquide à l'intérieur lorsqu'on vous a amené ici.

Il entreprit de le palper un peu partout. Raine en profita pour regarder son corps et fut choqué de découvrir que sa peau était noire, bleue, jaune, rouge et violette à peu près à chaque endroit qu'il pouvait voir.

— Merde ! s'exclama-t-il avant de reposer sa tête sur l'oreiller.

Les doigts du docteur s'arrêtèrent.

— Ça fait mal ?

— Désolé, non. C'est juste que je viens de découvrir dans quel état je suis.

Le docteur palpa l'une de ses côtes, et Raine cria de nouveau.

— Là, ça fait mal, indiqua-t-il, essayant de s'empêcher de prendre de grandes inspirations pour ne pas ajouter à ses douleurs.

Enfin, le docteur remonta le drap et recouvrit Raine.

— Vous semblez aller aussi bien que possible. Nous allons vous garder ici une semaine de plus environ, afin de nous assurer que tout guérit bien, et si ça ne se réinfecte pas, vous devriez pouvoir rentrer chez vous, à condition qu'il y ait quelqu'un pour vous aider.

Il reposa la fiche sur son support et repoussa les rideaux.

— Vous pouvez manger un peu, mais pas trop, et un policier attend dehors pour vous parler.

—Ah… d'accord.

Raine n'était pas sûr d'être prêt à endurer ça.

— Je reste là.

Geoff reprit sa main.

— Il veut sans doute juste savoir ce dont tu te souviens.

— Je vais faire rentrer le policier. Appelez le 700 pour la cuisine, ils vous monteront un petit-déjeuner.

Le docteur indiqua qu'il reviendrait bientôt puis quitta la pièce.

— C'est un marrant celui-là, dis donc, lança Raine.

— Ça, c'est bien la folle narquoise que je connais. Tu dois te sentir mieux !

Geoff décrocha le combiné.

— Je vais faire monter ton repas avant que le policier rentre.

Raine marmonna quelque chose et se renfonça dans son oreiller, reconnaissant que la douleur se soit atténuée, du moins pour le moment. Il semblerait qu'il doive rester un certain temps à l'hôpital, puis il lui faudrait trouver quelqu'un qui puisse veiller sur lui. Geoff raccrocha le téléphone puis reprit sa place sur le canapé et ouvrit un livre, tandis que Raine laissait ses paupières se refermer une fois de plus.

— Est-ce que tu sais si quelqu'un a prévenu mon travail ?

Raine n'essaya même pas d'ouvrir les yeux. Il était confortablement installé, et c'était tout ce qu'il pouvait espérer à ce moment précis.

11

— Moi, oui. Ton patron est passé te voir pendant que tu étais inconscient. Il avait l'air bouleversé et m'a demandé de l'appeler s'il y avait du nouveau. Il avait l'air vraiment d'un type bien. À vrai dire, il y a plein de gens qui sont venus te voir, mais l'hôpital n'a pas voulu les laisser entrer. On dirait bien que tu es toujours aussi sociable.

— M. Abernathy est venu me voir ? C'est sympa.

Les médicaments semblaient reprendre le dessus, et Raine les laissa faire. Au moins, quand il dormait, il n'avait pas mal. Quand il rouvrit les yeux, Raine put apercevoir un autre homme assis près de Geoff, qui discutait avec lui à voix basse.

— Je suis l'agent Clark de la police de Chicago.

L'homme immense se leva, et Raine savait que s'il s'était senti mieux, il aurait tenté son coup avec cet homme qui était tout à fait son type : grand, bronzé et délicieux.

— J'ai juste quelques questions à vous poser.

Raine hocha la tête doucement.

— Je vais essayer de vous aider.

— Bien.

Il ouvrit son calepin et commença à écrire.

— Avez-vous vu l'homme qui vous a fait ça ?

— Oui.

Raine referma les yeux, et une image de l'homme s'imprima dans sa mémoire.

— J'ai cru qu'il allait me tuer.

Raine frémit et cela fit revenir la douleur dans sa poitrine et ses côtes.

— Il avait un couteau, et je pensais qu'il allait me poignarder à tout moment. Il s'est agenouillé près de moi, donc j'ai pu le voir de près. Je crois qu'un passant m'a sauvé la vie.

Ses pensées n'étaient pas vraiment cohérentes, mais il faisait de son mieux.

— Nous avons des empreintes de la scène de crime. Si je vous apporte quelques photos plus tard, pensez-vous que vous seriez à même de l'identifier ?

— Je peux essayer.

Raine sentit ses paupières s'alourdir une fois de plus.

— Ils n'arrêtaient pas de m'insulter, ils m'ont traité de pédé et d'autres trucs.

— Monsieur, pensez-vous qu'il puisse s'agir d'une attaque homophobe ? demanda doucement l'agent de police.

Raine garda les yeux fermés, il se sentait mieux ainsi.

— Oui, c'est sûr, je témoignerai que c'en est une. Ils cherchaient clairement à donner une leçon à un pédé.

— Combien étaient-ils ?

— Je ne suis pas sûr, mais il y en avait plus d'un. J'en suis certain. Ils n'arrêtaient pas de m'insulter en me tabassant.

Raine sentit des larmes dans ses yeux.

— J'ai vraiment cru que j'allais y passer.

— Je sais, et nous allons faire de notre mieux pour coincer ces types.

L'agent Clark referma son calepin.

— Je vais vous laisser vous reposer maintenant, mais je reviendrai dans quelques jours quand vous vous sentirez mieux, et j'espère que nous aurons du nouveau d'ici là.

Il se dirigea vers la porte.

— Avez-vous quelqu'un qui puisse rester avec vous à votre sortie d'hôpital ? Vous ne devriez vraiment pas rester seul après ce genre d'évènement.

Raine était sur le point de répondre quand Geoff prit la parole.

— À sa sortie, il viendra se reposer chez moi quelques temps.

Geoff suivit l'agent de police hors de la chambre, lui donnant ce qui semblait être des informations additionnelles, et Raine laissa ses yeux se fermer de nouveau. Geoff prendrait soin de lui ; il pouvait se laisser aller à présent.

II

AYANT ATTEINT le sommet d'une petite colline à l'extrémité du pré, Jonah contemplait le paysage et les champs qui s'étendaient à perte de vue tout autour de lui. C'était l'endroit qu'il préférait au monde.

— Jonah !

Il reconnut une voix familière l'appeler au loin. En se retournant, il vit son oncle qui se dirigea vers lui.

— Je pensais bien te trouver là-haut.

L'homme plus âgé s'arrêta à côté de lui, debout, scrutant l'horizon à son tour.

— Qu'est-ce que cette vue a de si particulier pour te fasciner autant ?

Jonah haussa les épaules, à peine, n'ayant pas l'intention d'être irrespectueux ; il n'avait simplement pas de réponse à fournir. Rien, dans sa courte vie, n'aurait pu le préparer au sentiment qui l'animait désormais depuis quelques temps. Retirant son chapeau à larges bords, Jonah s'essuya le front, faisant ainsi disparaître un peu de chaleur de sa tête.

— J'aimerais le savoir, mon oncle. J'aimerais vraiment le savoir.

— Je ne suis pas aveugle, Jonah. Je te vois parfois observer, regarder dehors par la fenêtre quand tu penses que personne ne peut te voir.

Une main ferme se posa sur son épaule et la serra légèrement.

— Tu regardes au loin, vers le monde extérieur, et tu te demandes ce qu'il y a là-bas.

Jonah se retourna face à son oncle, le regardant avec un mélange de soulagement et d'incrédulité, tandis que ce dernier se fendait d'un sourire avant de reprendre avec indulgence :

— Moi aussi, j'ai été jeune, Jonah. Je me souviens ce que ça fait d'être curieux et de se demander à quoi ressemble le reste du monde.

— Père dit qu'il est rude et cruel.

Jonah se détourna et son regard se perdit encore une fois sur le paysage.

— Je sais. C'est que l'opinion de ton père, et il en a parfaitement le droit. J'ai trouvé le monde Anglais bruyant et tapageur, mais aussi rempli de belles personnes. J'ai choisi de revenir dans la communauté, tout comme ton père.

— Eli n'est pas revenu, ajouta Jonah doucement.

— Non. Et ton frère a de bonnes raisons pour ne pas vouloir revenir, j'en suis certain. Tout le monde ne rentre pas après son année à l'extérieur. La plupart le font, mais certains, non.

Jonah prit une grande bouffée d'air, la retint, puis soupira bruyamment.

— Père veut que je me marie.

— Je sais. Tout comme je sais que ton père a peur.

Jonah fit volte-face, stupéfait. Son père, effrayé par quelque chose ? Cela ne cadrait pas avec son monde. Son père était fort, déterminé, et prenait les choses en main, guidait sa famille, mais aussi sa communauté, les aidant toutes deux à rester sur le droit chemin. Seul l'évêque était plus important que son père dans leur petit village.

— Oui, il arrive à ton père d'avoir peur, tout comme à chacun d'entre nous. Souviens-toi, c'est ton père, mais c'est aussi mon frère et je le connais depuis plus longtemps que toi. Quand Eli a décidé de quitter la communauté, il en a été profondément blessé. Ta mère l'avait vu venir, mais pas ton père. Heureusement, Jeremiah s'est marié l'année dernière, et vu que son premier petit-fils est en route, sa crainte s'est atténuée. Mais il a toujours peur.

— De quoi ? s'étonna Jonah.

— Que tu suives les pas de ton frère, sans doute.

Jonah ouvrit la bouche pour parler, mais son oncle l'en empêcha d'un geste de la tête.

— Ne dis pas que ce ne sera pas le cas, parce que cela tu ne le sais pas encore. Mais je pense qu'il est temps que tu le découvres.

— Penses-tu que Père accepterait ? Il dit toujours qu…

— Je vais lui parler. Notre année à l'extérieur a été décisive pour lui comme pour moi, même s'il ne l'admet peut-être pas ; cela nous a permis de réaliser tout ce que la communauté avait à nous offrir. Mais pour ce faire, tu dois voir de tes propres yeux ce que le reste du monde a à offrir. Cela fait partie de ce qui fera de toi un adulte, aussi bien à l'église qu'au sein de la communauté. Tu as vu d'autres jeunes de ton âge conduire des voitures alors que nous nous déplaçons en calèches, utiliser des portables tous les jours alors que nous n'autorisons les appels que pour le travail, et avoir l'électricité alors que nous utilisons des lampes et des bougies dans nos maisons, poursuivit son oncle. Notre vie est difficile, mais simple et bonne. Nous restons connectés à la terre tandis que les Anglais s'en éloignent. Je

15

ne prétends pas que nos vies sont meilleures – ce serait orgueilleux – mais différentes, et tu as besoin de constater ces différences par toi-même.

— Que dois-je faire ?

Une année à l'extérieur : c'était quelque chose qu'il avait attendu, ardemment désiré, mais n'avait jamais osé espérer. Lorsqu'Eli avait quitté la communauté, Jeremiah en avait demandé une, mais Père avait refusé catégoriquement. Jeremiah avait accepté la décision, et ce fut réglé. Jonah n'avait même pas osé espérer avoir un jour la chance d'explorer le monde extérieur. Alors, il grimpait la colline dès qu'il en avait l'occasion et regardait les voitures passer sur la route en dessous, les tracteurs labourer leurs champs, et la nuit, quand il pouvait sortir et qu'il faisait clair, il regardait les autres enfants jouer au baseball sur leur diamant éclairé. Il n'était pas assez proche pour en voir les détails, mais il se plaisait à observer les figures brillantes et colorées jouer.

— Que veux-tu faire ? C'est maintenant que tu dois prendre tes propres décisions.

Son oncle plaça une main sur chacune de ses épaules, tout en le regardant droit dans les yeux.

— Jusqu'à maintenant, ton père a pris toutes les décisions importantes te concernant ; maintenant, il est temps pour toi d'apprendre à faire tes propres choix. Et avec les Anglais, tu auras beaucoup de décisions à prendre.

Jonah ne sut que répondre. Jusqu'à présent, les seules décisions qu'il avait eu à prendre consistaient à choisir entre respecter les règles, ou trouver un moyen de les contourner sans se faire attraper. Sa façon de s'habiller, son travail, et même ce qu'il faisait de son temps libre, tout était dicté et décidé à sa place. Il n'avait jamais pris de réelles décisions de sa vie. D'autres l'avaient fait pour lui. C'était même son oncle qui avait décidé, après le départ d'Eli, que Jonah l'aiderait désormais à la boulangerie.

— Puis-je aller là où habite Eli ?

— Est-ce ce que tu veux ?

— Oui. Mais je ne sais pas où c'est. Personne ne le sait... Il n'en parle jamais lors de ses visites, à part qu'ils ont des chevaux, du bétail, et qu'ils aident les gens à se remettre de leurs blessures.

Les mains de son oncle se posèrent sur sa taille, et Jonah l'observa tandis que son regard se perdait à son tour dans l'horizon.

— Je sais où il habite. Je le sais depuis un moment. Je n'y vais pas, et je n'y suis jamais allé, mais je sais où c'est. Et quand ton père aura donné sa permission, et crois-moi, il la donnera, je te conduirai une partie du chemin.

16

— Merci.

Jonah enlaça son oncle, et ils regardèrent ensemble le monde fourmiller sous leurs pieds. Lorsque le soleil commença à se coucher, ils retournèrent vers la maison.

À l'intérieur de la demeure, petite mais immaculée, sa mère était assise sur sa chaise, cousant, semblait-il, une robe pour l'une de ses sœurs, tandis que son père était assis sur la sienne, lisant ce qui ressemblait à la Bible.

— As-tu préparé les chevaux pour la nuit ? demanda-t-il sans lever les yeux.

— Oui, Père. Ils avaient vraiment l'air fatigués, alors je leur ai donné un peu plus de grain. Je voudrais vérifier qu'ils ont assez d'eau, mais je le ferai avant de me coucher.

Un léger grognement en provenance du livre fut la seule réponse qu'il reçut. Il y eut un coup sec sur la porte avant qu'elle s'ouvre, lorsque l'oncle de Jonah entra. Mère se précipita pour aller lui chercher quelque chose à boire.

— Esther, tu n'as pas à faire cela, dit son oncle comme il le faisait chaque fois, et elle lui apporta une boisson fraîche, comme elle le faisait chaque fois.

Faire autrement eut été malpoli, pour tous les deux. Après cela, sa mère se rassit dans sa chaise et laissa les hommes parler entre eux tout en prétendant ne pas écouter la conversation.

Jonah ne savait pas où se mettre, alors il ramassa l'un des petits tabourets et s'assit dans un coin au fond de la pièce, espérant être hors de vue des deux hommes. Sa sœur Ruth était déjà au lit, tous comme les autres enfants. Jonah, de par son statut d'ainé vivant encore à la maison, veillait plus tard, étant donné qu'il devait s'assurer que la ferme était prête pour la nuit.

Son oncle se racla la gorge, et Jonah vit son père abaisser son livre et le poser doucement sur la petite table.

— Qu'est-ce qui t'amène, Zebediah ?

— Je veux te parler de Jonah. Il aura bientôt dix-neuf printemps, et il est temps qu'il décide de sa vie.

Les yeux de son père se plissèrent et Jonah détourna le regard, tentant de se rendre invisible.

— Jonah sait ce qu'il veut.

— Joseph, dit son oncle en posant son verre. Le temps est venu pour lui de partir explorer le monde. Tu le sais.

— Jeremiah n'en a pas eu besoin, et regarde-le aujourd'hui : il est heureux avec sa femme et mon premier petit-fils en route.

Son père ramassa le livre et le rouvrit à la page où il s'était arrêté, comme s'il avait fini ce qu'il avait à dire et que la discussion était close.

— Jonah n'est pas Jeremiah, et il mérite d'avoir une chance d'explorer le monde extérieur si c'est ce qu'il souhaite, poursuivit son oncle, insistant.

Mais Jonah connaissait la conclusion, alors il se leva et quitta la maison sans bruit, se frayant un chemin à travers la cour de la ferme pour rejoindre la grange.

Dès qu'il ouvrit la porte, une odeur de foin et d'animaux emplit ses narines. Il ferma la porte derrière lui et avança jusqu'au premier box tandis qu'un énorme museau en sortait, reniflant son tee-shirt.

— Je sais, mon vieux. Je sais.

Il caressa le long museau.

— Père ne donnera jamais sa permission, et je resterai ici pour toujours.

Faisant une dernière caresse sur l'encolure du cheval, il s'acquitta de ses dernières tâches journalières. Père lui botterait les fesses, s'il le voyait « dorloter » les animaux. Ces derniers étaient « destinés au travail, pas des animaux de compagnie ». Mais au moins, *eux* l'écoutaient. Il attrapa un seau puis ressortit dans l'obscurité, se dirigeant vers la pompe à eau. Actionnant la poignée de haut en bas, il remplit le seau et le transporta jusqu'à la grange, jetant l'eau dans l'abreuvoir avant de répéter le même procédé pour les autres bêtes.

Après avoir rempli le dernier abreuvoir, il remit le seau à sa place et quitta la grange en prenant garde de bien fermer la porte derrière lui. La nuit était claire comme du cristal et le ciel chargé d'étoiles. Jonah s'assit sur l'une des clôtures et laissa ses yeux se perdre dans cette étendue étoilée. Il ne pouvait pas s'empêcher de se demander à quoi ressemblait la vie loin de la ferme et de la communauté amish. Les Anglais étaient-ils égoïstes et froids tels que Père les décrivait, ou étaient-ils comme eux ? Eli devait les apprécier, étant donné qu'il était parti et n'était revenu que pour de courtes visites. Jonah devait admettre qu'Eli semblait vraiment heureux, le sourire facile et l'oreille attentive. Non pas que cela ait de l'importance. Son père ne lui donnerait pas l'autorisation, et il savait qu'il ne lui désobéirait pas. Soupirant, il resta assis dans le silence à observer les étoiles.

Une faible lumière brillant sur le sol attira son attention, et Jonah aperçut la porte de la maison ouverte, son oncle se tenant dans l'entrée, souhaitant probablement bonne nuit. La porte se referma, et Jonah laissa la noirceur de la nuit l'envelopper tout en écoutant les bruits de sabots du cheval de son oncle s'éloignant du chemin pour rejoindre la route. Jonah bâilla, et conscient que l'aube se lèverait bientôt, il rentra à la maison. Une seule bougie brûlait sur la table, Mère et Père étaient déjà partis se coucher. Jonah saisit la lampe et monta à l'étage, revêtit son pyjama et se prépara à aller au lit. Après s'être glissé sous les couvertures tissées à la main, il éteignit la lumière et s'endormit au son des criquets, animaux et autres bruits nocturnes.

Jonah se réveilla comme à son habitude, à la première lueur de l'aube. Repoussant les couvertures, il s'habilla et descendit l'escalier. Comme chaque matin, il était le premier debout. Il prit une gorgée d'eau puis sortit de la maison pour commencer ses corvées. Refermant la porte derrière lui, il se tourna vers la grange et vit la calèche de son père, le cheval déjà attelé, ainsi que son père et son oncle en train de discuter.

— Il était temps que tu te lèves, garçon, dit son père, sans humour.

Jonah s'approcha, regardant les deux hommes l'un après l'autre.

— Est-ce vraiment ce que tu désires ? demanda son père d'un ton bourru.

Le regard de Jonah se porta sur son oncle, qui opina presque imperceptiblement, son visage figé dans une expression sérieuse, mais avec un pétillement distinct dans les yeux.

— Joseph, veux-tu que je l'emmène ?

— Non. Ce devoir me revient. Notre père l'a fait pour moi, et je le ferai pour lui si telle est sa décision.

Son ton laissait clairement entendre qu'il ne laissait aucune place à la discussion, et il s'installa dans la calèche.

— Prends ton manteau et ton chapeau, et allons-y.

— Où l'emmènes-tu ?

— Je ne sais pas. Là où le Bon Dieu le voudra.

En entendant ces paroles et réalisant que ce qui se passait était réel, Jonah fonça jusqu'à la maison pour attraper son manteau et son chapeau. Sa mère était debout, s'affairant devant la cuisinière. Jonah l'embrassa et elle l'enlaça en un au revoir silencieux. La plupart de ses sœurs étaient elles aussi levées et purent lui dire au revoir à leur tour. Toutes suivirent Jonah jusqu'au pas de la porte et le regardèrent se diriger vers la charrette. Son oncle l'enlaça et lui murmura quelques mots qu'il ne saisit pas à travers les battements intenses de son cœur qui résonnaient dans ses oreilles. Après lui avoir rendu son étreinte, Jonah grimpa dans la calèche et s'installa sur le siège à côté de son père. Une légère chiquenaude sur les rênes, et ils se mirent en route.

Ils cheminèrent dans un silence quasiment complet pendant ce qui sembla être une éternité. Prenant son courage à deux mains, Jonah demanda :

— Où allons-nous, Père ?

— Nulle part en particulier.

Il tira sur les rênes et la charrette s'arrêta.

— Nous y sommes.

Son père lui fit signe de descendre de la calèche.

— Où sommes-nous, Père ?

Jonah regarda les champs verdoyants autour de lui, et pas grand-chose de plus.

— On dirait le milieu de nulle part.

— Ça l'est. Tout comme Jésus dans le désert, tu commenceras ta journée parmi les Anglais seul.

Il fouilla dans sa poche pour en sortir quelques billets et les remit à Jonah.

— J'espère que tu trouveras ce que tu cherches et que tu nous reviendras.

Sans prononcer un mot de plus, son père secoua les rênes et Jonah le regarda faire demi-tour avec la calèche et retourner d'où ils venaient.

Jonah contempla l'attelage qui s'éloignait de lui lentement, devenant de plus en plus petit. Il faillit lui courir après, dire à son père qu'il avait commis une erreur, mais c'était ce qu'il désirait, ce pour quoi son oncle s'était battu pour le lui obtenir, car il savait que c'était grâce à son oncle qu'il était là maintenant. Jonah scruta les alentours et tenta de choisir quelle direction prendre. Il avait espéré retrouver son frère Eli, mais il n'avait aucune idée d'où aller ou l'endroit même où ce dernier habitait. Suivant une intuition, il fourra ses mains dans les poches de son manteau et commença sa marche.

Il retira ses mains de ses poches pour en extraire un petit bout de papier plié. En l'ouvrant, il reconnut l'écriture de son oncle. Il y avait écrit deux choses : « Sugar Grove » puis à la ligne : « Stiles ». D'une manière ou d'une autre, son oncle avait réussi à glisser ce papier dans sa poche. Jonah espéra que c'était là qu'Eli habitait, mais il ne pouvait pas en être certain.

Aucun des deux noms de rue ne lui était familier. Il continua à marcher jusqu'à ce qu'il atteigne une maison. Il se dirigea vers la porte d'entrée, toqua doucement et attendit.

— Que puis-je faire pour toi ? dit une vieille dame en ouvrant la porte.

Jonah sortit le papier de sa poche.

— S'agit-il de noms de rues ?

La vielle dame se pencha pour lire.

— En effet, mais ça se situe au nord de la ville.

Elle plissa les yeux puis regarda l'horizon.

— Es-tu à pied ?

— C'est exact, madame.

— Il va te falloir marcher un bon moment.

Elle semblait inquiète.

— Va vers l'est jusqu'à ce que tu atteignes la route principale, puis vers le nord à travers Scottville. Marche environ cinq kilomètres puis tu arriveras sur Sugar Grove Road. Prends-la vers l'ouest et continue sur environ trois kilomètres, et là, tu arriveras à Stiles Road.

— Je vous remercie, madame.

Jonah inclina son chapeau, puis se retourna vers la route.

— Attends un instant, mon garçon, s'écria la vieille femme, avant de refermer la porte.

Ne sachant que faire, Jonah resta là où il était, puis la porte s'ouvrit de nouveau et la vieille femme lui tendit une énorme bouteille d'eau et quelque chose enroulé dans une serviette.

— Je vous remercie.

Il enfouit la serviette dans sa poche et fit un geste de la main avant de retourner vers la route.

— Il n'y a vraiment pas de quoi ! dit-elle en lui rendant son geste avant de rentrer chez elle dans un bruit de claquement de porte.

— Vous voyez, Père, se dit-il à lui-même, c'est la première personne que je rencontre, et elle était très aimable.

Il ouvrit la bouteille, but une gorgée d'eau et la referma, tout en marchant dans la direction indiquée par la vieille femme.

Le soleil brillait fort et la matinée s'écoula lentement. Se fiant à la position du soleil, il jugea qu'il avait marché environ deux heures quand il s'approcha de Scottville. Il traversa un pont qui enjambait une rivière et continua son chemin sur le bord de la route jusqu'à ce qu'il trouve un trottoir, qu'il emprunta. La serviette offerte par la vieille femme contenait quelques biscuits qu'il avait déjà avalés. Cela avait calmé son appétit un moment, mais cette longue marche n'aidait pas, et Jonah était par ailleurs habitué à manger – en grosses quantités. Lorsqu'il arriva au centre-ville, il commença à se demander s'il pourrait trouver un moyen d'utiliser un téléphone pour joindre Eli, mais il n'avait pas son numéro et n'était pas certain de savoir comment le trouver. Il supposait qu'il pouvait sans doute demander à quelqu'un, et se mit à regarder autour de lui.

— Oh, fais gaffe !

Jonah sauta hors du chemin tandis qu'un groupe de jeunes sur des skateboards filait sur le trottoir, manquant de peu de le heurter quand ils lui crièrent de s'écarter du chemin. Aplati sur une vitrine de magasin, Jonah jeta un œil des deux côtés de la rue afin de s'assurer qu'il n'y avait aucune autre de ces choses à roulettes en vue. La voie étant libre, il reprit sa route. Si la vieille femme disait vrai, il avait encore deux ou trois bonnes heures de marche qui l'attendaient, et il n'était même pas certain que ce soit là que se trouvait Eli. Peut-être ferait-il mieux de demander à quelqu'un, après tout. Mais qui ? Tout le monde semblait étrange, et pour la première fois de sa vie, il ne reconnaissait personne autour de lui. Dans sa communauté, il connaissait tout le monde. Ici, en ville, tous lui étaient inconnus, et comme pour empirer les choses, les gens s'arrêtaient sur son passage et le dévisageaient, allant jusqu'à le pointer du doigt de manière impolie, pour certains, ce qui renforçait sa gêne.

Jonah jeta un coup d'œil aux alentours et aperçut l'enseigne d'un restaurant dans lequel il entra. Une fois à l'intérieur, il se rendit compte que c'était en fait principalement un bar qui servait aussi à manger. La gêne de Jonah, déjà assez élevée dans la rue, atteignit des sommets. Il était dans un bar, le genre d'endroit où il n'avait jamais mis les pieds. Depuis qu'il était tout petit, il avait entendu l'évêque dénoncer le mal causé par le démon de l'alcool, et voilà qu'il se trouvait maintenant dans l'antre du diable, pour ainsi dire. Son premier réflexe fut de quitter les lieux, mais il n'y avait pas beaucoup de monde à l'intérieur, et un homme se tenait debout derrière le bar. S'armant de courage, Jonah s'avança vers lui.

— Qu'est-ce que je te sers ? dit le barman avec un sourire en coin, avant d'éclater d'un rire qui sembla résonner dans toute la salle.

Jonah baissa le regard vers le sol et sentit ses yeux se remplir de larmes. Sur le point de se retourner et de s'échapper de cet endroit, il se retint. Il n'allait jamais avoir de réponses s'il ne posait jamais la question.

— Je cherche quelqu'un, monsieur, énonça-t-il calmement.

L'homme arrêta de rire et se pencha sur le bar pour mieux entendre.

— Il s'appelle Elijah Henninger.

Le barman secoua la tête.

— Désolé, je ne connais personne de ce nom.

Jonah marmonna un remerciement et se retourna vers la porte de ce lieu maudit qu'il aurait aimé pouvoir fuir plus vite. Il avait de la peine à respirer et avait besoin de prendre l'air. Alors qu'il atteignait la porte, il sentit une main sur son épaule.

— Je pense que tu fais référence à Eli ? demanda une voix douce.

— C'est comme ça qu'on l'appelle.

Jonah se retourna et fit face à un jeune homme au visage souriant, marqué par de légères cicatrices.

— Je pense connaître la personne que tu cherches.

L'homme lui indiqua une table où un autre homme était assis.

— C'est ton frère ?

— Oui, monsieur, dit Jonah tout en suivant l'homme jusqu'à sa table et en s'asseyant avec précaution sur une chaise. Comment le savez-vous ?

— Tu lui ressembles.

L'homme sourit de nouveau.

— Je m'appelle Joey, et voilà Robbie. Nous travaillons à la ferme d'Eli. Nous allons finir de déjeuner, puis y retourner. Nous serions heureux de t'y déposer.

— Merci. Je m'appelle Jonah.

Il fouilla dans sa poche et en ressortit le bout de papier.

— Est-ce là qu'il habite ?

Il montra le papier à Robbie, mais ce dernier se contenta de regarder dans le vide.

Joey attrapa le bout de papier.

— Robbie ne voit pas, expliqua-t-il en dépliant le papier pour le lire. Oui, c'est bien là que la ferme se trouve. Tu es à pied ?

Jonah fit un signe de tête en guise de réponse.

— Ce n'est pas tout près d'ici, poursuivit Joey, alors qu'ils finissaient leur assiette. Est-ce que tu veux quelque chose à manger ?

Jonah avait vraiment faim, mais il fit quand même « non » de la tête. Il ne saurait pas comment ni quoi se commander à manger. On s'était déjà moqué de lui une fois, il ne voulait pas que cela se reproduise. Mais Joey avait dû s'apercevoir de quelque chose, parce qu'il fit signe à la serveuse et commanda de la nourriture et un verre de lait.

— Je sais ce qu'Eli aime manger, donc j'imagine que tu aimes la même chose, dit Joey avec un clin d'œil, avant de retourner à son repas.

Quelques minutes plus tard, une jeune femme posa une assiette devant lui. Jonah n'avait aucune idée de ce que cela pouvait bien être, mais l'odeur était délicieuse. Il ramassa la fourchette et le couteau, se coupa un bout et goûta.

— C'est du poulet, expliqua Joey.

Cela n'avait pas le goût du poulet dont Jonah avait l'habitude – des bandes longues entourées de chapelure croustillante à l'extérieur – mais c'était bon, alors il découpa un autre morceau, mangeant plus rapidement maintenant qu'il savait quel goût cela avait, laissant sa faim prendre le dessus. Joey et Robbie parlaient à voix basse pendant qu'il finissait son assiette. Entre deux bouchées, Jonah regardait les deux hommes assis tout près l'un de l'autre, Joey touchant Robbie tout en lui parlant. Une fois qu'ils eurent terminé, Jonah vit Joey tendre de l'argent à la serveuse, alors il fouilla dans sa poche, mais Joey l'interrompit :

— C'est pour moi.

Ne voulant être redevable à personne, Jonah tendit ses billets à Joey.

— Ton frère en a fait beaucoup pour Robbie et moi. Range ton argent.

Jonah ne sut que répondre, alors il se contenta de le remercier, tandis que Joey prenait Robbie par le bras et les entraînait tous les deux à l'extérieur où le soleil brillait.

Jonah avait le sentiment qu'il y avait du monde partout, marchant sur le trottoir, entrant et sortant des magasins. Il vit la bande de jeunes et leurs planches à roulettes revenir et s'aplatit contre un immeuble dans l'espoir de les éviter.

— Dégagez du trottoir ! grogna Joey d'une voix dure, et Jonah vit les gamins descendre de leurs planches, les ramasser et s'en aller.

Joey se retourna vers lui.

— Ils n'ont pas le droit de rouler sur le trottoir avec leurs skateboards, et la dernière fois que nous étions en ville, ils ont renversé Robbie.

Sa voix était peut-être plus calme, mais il y avait une rage dans le regard de Joey qui lui indiquait qu'il était très protecteur à l'égard de Robbie.

— La voiture est juste là.

Joey et Robbie marchèrent vers le véhicule rouge vif, et Jonah sursauta en l'entendant gazouiller.

— Désolé, je viens simplement de déverrouiller les portes.

Joey tendit la main et lui montra un petit… truc rectangulaire et noir, muni de petits boutons de couleur.

— C'est magique !

— Non, c'est télécommandé.

Cela ne voulait rien dire pour Jonah, mais il acquiesça d'un signe de tête comme s'il avait compris. Ouvrant la porte, il attendit que Robbie et Joey soient installés avant de se glisser lui-même sur le siège, puis il referma la portière et plaça son chapeau et son manteau sur ses genoux.

— Es-tu déjà monté dans une voiture ?

— Une fois, il y a très longtemps. Père était très en colère quand il l'a découvert.

Jonah observa Joey qui tirait une ceinture par-dessus son épaule, et il se retourna et en trouva une de son côté, alors il imita Joey, plaça le bout en métal dans le rangement jusqu'à entendre un clic.

— Comment est-ce que je sors ?

Robbie vint à sa rescousse :

— Le bouton, juste là.

Les doigts de Robbie glissèrent jusqu'à un bouton rouge.

— Tu n'as qu'à appuyer dessus, et la boucle sera relâchée. Mais tu dois la garder attachée jusqu'à ce que nous arrivions à la ferme.

Joey fit démarrer le pick-up, et Jonah sursauta quand ils se mirent à reculer, s'agrippant au siège. Regardant par la fenêtre, il sourit en sentant le véhicule tourner et avancer, le repoussant contre le siège. Ils s'arrêtèrent et redémarrèrent quelques fois avant que la ville soit hors de vue. Ils allaient de plus en plus vite, et Jonah ne savait pas s'il devait en être effrayé ou émerveillé. La voiture atteignit le sommet d'une crête, et Jonah pensa qu'ils allaient rester en apesanteur, son corps et sa tête lui paraissaient légers. C'était la première fois de sa vie qu'il allait aussi vite. Les côtés de la route devenaient flous et les fermes alentours apparaissaient et disparaissaient en un clin d'œil. Joey et Robbie discutaient, mais Jonah n'entendait rien, il était trop subjugué par le trajet. À un moment donné, le pick-up ralentit et tourna dans la cour de ce qui était sûrement la plus grosse ferme qu'il ait jamais vue.

Le véhicule s'arrêta près de la maison et devint silencieux. Joey ouvrit sa portière et Jonah pressa le bouton que Robbie lui avait montré, ce qui libéra la sangle qui le maintenait contre son siège. Il ouvrait sa portière et sautait sur le gravier quand la porte de la maison s'ouvrit sur Eli.

— Je pensais que c'était Geoff. Il a appelé il y a un moment et m'a dit qu'il serait… bientôt là.

Jonah sentit le regard d'Eli s'arrêter sur lui.

— Jonah ? demanda Eli, avant de se fendre d'un grand sourire

Son frère s'avança vers lui et lui donna une longue étreinte.

— Qu'est-ce que tu fais là ?

— Oncle Zebediah a convaincu Père de me laisser avoir mon année de liberté, et j'espérais que tu pourrais m'aider.

— Mais bien sûr, dit Eli, alors que son sourire s'estompait légèrement et que son corps se raidissait sous la nervosité.

Jonah supposa que quelque chose n'allait pas, ou alors que sa visite n'était pas la bienvenue.

— Si tu ne veux pas de moi ici, tu n'as qu'à le dire, et je partirai.

Il remit son chapeau sur sa tête, s'extirpa de l'étreinte de son frère et recula, tout en se demandant où il pourrait bien aller.

— Bien sûr que tu es le bienvenu.

Jonah observa le regard d'Eli passer de Joey à Robbie, puis se poser de nouveau sur lui, son corps encore extrêmement tendu. C'était certain, quelque chose n'allait pas.

— Allons à l'intérieur pour discuter.

Eli indiqua la porte d'entrée, et Jonah le suivit. Jetant un bref regard par-dessus son épaule, il vit Joey et Robbie se diriger lentement vers la grange. Il grimpa ensuite les marches et entra dans la maison.

Eli pénétra dans une cuisine aussi grande que toutes les pièces principales de sa maison réunies. Une petite femme noire, qui portait un tablier à sa taille, se détourna de la cuisinière :

— Qui est-ce donc, M. Eli ? Enfin, si je n'ai pas deviné. Vous devez être l'un de ses frères ?

— Adelle, je te présente mon frère Jonah.

— Tu as des domestiques ? s'exclama Jonah, bouche bée.

— Jonah ! le réprimanda Eli, d'un ton qui lui rappela son père et qui lui fit baisser les yeux au sol. Adelle est notre gouvernante et cuisinière. C'est aussi un membre de la famille à part entière, elle s'occupe de nous tous. Tu dois la traiter avec le même respect que Mère.

Jonah se découvrit la tête et garda son chapeau contre sa poitrine.

— Je vous demande de bien vouloir m'excuser, madame.

Il s'autorisa ensuite à ne plus fixer le sol. Il n'avait voulu blesser personne. Il découvrait que tant de choses différaient de ce à quoi il était habitué. Lorsqu'il se tenait sur la colline et observait le monde extérieur, il pensait qu'il voyait tout ce qu'il y avait à voir. En moins de vingt-quatre heures, il se rendait compte de la multitude de différences entre son monde et celui des Anglais.

— Jonah.

La voix de son frère avait perdu son tranchant et semblait plus douce :

— Assieds-toi. Il faut qu'on parle.

Prenant une chaise, il s'assit à table et dévisagea son frère.

— Je ne suis pas fâché contre toi, Jonah, et Adelle ne l'est pas non plus. Mais il faut que tu comprennes que les choses ici sont très différentes de ce qui se passe dans la communauté. Et je ne te parle pas juste des voitures, de l'électricité et des téléphones. Les gens vivent différemment ici, et ils croient en des choses différentes.

Jonah vit Eli prendre une grande inspiration et déglutir avec peine.

— *Je* crois en des choses différentes.

Jonah entendit un crissement à l'extérieur, comme lorsque leur véhicule était entré dans la ferme. Eli regarda par la fenêtre avant de se retourner vers lui pour dire :

— Il faut qu'on parle.

Il parlait plus vite à présent, avec une force croissante.

— Rappelle-toi juste qu'il te faut garder l'esprit ouvert.

La porte d'entrée s'ouvrit. Deux hommes entrèrent, l'un s'appuyant sur l'autre. Le plus grand des deux, qui aidait l'autre, se fendit d'un sourire éclatant, et Eli se leva de sa chaise. Le plus grand aida l'autre à s'adosser au chambranle de la porte, puis se précipita sur Eli et le prit dans ses bras.

— Tu m'as manqué, Tigrou.

Jonah poussa un petit cri de surprise lorsqu'il vit l'homme presser ses lèvres contre celles d'Eli et embrasser son frère avec passion, et longuement. Et... Eli ne se débattait pas. Il rendait à l'homme son baiser et l'homme caressait les cheveux de son frère.

— Sodomites !

Il se redressa, sa chaise tombant presque à la renverse :

— Vous êtes des sodomites !

III

RAINE MANQUA de tomber à la renverse. Il ne s'était pas aperçu de la présence du jeune homme avant que ce dernier ne se mette à crier, et ensuite, plus personne ne put le louper. Alors que son regard passait de Geoff à Eli, Raine dut admettre que Geoff avait du mérite : il ignora complètement l'explosion de colère et continua à montrer à Eli à quel point celui-ci lui avait manqué.

— Jeune homme ! le réprimanda Adelle du plan de travail devant lequel elle travaillait. Taisez-vous. Maintenant !

Le jeune homme poussa un petit cri, les yeux écarquillés alors qu'il paraissait rapetisser sous le regard intense d'Adelle, puis il s'écroula sur sa chaise, sa bouche toujours ouverte comme un poisson, et pendant une seconde, Raine se sentit désolé pour lui. Raine détourna son regard des langues emmêlées au centre de la pièce et se mit à observer le jeune homme. Ce fut à cet instant qu'il réalisa à quel point ce dernier ressemblait à Eli.

— Merde, murmura-t-il en réalisant tout ce que cela impliquait.

Ce gars venait de voir deux hommes s'embrasser pour la première fois de sa vie si confinée jusqu'ici. Si c'était en effet le frère d'Eli, cela voulait dire qu'il débarquait tout droit de sa campagne, et une campagne amish, en plus.

— Hum, Geoff, intervint Raine d'une voix pressante alors qu'il se retenait à la porte.

Son ami avait assez embrassé pour le moment, et ses jambes commençaient à ramollir, elles n'allaient plus le soutenir bien longtemps. Gardant la main d'Eli dans la sienne, Geoff retourna vers Raine et le soutint par son bras qui n'était pas blessé tandis qu'Eli rapprochait une chaise pour qu'il puisse s'asseoir.

Une fois qu'il fut installé, Geoff et Eli reportèrent leur attention sur la version plus jeune d'Eli, qui avait l'air de vouloir disparaître sous la table.

— Geoff, commença Eli, je te présente mon petit frère Jonah.

— Il a du coffre, il n'y a pas à dire, commenta Geoff, et à la surprise de Raine, il lui sourit.

28

Raine pensait que Geoff allait arracher la tête du gamin, mais au lieu de cela, il s'assit à la table et attira Eli sur ses genoux tout en l'enlaçant fermement, sans se soucier du malaise visible de Jonah.

— Geoff, mon frère… commença Eli tout en montrant Jonah de la tête.

— Non, Tigrou, dit Geoff en resserrant son étreinte. Je t'aime plus que tout au monde, et je ne vais pas censurer mes sentiments à ton égard devant quiconque dans notre propre maison.

— Eli ? dit Jonah tout doucement. Lui et toi, vous êtes…

Raine vit Jonah déglutir, incapable de terminer sa phrase.

— Jonah, commença Eli, Geoff est mon partenaire. Hmm, j'imagine que le meilleur moyen de le décrire serait de dire qu'il est mon mari.

— Mais c'est mal, c'est… c'est… bégaya Jonah en dévisageant tour à tour Eli et Geoff, avant de reporter son regard sur Eli. Je ne comprends pas comment tu peux faire ça. Si tu as ce genre de sentiments, tu es sensé les nier, y mettre fin et prier Dieu. Pas…

Pendant un instant, Raine crut que Jonah allait faire une attaque. Son visage était devenu rouge jusqu'à ses oreilles. Tout ceci aurait pu être intéressant et une histoire démente à raconter au bar à son retour à Chicago, si seulement c'était arrivé à n'importe qui d'autre qu'à Geoff et Eli. Ces deux-là faisaient partie de ses personnes préférées, et il avait vraiment du mal à accepter que quiconque les traite comme cela.

— Écoute, Jonah, je sais que c'est difficile pour toi de comprendre, donc je vais essayer de te l'expliquer du mieux que je peux.

Eli se leva pour aller s'asseoir sur une chaise à côté de Jonah, sans doute au grand soulagement de ce dernier.

— Geoff, aurais-tu la gentillesse d'aller t'occuper de la chambre de Raine ?

Geoff acquiesça, se leva et quitta la pièce, avec Adelle à sa suite. Raine aurait aimé pouvoir s'en aller lui aussi, mais se relever n'était pas exactement une option à l'heure actuelle.

— Tu sais que j'ai quitté la communauté il y a des années, mais ce que tu ne sais pas, c'est que je l'ai quittée parce que je suis tombé amoureux de Geoff.

— Mais, c'est un homme…

— Une des choses que j'ai apprises, c'est que cela n'a pas d'importance. Ce qui en a – et c'est d'ailleurs tout ce qui importe –, c'est ce que je ressens pour lui et ce que lui ressent pour moi.

Eli tendit la main vers Jonah, et à la grande stupéfaction de Raine, le jeune homme ne le repoussa pas.

— Jonah, je l'aime. Je suis désolé si tu ne peux le comprendre et je le suis encore plus si tu ne peux l'accepter. Est-ce que tu as la moindre idée de combien ces dernières années ont été difficiles, à devoir cacher à ma famille qui je suis et qui j'aime à cause de la personne que j'aime ?

— Mais, Eli, la Bible dit que ce que tu fais est mal…

Il n'y avait pas de passion dans sa voix, juste quelque chose ressemblant à de la déception, ou peut-être était-ce autre chose ? Raine n'était pas sûr.

— Peut-être, mais la Bible dit aussi que nous devons nous aimer les uns les autres, quoi qu'il arrive.

Raine pouvait lire l'émotion sur le visage d'Eli, comme s'il essayait de toucher Jonah avec ses yeux, désireux de faire comprendre à son frère ce qu'il lui disait.

— Y en a-t-il d'autres qui vous acceptent Geoff et toi… comme vous êtes ?

— Bien entendu.

Eli regarda vers la cour, d'où il aperçut par la fenêtre Joey et Robbie qui passaient à deux sur un cheval, Robbie agrippant Joey par la taille.

— Tu veux dire qu'ils sont comme vous ?

Jonah était de nouveau bouche bée.

— Oui, ils sont gays, tout comme Geoff et moi. Tout comme Raine, ici présent.

Eli le pointa du doigt, et Raine lui adressa un léger sourire tout en acquiesçant d'un signe de tête.

— Je sais que tu ne me connais pas, mais je peux te dire ceci, dit Raine prudemment. Geoff et Eli s'aiment profondément et se rendent heureux. Aucun des deux ne pourrait être heureux sans l'autre. Donc, quoi que tu penses savoir, je te demande de ne pas rejeter ton frère, mais de prendre le temps de réfléchir à ce qu'il vient de te dire.

Entre la mâchoire raidie du garçon et ses yeux qui s'embrasèrent soudain, Raine se dit qu'il aurait mieux fait de se taire. Il avait simplement voulu aider, mais il semblait qu'il se mêlait de ce qui ne le regardait pas.

— Jonah, appela son frère un peu plus fermement, et les yeux qui semblaient chercher à le transpercer retournèrent vers Eli, tout en se radoucissant. Ce n'est pas comme la communauté. Je m'en suis aperçu

30

quand j'en suis parti. Les choses sont faites différemment, ici, et j'ai trouvé quelqu'un qui m'aime pour ce que je suis.

— Mais tu as changé depuis que tu es parti, ajouta Jonah avec franchise, et Raine réalisa alors que Jonah ne rejetait pas son frère d'emblée, il essayait simplement de comprendre.

Même blessé, Raine ne comptait pas laisser Jonah faire du mal à Eli, et à en juger par la lueur vulnérable dans le regard de ce dernier, Jonah aurait très bien pu faire des dégâts. Raine s'était souvent rendu à la ferme au cours des dernière années pour passer une partie de ses vacances en compagnie de ses amis. Il avait fait la rencontre d'Eli à sa première visite et avait vu l'homme gagner en confiance et en force. Il avait vu la relation d'Eli et Geoff évoluer petit à petit en une relation qu'il enviait de toutes les fibres de son être. Il ne jalousait pas leur bonheur, mais espérait trouver lui aussi quelqu'un qui le rendrait aussi heureux que ses deux amis l'étaient ensemble. Et personne ne faisait du mal à ses amis, pas en sa présence, car Raine les aimait tous les deux de tout son cœur.

— Non, je n'ai pas changé.

Les mots d'Eli le tirèrent de ses pensées.

— Vivre dans le monde Anglais m'a fait réaliser que je pouvais enfin être moi-même. Les filles ne m'ont jamais intéressé, et j'ai toujours eu ce désir insatisfait en moi. C'est seulement en rencontrant Geoff que j'ai découvert ce que c'était. C'est Geoff qui m'a appris que je me devais d'être fidèle à celui que je suis.

Jonah s'apprêtait à dire quelque chose, mais Eli leva la main pour l'arrêter.

— Tu dois comprendre qu'être gay ne fait pas de moi quelqu'un de différent. Tout ce que ça fait, c'est définir de qui je suis amoureux, et j'aime Geoff de toutes les fibres de mon être. Il est ma moitié, et je ne vivrais sans lui pour rien au monde.

L'expression d'Eli ainsi que son regard s'éclaircirent.

— Donc, tu as le choix. Tu peux l'accepter et rester à la ferme, et découvrir le monde extérieur en compagnie de personnes qui ne veulent que ton bien, ou tu peux partir et découvrir le monde seul. Ou tu peux aussi rentrer à la communauté. Si tel est ton choix, je demanderai à Geoff de te conduire à un kilomètre de la communauté, et tu pourras faire le reste à pied. Le choix t'appartient.

Jonah prit une grande inspiration, les yeux emplis de confusion, et Raine observa les deux frères se fixer du regard, l'un essayant de prendre

31

une décision et l'autre attendant que la décision soit prise. La seule chose que Raine remarqua, c'était que les yeux de Jonah n'arrêtaient pas de se tourner vers lui puis de repartir aussitôt, et chaque fois que cela se produisait, Raine ressentait une boule d'excitation dans son estomac. Il savait pertinemment ce que cela signifiait, mais il devait se tromper.

— Je suis parti car je voulais voir à quoi ressemblait le monde. Je suppose que je ne devrais pas reculer face à la première différence que je rencontre.

Raine remarqua Eli se détendre et sourire.

— Laisse-moi te dire : il va y avoir une tonne de différences et de surprises partout où tu regarderas.

— Est-ce que je peux rester ici ? Je sais que je l'ai considéré comme acquis en débarquant comme je l'ai fait.

— Bien entendu.

Eli se leva et Jonah fit de même alors que Geoff réapparaissait dans la pièce.

— Tout va bien ? demanda Geoff avec circonspection, en regardant tour à tour Eli puis Jonah.

Raine savait qu'il était en train de lister dans sa tête tout ce qui aurait pu blesser son partenaire.

— Oui, tout va bien. Jonah m'a demandé s'il pouvait rester quelques temps avec nous.

Eli se tourna vers Geoff, qui fit un léger signe de tête.

— Du coup, j'imagine que nous devrons éviter les surnoms.

Geoff regarda Jonah avec circonspection, défiant le jeune homme du regard.

Jonah secoua la tête.

— Je suis désolé.

— Tout va bien, Jonah. J'imagine que ça a dû te faire un sacré choc, concéda Geoff, laissant le garçon s'en tirer ainsi – peut-être un peu trop facilement selon Raine, mais il garda cette pensée pour lui.

— En effet. Je n'ai jamais imaginé que l'on puisse être heureux comme cela.

Jonah baissa une nouvelle fois la tête.

— Tout ce que je sais à ce sujet vient de l'évêque qui nous a mis en garde contre les péchés de Sodome et Gomorrhe.

Raine s'aperçut que Jonah devenait rouge comme une tomate et que ce sujet le mettait mal à l'aise, mais il semblait essayer sincèrement de comprendre.

— J'imagine que tout n'est pas tel qu'on nous l'a toujours appris.

— Ce que l'on nous a appris fonctionne dans le contexte de la communauté Amish et de ses croyances, mais certaines de ces croyances et pratiques ne coïncident pas avec le monde extérieur, expliqua Eli. Donc essaie de garder l'esprit ouvert et n'aie pas peur de poser des questions plutôt que de sauter sur des conclusions.

— Tu ne me détestes pas pour ce que j'ai dit ? dit Jonah en se mordant la lèvre inférieure, et Raine vit les yeux du garçon s'emplir de regret et de remords.

Mince, il était adorable quand il faisait ça. Raine détourna le regard, car ces yeux semblaient l'attirer vers un gouffre profond, et il ne pouvait pas s'y laisser tomber.

— Raine, montons.

Geoff attrapa son bras et l'aida à se lever.

— Tu dois être exténué, et ta chambre est prête.

— Merci Geoff.

Se relever de la chaise s'avéra plus difficile qu'il ne le pensait. Les muscles de ses jambes ne semblaient pas disposés à coopérer, et son flanc le fit souffrir quand sa peau s'étira. Son premier réflexe fut de s'aider de son bras blessé, mais il dut s'en empêcher et compter sur Geoff pour le relever.

Une fois debout, il oscilla un peu jusqu'à trouver son équilibre, puis laissa Geoff le guider vers l'escalier. Chaque pas en avant et vers la chambre fut un calvaire. Son flanc palpitait et ses jambes protestaient à chaque mouvement. Il serra les dents et ne dit pas un mot, sachant que Geoff faisait déjà son maximum pour minimiser son inconfort.

— Plus que quelques pas.

— Suis-je si transparent ?

Il pensait avoir plutôt bien caché sa souffrance.

— Non, mais je te connais depuis assez longtemps pour savoir quand tu souffres. Voilà, plus qu'une marche.

Raine soupira de soulagement en atteignant le haut de l'escalier et Geoff le guida vers la chambre qui était toujours la sienne lorsqu'il leur rendait visite. Les fenêtres étaient ouvertes et il pouvait sentir l'odeur du foin fraîchement coupé et celle, plus occasionnelle, des chevaux. En d'autres termes, cela sentait la ferme. Lors de sa première visite quatre ans plus tôt, Raine avait trouvé difficile de s'habituer à cette odeur, mais il la trouvait maintenant rassurante, familière et il l'associait à une amitié inconditionnelle.

— As-tu besoin d'aide pour te déshabiller ? demanda Geoff en l'aidant à atteindre le lit.

— Laisse-moi un semblant de dignité, tu veux bien ? se moqua Raine en s'asseyant avec précaution au pied du lit pour retirer ses chaussures. Désolé, c'est juste qu'après une semaine interminable à me faire examiner, piquer, et où tout le monde, de l'aide-soignant en passant par les infirmières jusqu'aux docteurs m'a vu nu, je suis devenu un peu sensible.

Le rire de Geoff résonna dans la pièce.

— Ils n'ont pas arrêté, n'est-ce pas ? Même si je n'aurais jamais cru que je verrai un jour le roi du microkini faire preuve de modestie ! Je pensais que tu montrais à tout le monde tout ce que Dieu t'avait donné.

Raine jeta un regard à son ami, essayant de son mieux de paraître offusqué, mais il eut beau essayer, il n'y parvint pas.

— En temps normal, je t'aurais envoyé une remarque spirituelle qui t'aurait touché en plein cœur, mais là, je suis trop fatigué pour plaisanter.

Raine bâilla, et Geoff dut tout compte fait l'aider à se déshabiller. Il bougea en douceur, avec précaution, s'installa sur le lit, et Geoff l'aida à remonter la légère couverture sur lui.

— Appelle-moi si tu as besoin de quoi que ce soit. Nous serons certainement dehors, mais il y aura toujours quelqu'un à l'intérieur qui pourra venir nous chercher si tu as besoin de nous.

Raine fit un geste du bras.

— Va-t'en, Geoff, tu en as fait plus pour moi que quiconque pourrait en attendre d'un ami.

Le lit était parfait, et Raine pouvait déjà sentir une partie de sa tension s'écouler de son corps meurtri.

— Merci pour tout, ajouta-t-il alors que ses yeux se fermaient.

— De rien, lui répondit doucement son ami, tandis que des pas légers quittaient la pièce et que la porte se refermait.

Se terrant sous les couvertures, il se laissa envahir par le sommeil.

DES PAS se pressaient autour de lui, des voix criaient des insultes. Des coups de pieds atterrirent sur ses côtes et l'empêchèrent de respirer. Un bruit sourd de chaussures frappant sa chair résonna comme un bruit de canon dans sa tête, les railleries et les insultes s'enchaînaient sans relâche, de plus en plus menaçantes, jusqu'à ce qu'il ressente chaque mot, chaque insulte comme une gifle. Des bruits secs qu'il savait être ses os, le crissement du gravier sous ses pieds, le même gravier qui écorcha sa peau quand il roula au sol. Et par-dessus tout cela, à travers tout cela, il y avait cette odeur, la puanteur de ses propres nausées en lui, dans ses vêtements, tandis qu'il faisait tout son possible pour s'enfuir.

— Tout va bien.

Une voix calme mit fin à sa détresse, des mains rugueuses glissèrent le long de son dos, des mains qui le massaient doucement, le caressaient, et ne lui voulaient aucun mal. Que se passait-il ? Raine avait de la peine à comprendre. Il entendait toujours les railleries, sentait toujours les coups, les pavés sous lui, mais il sentait également la chaleur et les caresses rassurantes.

Avec une lenteur douloureuse, les cris faiblirent, les pavés froids firent place au lit chaud, mais la voix bienveillante et les caresses demeurèrent, leur douceur apaisante s'amplifiant et prenant le dessus tandis que le reste s'effaçait.

Raine se laissa envelopper par la délicatesse, s'en abreuvant comme s'il mourait de soif. Sa tête tournait et il n'arrivait pas à différencier la réalité du cauchemar, il refusait d'ouvrir les yeux.

— Tu es en sécurité, reprit la voix caressante qui coulait dans ses oreilles, alors que des doigts glissaient sur sa nuque. Personne ne peut te faire de mal ici, tout va bien maintenant.

Raine sentit sa respiration se calmer et ses dernières tensions s'apaiser. Elle était là, la réalité, avec cette voix calme et ces mains contre sa peau – elle était là, la réalité, et non avec les cris et la souffrance. Il se pencha vers la source de douceur, ne voulant pas la laisser s'échapper, mais encore trop apeuré pour ouvrir les yeux.

— Je suis désolé, je suis désolé, s'entendit-il répéter, ne sachant pas vraiment de quoi au juste il s'excusait, mais c'était tout ce qu'il parvenait à dire.

— Chut, tout va bien maintenant.

Les mains arrêtèrent de bouger, et Raine s'y accrocha encore plus fort, espérant qu'elles reprennent leurs mouvements.

— Ce n'était qu'un mauvais rêve.

Il ouvrit lentement les yeux et laissa sa vision s'ajuster pour découvrir celui à qui il s'accrochait avec tant de force.

— Jonah ?

Raine lâcha prise, étonné d'avoir tenu l'homme aussi fort.

— Que s'est-il passé ?

Raine baissa le regard sur son corps et rougit lorsqu'il vit les draps et la couverture entortillés autour de ses genoux, sa poitrine transpirante et sa peau écarlate. En reportant son regard vers son consolateur, Raine vit Jonah examiner avec attention le papier peint.

— Je t'ai entendu gémir et crier dans ton sommeil, et j'ai cru que tu t'étais fait mal, mais ce n'était qu'un mauvais rêve.

Jonah se glissa jusqu'au bord du lit mais Raine saisit son bras.

— Je t'en prie…

Il ne voulait pas se retrouver seul, pas tout de suite. Le cauchemar avait été trop précis et vraiment trop réel.

— Ce n'était pas juste un mauvais rêve. C'est ce qui m'est arrivé.

Jonah s'installa au bord du lit.

— Quelqu'un t'a fait du mal. Pourquoi ?

Ce concept semblait si étranger à Jonah que Raine hésita à lui expliquer.

— Ce que ton frère t'a expliqué à propos du fait d'être gay est vrai. Je ne veux pas que tu en doutes. Mais il y a aussi des gens qui veulent faire du mal aux gens comme nous. Ils ne peuvent pas nous comprendre, et ils nous trouvent menaçants. Des hommes de ce genre m'ont tabassé il y a quelques temps, et parfois, quand je dors, je les revois et je revis la scène à nouveau.

— Pourquoi est-ce qu'ils t'ont fait du mal ? Pourquoi ne t'ont-ils tout simplement pas tourné le dos et ignoré ?

Raine plissa les yeux, confus.

— Tourné le dos ? Je ne comprends pas.

— Ça doit être à cause de mon ignorance…

Jonah avait l'air si sérieux et adorable en utilisant ces mots qui lui étaient propres.

— Mais dans ma communauté, si on apprenait que tu es, tu sais, gay, les gens te tourneraient le dos. En quelque sorte, tu cesserais d'exister, en tous cas pour eux.

Raine hocha lentement la tête.

— Eli m'a dit un jour que si sa famille venait à apprendre qu'il était gay, ils le banniraient. Est-ce que c'est ce que tu veux dire ?

36

Que ce soit se faire tabasser, ou être totalement ignoré – aucune des deux options n'était particulièrement plaisante.

— Oui. Au sein de la communauté, la pire punition qui soit est de se faire bannir du groupe, et Eli dit vrai. Si la communauté apprenait qu'il dort avec des hommes, ils ne le banniraient pas seulement lui, mais probablement toute notre famille.

Raine vit Jonah frémir.

— C'est pour cette raison qu'il n'a rien dit, n'est-ce pas ? C'est pour cette raison qu'il s'est tenu à l'écart pendant tout ce temps, même après que Mère et Père lui ont pardonné d'avoir quitté la communauté. Il essayait de nous épargner sa honte.

— Eli n'a à avoir honte de rien, dit Raine en serrant les dents. Et oui. Des gens m'ont fait du mal, ils m'ont tapé, frappé, et presque tué juste parce que je suis gay. Des gens comme ça existe, mais par chance, il y a plus de gens qui nous acceptent pour ce que nous sommes.

Jonah se leva.

— Je ne voulais pas te contrarier. C'est juste difficile pour moi de penser différemment de la communauté.

— Je sais.

Raine se détendit sur le matelas et tira les couvertures sur lui, se sentant tout d'un coup très découvert et vulnérable.

— Je ne suis pas énervé contre toi.

— Ces hommes qui t'ont fait ça, ils ne t'ont pas simplement amoché. Ils t'ont volé ton sentiment de sécurité, n'est-ce pas ?

— J'imagine que oui.

— Tu as besoin de quelque chose tel que la communauté pour t'aider à retrouver ce sentiment, répondit Jonah tout en marchant vers la porte.

— Je pense que c'est pour ça que je suis là, dit Raine doucement, tout en assimilant cette prise de conscience.

Jonah s'arrêta et se retourna vers lui, l'air confus.

— Eli, Geoff, Robbie, Joey et les autres hommes de la ferme sont comme ta communauté. Ils veillent les uns sur les autres, s'entraident et feraient tout les uns pour les autres. Ils ne sont pas tous gays, mais la plupart le sont. Cela me paraît un endroit sûr, pour moi.

— Je vais te laisser te reposer, dit Jonah sur le pas de la porte.

— Merci de m'avoir tenu compagnie.

Raine sourit doucement en enfonçant sa tête dans l'oreiller, ses paupières déjà lourdes, mais pas assez pour manquer le sourire de Jonah juste avant que celui-ci ne disparaisse derrière la porte qui se refermait.

RAINE SE réveilla quelques heures plus tard, se sentant mieux qu'il ne s'était senti depuis son agression. Il sortit du lit, s'habilla et parvint à descendre jusqu'à la cuisine. Par chance, descendre l'escalier était bien plus facile que de le monter, et il atteignit le bas sans trop de peine. Il se traîna jusqu'à la cuisine, découvrant la table occupée par les hommes qui prenaient tous une pause, chacun munis d'un verre qui semblait contenir du thé glacé.

— Raine...

Geoff se releva d'un bond pour lui offrir sa chaise.

— Est-ce que tu te sens mieux ?

— Un peu, merci

Il s'assit avec précaution sur la chaise offerte et regarda les hommes présents autour de la table.

— Tu connais la plupart de l'équipe, continua Geoff en attrapant une autre chaise. Robbie et Joey, que tu connais déjà.

Geoff pointa la paire qui lui faisait face.

— Je ne crois pas que tu aies déjà rencontré Stone et Preston.

Les deux hommes assis à côté de Raine se penchèrent pour lui serrer la main.

— Ils vivent en haut du chemin. Stone fait partie du staff de l'équithérapie, et Preston s'occupe de la gestion des finances. Ils se sont rencontrés quand Preston est venu à la ferme suivre une thérapie après un accident.

— Tu ne peux pas t'en empêcher, hein, Geoff ? rit Raine en regardant les personnes présentes. Tu aides le monde entier, n'est-ce pas ?

Avant que Geoff ait le temps de répondre, Adelle se pencha sur la table et y déposa une assiette de cookies frais et encore chauds.

— Les papas de Mr. Geoff l'ont bien éduqué, tu le sais.

— Ça, c'est sûr, renchérit Raine en levant son verre vers son ami.

— Les papas ? interrogea Jonah, regardant autour de la table d'un air incrédule, et Raine ne put s'empêcher de rire.

Le gosse était en train de vivre une sacrée journée, pour sa première sortie dans le monde.

— Geoff a été élevé par son père et son papa. Son père est mort avant que je puisse faire sa connaissance, mais son papa, Len, ainsi que son nouveau partenaire, Chris, viennent justement dîner ce soir, expliqua patiemment Eli. Je sais que cela fait beaucoup à assimiler pour toi.

Ce devait être l'euphémisme du siècle, mais Jonah se contenta de sourire.

— J'imagine que les choses sont différentes, ici.

Raine se surprit à fixer le jeune homme, dont le sourire espiègle se transforma en sourire rayonnant. Mince, Jonah était vraiment mignon. Non, mignon, c'était un euphémisme. Jonah était adorable, et tandis que la conversation dérivait sur d'autres sujets, Raine se surprit à regarder le jeune homme avec un intérêt qu'il ne devrait pas avoir, il le savait. Geoff avait été le plus chanceux des hommes d'avoir rencontré son Eli. Raine ne se faisait aucune illusion sur le fait de trouver un jour sa propre version d'Eli. D'une part, il n'était pas aussi chanceux, et d'autre part, il ne le méritait pas. Geoff effectuait presque chaque jour des bonnes choses auprès de tout le monde, et cela incluait de laisser Raine vivre sous son toit pendant qu'il recouvrait des forces.

Raine n'avait pas la prétention de s'imaginer comme tel. Bon sang, non. Il avait passé sa vie à s'amuser, à papillonner d'un homme à un autre sans vraiment s'en soucier. Mais être assis là, à regarder ces hommes autour de cette table, il commençait à se demander ce qu'il manquait. Robbie et Joey : l'un était aveugle, l'autre balafré, et Raine remarqua qu'ils ne pouvaient s'empêcher de se toucher, qu'ils ne rompaient jamais le contact. Et merde, cela sautait aux yeux que Preston et Stone n'avaient d'yeux que l'un pour l'autre. Non pas qu'ils le montraient ouvertement, mais leurs regards ne se détachaient jamais l'un de l'autre bien longtemps. C'était cela qu'il désirait, mais il n'était pas vraiment certain de le trouver, ou même de le mériter.

IV

QUELLE JOURNÉE ! Jonah monta lentement l'escalier après avoir dit bonsoir à son frère et son – Jonah déglutit malgré lui – petit ami. Il ne savait comment appeler Geoff, mais ce qui était évident, peu importait combien il aurait souhaité le contraire, c'était qu'Eli aimait cet homme. Doux Jésus, après une demi-journée passée dans leur ferme, il avait rencontré et parlé à plus d'hommes qui aimaient d'autres hommes qu'à des gens normaux. Jonah se retrouva à inventer ses propres mots, simplement parce qu'il ne savait pas comment nommer toutes les choses que ces hommes étaient.

Et ce Raine, il ne savait qu'en penser. L'homme était blessé, il n'y avait aucun doute là-dessus, et Jonah se retrouvait attiré par lui, il voulait l'aider – comme il aurait voulu aider n'importe qui d'autre. Il avait un jour demandé à son père s'il pouvait être soigneur, mais ce dernier s'était contenté de secouer la tête et de lui ordonner de retourner se mettre au travail. Mais il avait toujours gardé cette volonté d'aider s'il le pouvait, et lorsqu'il avait entendu ce qui ressemblait à des appels à l'aide, il avait couru dans le couloir et avait aperçu cet homme gesticulant et se débattant, les couvertures éparpillées autour de lui, criant à des personnes imaginaires : « Par pitié, arrêtez ! » Au début, il avait pensé que Raine était un peu dérangé, mais lorsqu'il avait vu ses yeux clos et son visage défiguré par l'angoisse, Jonah s'était précipité vers lui pour le réconforter. Il avait essayé de le calmer en utilisant la même voix que celle qu'il avait quand les chevaux étaient nerveux, afin qu'ils n'aggravent pas davantage leurs blessures. Et cela avait fonctionné, mieux même qu'il l'aurait prédit. Raine avait arrêté de se débattre.

Ce à quoi il ne s'était pas attendu, en revanche, ce fut à l'étreinte si forte de Raine, à sa poigne si musclée, à sa peau nue contre la sienne. Jonah frissonna à cette pensée tandis qu'il continuait de monter l'escalier et se rendait au fond du couloir dans la chambre qu'Eli avait préparée pour lui. Il sentit se reproduire à présent la même chose qu'à ce moment-là, juste en repensant à la manière dont Raine l'avait étreint, la manière dont sa main l'avait picoté lorsque Raine avait attrapé son bras. S'engouffrant à l'intérieur de sa chambre, il prit garde de refermer la porte derrière lui au cas où quelqu'un aurait pu le surprendre ainsi. Il ne pouvait pas faire cela. Père l'avait un jour presque surpris dans les bois aux environs de la grange, et il avait cru mourir de honte.

Se préparant à se coucher, il jeta un coup d'œil dans le couloir. N'apercevant personne, il courut presque jusqu'à la salle de bain et se débarbouilla avant d'inspecter le couloir à nouveau, puis de retourner à sa chambre en courant, de fermer la porte derrière lui et de se hisser sur son lit. Par miracle, il s'endormit presque aussitôt tant il était fatigué.

Se réveillant en sursaut dans la pénombre, Jonah essaya de se souvenir où il se trouvait. Il n'était pas dans la petite chambre sous les combles où il dormait depuis aussi longtemps que remontaient ses souvenirs. Alors que ses yeux s'ajustaient à l'obscurité, il put distinguer une petite armoire et une étagère près du lit, entendit les hennissements des chevaux à l'extérieur, par-dessus les gazouillis des criquets, et il se souvint qu'il était chez Eli. Ensuite, il se souvint de l'homme qui dormait à l'autre bout du couloir et de ce qu'il avait ressenti lorsque ce dernier s'était agrippé à lui. Il ne pouvait ressentir cela. Il ne devait pas – peu importait ce que disait Eli, il ne pouvait pas. Il ne l'autoriserait pas. Jonah se rallongea sur son lit et fixa le plafond, essayant de décider ce qu'il devait faire.

Il avait dû se rendormir, mais il n'en était pas vraiment certain. En tournant la tête, il put apercevoir les premières lueurs de l'aube qui commençaient à colorer le ciel à l'est. Sortant de son lit, il s'habilla. Saisissant son chapeau avant de s'emparer de son manteau, il descendit en silence l'escalier, traversa la maison encore endormie, et sortit par la porte arrière. Il la referma doucement derrière lui et traversa la pelouse pour atteindre la route. Retraçant l'itinéraire que la voiture avait emprunté la veille, Jonah se résolut à rentrer chez sa famille et dans leur ferme, et se mit en route.

Ayant atteint le sommet d'une petite colline, Jonah se retourna et regarda, par-delà les terres, les bâtiments de la ferme où vivait son frère.

— Sois heureux, Eli, lui souhaita-t-il doucement.

Puis il soupira et fit volte-face, tournant le dos à la ferme et, avec un peu de chance, à ces sentiments non désirés, qu'il ne comprenait pas. Il se sentait comme un vrai couard, à s'enfuir ainsi sans avoir rien dit, mais il pensait que c'était la meilleure solution. Quelque chose, là-bas, lui avait fait ressentir *ça* pour Raine, lui avait fait penser *ça*. Il n'y avait aucune autre explication possible. Et s'il restait, ces sentiments ne feraient que grandir et deviendraient encore plus difficiles à contrôler. Donc oui, il devait partir.

Jonah n'avait jamais rien ressenti de tel lorsqu'il vivait à la communauté, pour personne, et encore moins pour un homme, et voilà qu'il était à la ferme depuis moins d'un jour et qu'il se sentait tiraillé et que ses entrailles se tordaient. Posant son regard sur l'horizon d'où le soleil dépassait tout juste derrière les arbres, Jonah se mit en route vers sa maison.

Il continua à marcher pendant près d'une heure, et atteignit l'intersection principale. Il regarda des deux côtés de la route et recula tandis que les voitures filaient à toute allure devant lui. Il tourna à l'intersection et se dirigea vers la ville. S'il se dépêchait, il pourrait peut-être la traverser sans croiser ces personnes sur leurs espèces de planches, et se retrouver près de chez lui vers l'heure du déjeuner. Il s'écarta de la chaussée pour mettre autant de distance que possible entre les voitures et lui, et poursuivit sa route, faisant de son mieux pour ne pas sursauter chaque fois que les véhicules bien trop rapides passaient à côté de lui.

Un bruit crissant derrière lui le fit s'arrêter. Il vit par-dessus son épaule qu'il s'agissait d'une voiture qui s'était arrêtée sur la route derrière lui. Il n'y accorda pas plus d'attention et continua son chemin.

— Jonah.

Protégeant ses yeux des rayons du soleil, il aperçut Eli, qui marchait dans sa direction, le visage tordu par l'inquiétude.

— Je rentre à la maison, annonça-t-il en s'arrêtant et en attendant, pour laisser ainsi à son frère le temps de le rattraper.

— C'est ce que j'ai cru comprendre, répondit Eli en se tenant près de lui, et Jonah se tortilla un peu sous le regard intense de son frère.

— Tu ne m'as même pas dit au revoir.

— Je sais. Je suis désolé.

Jonah flancha sous le regard de son frère, et baissa la tête vers le sol, remuant les graviers avec ses pieds.

— Est-ce parce que tu ne te sentais pas bien ? À cause de celui que je suis ?

La douleur contenue dans la voix de son frère lui fit brusquement détourner son attention de ses pieds.

— Non. Je crois que je comprends, d'une certaine manière. C'est autre chose.

Le nœud dans son estomac s'intensifia parce qu'il savait qu'il faisait de la peine à Eli, et ce n'était nullement son intention.

— Tu veux en parler ?

— Non ! se braqua Jonah, criant plus fort qu'il ne l'aurait voulu. Je ne crois vraiment pas que… je… ajouta-t-il sur un ton plus calme en portant machinalement son doigt à sa bouche pour mâchonner son ongle.

— Tu faisais toujours ça quand quelque chose te tracassait.

Eli pointa du regard sa main et Jonah la laissa retomber contre son flanc, changeant son manteau de bras pour ne plus être tenté de recommencer.

— Comme la fois où tu pensais que tu avais oublié de refermer la barrière et que la vache s'était échappée et avait piétiné le jardin de Mère.

— Et en fait, je l'avais bien refermée, mais Rachel l'avait rouverte par erreur, conclut Jonah en souriant.

— Exactement. Tu te fais du souci, Jonah, et tu te sens toujours mieux une fois que tu as partagé tes inquiétudes avec quelqu'un.

— Je sais. Mais je ne crois pas que tu puisses m'aider avec ça.

Personne ne le pouvait, et c'était la raison pour laquelle il devait rentrer à la maison, où il serait en sécurité.

— Pourquoi n'essaies-tu pas ? répliqua Eli tout en guidant Jonah vers le pick-up. Il y a quelque chose qui te perturbe et te dérange. Je veux bien t'écouter si tu en as envie, et ensuite, si tu veux toujours rentrer à la maison, je te conduirai la plus grosse partie du chemin et Père ne te verra pas rouler dans une voiture.

Eli ouvrit la portière du véhicule et grimpa dedans. Jonah ne bougea pas, essayant de décider quoi faire. En grandissant, Eli avait toujours tenu son rôle de grand frère, veillant sur lui, lui montrant beaucoup de choses, et parfois, se faisant punir à sa place lorsque Père était énervé. Il n'était pas certain que son grand frère puisse l'aider cette fois-ci, mais il lui devait d'être honnête. Il grimpa dans la voiture tandis que Geoff lui faisait de la place, puis il referma la portière et posa les yeux sur le sol tandis que le pick-up faisait demi-tour et retournait à la ferme.

Pour une raison quelconque, Jonah se sentit comme un enfant dissipé que l'on ramenait à la maison pour le punir. Eli conduisit en silence, se tournant vers lui quelques fois, et bien entendu, Geoff ne dit pas un mot non plus, donc Jonah fixa ses chaussures, plus sûr de rien. D'accord, il n'aurait probablement pas dû s'en aller sans dire au revoir, mais il ne savait plus quoi faire.

Le pick-up s'arrêta dans la cour, Jonah en sortit et se dirigea vers la maison sans regarder derrière lui, et il sursauta lorsqu'il sentit la main d'Eli s'enrouler autour de sa taille.

43

— Allez, je ne suis pas énervé contre toi. Nous devons simplement parler.

— Je serai à la grange si tu as besoin de quoi que ce soit, précisa Geoff avant de fermer la portière et de s'éloigner.

À l'intérieur de la maison, le reste de la ferme s'éveillait doucement.

— Allons dans le bureau. Nous pourrons y parler sans être dérangés, dit Eli, et Jonah le suivit à travers la cuisine et le salon, d'où Eli ouvrit une porte avant de le prier d'enter et de la refermer derrière lui. Assieds-toi.

Jonah jeta un œil autour de lui avant de s'asseoir, puis fixa son regard sur Eli qui attrapa une chaise derrière le bureau avant de s'installer en face de lui.

— Veux-tu me dire pourquoi tu es parti ?

— Non.

Jonah vit Eli s'installer confortablement et patienter, chose que faisait son père lorsqu'il attendait une réponse que Jonah refusait de lui donner.

— Je ressens des choses que je ne devrais pas ressentir. Des sentiments similaires aux tiens, et cela m'effraie. Je ne me suis jamais senti ainsi quand je vivais au sein de la communauté, donc ce doit être quelque chose ici qui déclenche ces sentiments, et je veux que ça s'arrête !

La gorge de Jonah se serra lorsqu'il essaya de continuer.

— Jonah.

Il entendit la douceur d'Eli, sa voix remplie de compréhension bienveillante.

— Qu'essaies-tu de me dire ? Que tu as des sentiments pour un homme ?

— Oui.

Jonah se couvrit le visage de ses mains.

— Jonah. Baisse tes mains et raconte-moi ce qui s'est passé.

Jonah écarta ses mains et releva la tête pour regarder son frère. Autant en finir avec cette histoire.

— J'étais à l'étage quand j'ai entendu Raine crier. Il faisait un cauchemar alors j'ai essayé de le rassurer et il…

Jonah déglutit

— …m'a serré contre lui. J'ai…

Il baissa la tête vers ses genoux.

— Ça s'est reproduit lorsqu'il m'a touché après s'être réveillé. C'était agréable et j'ai aimé.

— Tu as aimé être touché

Eli semblait savourer cette situation, et Jonah se sentit perdre son sang-froid.

— Par un homme, conclut-il en gémissant à moitié quand il énonça l'évidence.

— Jonah. Regarde-moi.

Jonah arrêta de gigoter et regarda son frère.

— Lorsque j'avais ton âge, et c'était il n'y a pas si longtemps, une bonne brise pouvait me faire… réagir.

— Tu veux dire que je ne suis pas… ?

Jonah sentit une vague de soulagement le submerger.

— Je n'ai pas dit ça, car je ne le sais pas. Je ne suis pas toi. Je peux simplement te dire ce qu'être gay signifie pour moi. Cela signifie que je préfèrerais être avec Geoff qu'avec n'importe qui d'autre. Lorsqu'il me sourit, cela illumine le jour le plus nuageux. Geoff est la personne la plus importante au monde pour moi.

Eli se pencha vers lui, et Jonah sentit ses mains sur les siennes.

— Être gay ne veut pas dire être excité parce qu'un homme t'a enlacé. Il est plutôt question de tomber amoureux de cet homme. Tu as dit toi-même que tu t'inquiétais pour Raine, que tu étais probablement excité, et ton corps a réagi en conséquence. Écoute, je sais que tu as découvert un tas de choses hier, et que tu dois être confus. Alors je veux que tu fasses ceci : ne t'inquiète pas pour ça.

— Comment pourrais-je ne pas le faire ?

— Parce que ce n'est vraiment pas important.

La voix d'Eli monta d'un ton, le faisant légèrement sursauter.

— Si tu es gay, eh bien tu l'es, et ce n'est pas quelque chose que tu peux changer. Tout ce que tu pourras faire, ce sera d'être toi-même et d'écouter ton cœur. Soit dit en passant, si être gay signifie rencontrer quelqu'un d'aussi merveilleux que mon Geoff, tu seras quelqu'un de véritablement chanceux.

Eli pointa la porte.

— Et retourner à la communauté ou même à l'autre bout du monde ne va rien y changer. Et, juste pour que tu saches, tu peux essayer de le nier, mais ça ne marche pas non plus. J'ai essayé.

Jonah s'exclama :

— Est-ce pour cela que tu es revenu ?

Eli acquiesça.

— Oui. Ça a été les deux pires semaines de ma vie. Geoff me manquait à mourir, et rien de ce que je faisais ne faisait disparaître la souffrance et la solitude. Tu vois, Jonah, j'ai appris quelque chose au cours de ces deux semaines : tu ne peux pas fuir celui que tu es, peu importe la volonté que tu y mets.

— Donc que devrais-je faire ?

— Décider. Tu dois décider si tu préfères t'enfuir ou affronter qui tu es vraiment. Le *Rumspringa* est pour nous l'occasion de voir le monde et de décider ce que nous voulons vraiment. Alors tu dois décider si c'est ce que tu veux vraiment faire, ou si tu préfères retourner à la communauté et te cacher. Voilà ce que je peux te dire : la boîte a été ouverte, et tu ne peux pas désapprendre ce que tu sais désormais. Ton monde ne sera plus jamais comme avant, et à moins que tu ne découvres ce que tu désires, la question te hantera toute ta vie.

— Je pense que je vais rester ici.

Jonah sentit un sourire sur son visage.

— C'est vrai ?

Eli l'attrapa, l'attira vers lui et frotta le crâne de son frère de ses jointures, ce qui fit pousser un cri à ce dernier, même s'il ne lui faisait pas vraiment mal.

— Ouais.

Jonah se tortilla.

— Donc, qu'est-ce que tu me suggères pour que je ne m'inquiète pas au sujet de certaines choses ?

— Eh bien, nous allons sans doute commencer par avaler un bon petit-déjeuner et exécuter les tâches de la journée. Et cet après-midi, nous pourrons aller faire une balade à cheval.

— OK.

Jonah restait perplexe quant au fait d'être gay, mais si son frère avait pu résoudre sa situation, lui aussi le pourrait.

— Mais comment saurai-je ?

— Tu le sauras. Et apprends de ton grand frère. Renier qui tu es vraiment ne peut que te rendre malheureux. Donc si tu te surprends à avoir des sentiments pour quelqu'un, accepte-les, ne les nie pas. Parce que la seule personne que tu blesseras vraiment, ce sera toi-même. Je sais que cela va à l'encontre de ce qu'on nous a appris toute notre vie, et c'est là une différence importante entre notre monde et celui des Anglais. À la maison, les torts sont partagés.

Jonah sentit la confusion bouillonner en lui à nouveau. Il y avait tant de choses qui étaient si différentes, et chaque fois qu'il se retournait, il fonçait tête la première dans l'une d'elles.

— Je ne comprends pas. Les gens ne s'aident-ils pas ici ?

— Si, acquiesça Eli. Mais ils prennent ça différemment.

Jonah vit Eli se rasseoir dans sa chaise, pensif.

— OK, vois ça ainsi : qu'adviendrait-il si Père et Mère venaient à apprendre que je suis gay ?

— Ils te banniraient probablement.

C'était une question facile. Les règles à ce propos étaient claires, au moins, même si cette simple pensée l'angoissait. Il ne voulait pas ne jamais revoir Père et Mère. Il les aimait, et ils l'aimaient lui, ainsi qu'Eli. Cette révélation ferait du mal à tout le monde.

— Parce qu'ils seraient obligés. Mais que se passerait-il d'autre ? l'encouragea Eli, et Jonah sentit son regard sur lui, dans l'attente de sa réponse.

— La communauté les bannirait sûrement eux aussi, ou en tous cas certains membres.

Cette pensée fit frissonner Jonah, mais c'était leur façon de faire. Il se sentit hocher la tête malgré lui.

— Donc, ce que tu essaies de dire, c'est que la communauté les rendrait responsable de tes actions personnelles ?

— Précisément, répondit Eli d'un ton plat.

Ce n'était manifestement pas un sujet qui le mettait à l'aise non plus, et Jonah réalisa que son frère mettait de côté son propre inconfort pour lui.

— Et, dans une certaine mesure, poursuivit Eli, si cela venait à se savoir, la communauté toute entière pourrait être mise à l'écart ou dédaignée par les autres communautés, car elle aurait sa part de responsabilité. Ils considèreraient ça comme un échec de mon éducation, considèreraient que quelqu'un a échoué quelque part, que Mère et Père ont échoué quelque part. C'est ce que j'entends par responsabilité partagée. Tout le monde s'entraide et partage la récompense, mais tout le monde partage aussi les épreuves.

— Mais c'est différent ici ? demanda Jonah en parcourant la pièce du regard.

— En grande partie, oui. Dans le monde Anglais, la responsabilité est plutôt personnelle. Et c'est ainsi que je te demande de penser, au moins pour quelques temps. Il est important que tu découvres ce que tu veux faire. Dans la communauté, tout a déjà été planifié pour toi. Tu sais déjà quel métier tu exerceras, et tu sais que tu dois te marier rapidement pour fonder une famille. C'est ta seule chance de découvrir si c'est vraiment ce que tu veux, alors fais-en bon usage. C'est pourquoi je suis revenu te chercher ce matin. Une fois rentré à la maison, tu perds cette chance de choisir.

— Mais que faire si je ressens à nouveau ça ?

Son esprit semblait sans cesse revenir aux sensations inconfortables qu'il avait éprouvées la veille lorsque Raine l'avait touché.

— Ne panique pas, et ne te précipite pas non plus.

Eli franchit la distance qui les séparait et pressa son genou.

— Je suis là si tu veux m'en parler, et il en va de même pour le reste de l'équipe. Tu es en sécurité à la ferme, alors détends-toi, et essaie de ne pas t'en faire.

Eli relâcha son genou et lui sourit avant de se relever et de l'étreindre.

— Tu m'as manqué, petit frère, murmura-t-il.

Jonah lui rendit son étreinte, déglutissant avec peine.

— Je crois que nous avons assez parlé pour aujourd'hui.

Dieu merci. Jonah était éreinté de cette discussion et était désireux de faire autre chose. Il n'était pas habitué à rester assis et se sentait agité. Il songea aussi qu'un travail physique l'aiderait à s'éclaircir les idées.

— Qu'est-ce que je peux faire pendant mon séjour ?

— Geoff est dans la grange. Je suis certain qu'il ne refuserait pas un peu d'aide, répondit Eli tout en se dirigeant vers la porte. Va le rejoindre, j'arrive dans un instant. Il faut que je passe voir comment va Raine d'abord, puis j'arrive.

— OK.

Jonah sortit de la maison en passant par la cuisine, déjà emplie d'odeurs qui firent gargouiller son estomac. Du coin de l'œil, il remarqua qu'Adelle le dévisageait d'un œil d'aigle. Il se dirigea vers la porte en accélérant le pas, traversa la cour et arriva dans la grange.

Une fois à l'intérieur, il fut accueilli par une nuée de têtes imposantes qui dépassaient de leur stalle. Il se dirigea vers le premier museau et une grosse tête marron s'approcha de lui avant de lui donner un petit coup dans la poitrine quand il commença à le caresser, lui parlant calmement.

— Je te présente Sheba.

Il releva la tête et vit Geoff s'approcher de lui.

— Je l'ai achetée il y a quelques semaines aux enchères.

— Que lui est-il arrivé ?

48

Jonah suivit du doigt les imperfections de sa robe tandis que la jument frottait sa tête contre lui.

— Elle a failli se tuer à la tâche.

Le ton dur de Geoff fit se raidir Jonah.

— Elle n'a que dix ans, mais elle en parait bien plus, ajouta Geoff en passant une carotte à Jonah qui la tendit à l'animal. Eli a failli pleurer quand je l'ai ramenée à la maison tant elle paraissait mal en point.

Jonah regarda par-dessus le mur et à l'intérieur du box, regardant tour à tour Geoff et la jument.

— Je vois que tu la reconnais, dit Geoff.

Jonah acquiesça lentement.

— Est-ce qu'Eli est au courant ?

Geoff secoua la tête vigoureusement.

— Et ne t'avise pas de le lui dire ! ajouta-t-il avec un regard flamboyant.

— C'est promis.

Jonah reporta son attention sur le cheval.

— Elle n'appartenait pas à Père ou à mon oncle. Je prenais grand soin de nos chevaux.

Il connaissait et avait veillé sur chaque cheval ayant appartenu à sa famille et il n'en avait jamais traité aucun comme cette jument avait été traitée.

— Je sais.

Geoff changea de sujet, au grand soulagement de Jonah. Il savait à qui avait appartenu ce cheval, et son état ne le surprenait pas. Certains membres de la communauté considéraient que les chevaux n'étaient rien de plus que des outils de travail, et ne s'occupaient pas bien d'eux. Au lieu de cela, ils les tuaient à la tâche et s'en débarrassaient avant d'en changer. Cela ne paraissait pas juste à Jonah, mais ce n'était pas non plus son rôle de remettre en question leur façon d'agir.

— Que puis-je faire pour t'aider ? demanda Jonah en donnant une dernière tape sur l'encolure de la jument.

— Tu as décidé de rester ?

Le ton de Geoff était ferme et son regard aiguisé.

— Parce que t'enfuir comme tu l'as fait a été blessant pour ton frère.

Geoff le dévisagea et Jonah reconnut cet air protecteur que son père arborait aussi lorsque quiconque s'en prenait à sa mère. Jonah déglutit en le réalisant.

— Oui, répondit-il.

— Eli et toi en avez discuté ? demanda Geoff en reculant.

— Oui. Il m'a aidé à y voir plus clair…

Et découvrir la réaction de Geoff à la souffrance de son frère lui en apprenait encore plus.

Geoff fit un signe de tête signifiant qu'il comprenait, mais ne dit rien et Jonah lui fut reconnaissant d'accepter ainsi sa réponse.

— Donc, que puis-je faire pour aider ?

Il regarda autour de lui. La grange était l'une des plus propres qu'il lui ait été donné de voir, remplie de chevaux et embaumant le foin frais.

— Les chevaux ont besoin de boire avant d'être relâchés dans leur enclos, et il y a toujours des stalles à nettoyer. Le tas de fumier est dehors à gauche, et la paille sèche est à droite.

Geoff tourna la tête vers la porte et Jonah suivit son regard.

— Raine ? Qu'est-ce que tu fais là ?

Raine s'avança pour les rejoindre. Chacun de ses pas était mesuré et prudent. Il était clair que l'homme souffrait encore.

— Je n'en pouvais plus de rester au lit. Il fallait que je me lève, et puis il y a quelqu'un à qui je n'ai pas encore dit bonjour !

Raine marcha jusqu'à l'une des stalles et caressa le long museau gris qui apparut dès que l'homme s'approcha.

— Coucou Belle, je t'ai manqué ?

Raine fit une nouvelle caresse sur le museau de l'animal. Jonah saisit une carotte là où Geoff en avait pris une plus tôt et la lui tendit.

— Merci.

Les doigts de Raine le frôlèrent et Jonah ressentit le même picotement que la nuit précédente, et il faillit reculer, mais il s'en empêcha. Eli lui avait dit que lui seul pouvait savoir, et Jonah songea qu'il ferait mieux de le découvrir. La main de Raine se retira et il en fut de même pour le picotement. Jonah observa Raine donner sa carotte à la jument, puis il se mit au travail, apportant des seaux remplis d'eau dans chacune des stalles.

— Alors, Geoff, qu'y a-t-il de prévu, aujourd'hui ? s'enquit Raine tandis que Jonah poursuivait sa tâche.

— Eli et Joey ont un cours, et moi, je dois travailler avec Robbie, répondit Geoff en s'affairant, lui aussi, partout dans la grange.

À l'extérieur, un moteur démarra, et lorsqu'il leva les yeux, Jonah aperçut un énorme tracteur passer devant la porte de la grange. Il semblait que la ferme était maintenant réveillée.

— J'aimerais aider, mais je ne sais pas ce que je peux faire, dit Raine, l'air perdu comme s'il ne savait pas quoi faire de lui-même.

Jonah prit pitié de lui. Il savait qu'il s'ennuierait à mourir s'il devait rester à l'intérieur toute la journée sans pouvoir monter à cheval ou s'occuper autrement.

— Lorsque j'aurai fini d'aider, nous pourrons peut-être aller faire quelque chose… ? répondit Jonah, à moitié affirmatif, à moitié interrogateur, alors qu'il remplissait un énième seau d'eau.

— Ce serait parfait, et je sais exactement ce que vous pourriez faire ! répliqua Geoff en souriant, avant d'attraper Raine par le bras et de le reconduire jusqu'à la maison.

— Jonah, Adelle aura bientôt fini de préparer le petit-déjeuner, donc rejoins-nous à l'intérieur dès que tu auras terminé.

Jonah leur fit un geste de la main et entreprit de remplir deux seaux supplémentaires. Il ne lui fallut pas longtemps pour abreuver tous les chevaux. Il rangea les seaux et se dirigea vers la maison tout en se demandant s'il n'était pas complétement fou de s'être porté volontaire pour passer du temps avec Raine. Mais il ne cessait d'entendre les paroles d'Eli, qui passaient en boucle dans sa tête. Il ne pouvait pas renier ses sentiments, et il devait en avoir le cœur net, alors autant en prendre son parti, songea-t-il. Dispensant caresses et tapotements sur les chevaux tandis qu'il retournait au centre de la grange, il se demanda ce que Geoff pouvait bien trouver « parfait ». Jonah décida de faire le vide dans sa tête, entendit son estomac gronder et se dépêcha de rejoindre les autres pour le petit-déjeuner.

V

GEOFF AVAIT eu raison, tellement raison. Le court trajet depuis et vers la maison l'avait exténué, et après le petit-déjeuner, il était juste monté se recoucher. Il entendit quelques bruits occasionnels dans la maison, mais dans l'ensemble, tout était plutôt calme, donc il dormit, ce qui était sans doute pile ce dont son corps avait besoin. Mais en ce qui concernait son esprit, c'était une toute autre histoire. Chaque fois qu'il fermait l'œil, Raine revivait l'agression, mais dans des circonstances différentes. Parfois, Jonah était présent lui aussi et subissait la même chose. Il avait dû crier quelques fois, car il se retrouvait régulièrement réveillé et réconforté, le plus souvent par Jonah, qui semblait étrangement toujours près de lui. Chacun avait un travail à faire, à la ferme, aucun n'incluant des fonctions d'infirmier, donc ce devait être Geoff qui avait demandé à Jonah de veiller sur lui.

Sa petite escapade jusqu'à la grange datait de trois jours, et Raine commençait enfin à se sentir lui-même une partie du temps. Son flanc n'était plus aussi douloureux, sauf s'il s'étirait d'une certaine façon, son bras ne lui faisait plus mal du tout, et ses bleus autrefois très visibles s'étaient pratiquement estompés. Il réussit à descendre pour le petit-déjeuner, et tint le coup jusqu'au canapé, où il s'allongea et s'endormit. Quelqu'un avait dû lui mettre une couverture, car il se réveilla enroulé dans quelque chose dont il ne pouvait pas se défaire, tandis qu'une main familière caressait son bras.

— Ce n'est qu'un rêve.

La voix de Jonah stoppa la vidéo qui semblait passer en boucle dans sa tête.

— Tu es en sécurité.

Il ouvrit les yeux, découvrit qu'il était au sol, et que ses côtes pulsaient à cause de sa chute. Il était par ailleurs en train de fixer avec intensité les grands yeux brun de Jonah.

— Merci, marmonna Raine, la gorge sèche et irritée, faisant un rapide inventaire de ses blessures avant de se libérer de la couverture tandis que Jonah l'aidait à se relever.

— Est-ce que ça a empiré ? demanda Jonah une fois qu'il fut de nouveau emballé dans la couverture.

— Non, mais ça varie.

Il ne pouvait pas raconter à Jonah sa dernière apparition. C'était trop troublant et révélateur. De plus, le jeune homme était gentil avec lui, et Raine aimait l'avoir à ses côtés, donc il ne voulait vraiment pas l'effrayer. Or les rêves qu'il avait faits auraient fait fuir pratiquement n'importe qui. Mince, il recommençait presque à trembler rien qu'à y penser.

— Ça va, maintenant.

Raine s'installa plus confortablement sur le canapé et remonta la couverture jusqu'à son cou. Il faisait bon dans la pièce, mais il avait des frissons, et il put sentir une main effleurer son front avant de se retirer.

— Vous devriez vous asseoir un moment, recommanda Adelle qui entrait à ce moment-là, portant dans ses mains un plateau sur lequel étaient posés deux verres de lait et une assiette de réconfort, sous forme de brownies. Vous avez besoin de faire le vide dans votre esprit pour un petit moment. Allumez la boîte à débilités si vous voulez !

Elle inclina la tête vers la grande télévision et ajouta :

— Tant que vous ne mettez pas l'un de ces feuilletons.

Elle posa le plateau sur la table basse.

— Vous devriez rester avec lui M. Jonah, il ne devrait pas rester tout seul.

Adelle lui fit un sourire en coin qui en disait long avant de retourner dans la cuisine.

Raine s'assit sur le canapé et tira la couverture vers lui pour faire de la place à Jonah. Il remarqua que ce dernier ne bougea pas tout de suite. Finalement, il se pencha jusqu'à atteindre le canapé.

— Tu veux regarder cet objet de télévision ? Eli m'a montré comment l'allumer.

Raine ne répondit pas tout de suite et vit Jonah ramasser la télécommande, qu'il pointa avec soin en direction du téléviseur tout en pressant ostensiblement le bouton pour allumer.

— Tu n'es pas obligé de rester assis avec moi si tu n'en as pas envie…

Il n'obligerait pas le jeune homme à rester, s'il n'était pas à l'aise, et à en juger par la raideur de son corps, il était plus qu'un peu nerveux. Tous deux n'avaient pas passé beaucoup de temps ensemble, mis à part toutes les fois où Jonah l'avait réveillé de ses cauchemars, et Raine avait l'impression que Jonah était mal à l'aise en sa présence. Raine ne savait pas ce qu'il avait bien pu faire. Il savait qu'il avait plutôt bien réussi à cacher son attirance pour le frère d'Eli pourtant si mignon, et il allait continuer ainsi, mais il ne pensait pas avoir fait quoique ce soit justifiant sa nervosité. Peut-être était-ce juste que le gamin découvrait trop de choses en trop peu de temps.

— Je peux rester ici tout seul et regarder la « boite à débilités » !

Il eut un petit sourire en utilisant l'expression d'Adelle et vit que les coins de la bouche de Jonah se soulevaient.

— Elle n'aime vraiment pas cette chose, n'est-ce pas ?

Jonah reposa la télécommande et attrapa un verre de lait.

— Je ne crois pas que ce soit ça. Geoff m'a dit qu'il y a quelques temps, elle avait commencé à regarder la télévision l'après-midi, et qu'elle a accroché à plusieurs feuilletons diffusés à ce moment-là. C'est le genre de programmes où les histoires n'en finissent pas ; elles sont créées pour rendre les gens accros, et Adelle s'est faite piéger. Il dit qu'un jour, elle n'a pas vu le temps passer et a couru dans toute la maison, et a même failli trébucher dans l'escalier pour ne pas manquer le début d'une de ses séries.

— Ce n'est pas vrai ! s'exclama une voix depuis la cuisine, suivie d'un rire. M. Geoff raconte des histoires.

— Ce n'est pas vrai ! ajouta Geoff, lui aussi depuis la cuisine, et des pas lourds résonnèrent sur le sol.

Raine vit ensuite la tête de son ami apparaître dans le salon.

— Je jure qu'elle aurait sauté de la rampe d'escalier si cela lui avait permis d'arriver plus vite devant la télévision !

La tête disparut.

— C'était quelle série, au fait, *Haine et Passion* ?

Un murmure à peine audible parvint de la cuisine.

— Pardon, je ne t'ai pas entendu, ajouta Geoff.

— *Des jours et des vies.*

Raine se mit à rire tout en se tenant le flanc, et tourna la tête vers Jonah qui n'avait pas dû comprendre l'échange, mais qui riait tout de même, le visage illuminé et les yeux brillants.

— Bref, dit la voix d'Adelle. J'ai du travail, alors pas de feuilletons. Je suis une amatrice-de-soap-opéras en désintoxication.

Raine pouffa à nouveau, ramassa la télécommande et zappa sur plusieurs chaines avant d'éteindre la télé.

— J'aurais aimé pouvoir faire quelque chose dehors, se plaignit Raine, à personne en particulier.

Il en avait marre d'être enfermé à l'intérieur. Au cours de ses précédentes visites à la ferme, Geoff et Eli lui avait appris les bases de

54

l'équitation, et dès qu'il voyait quelqu'un passer à cheval par la fenêtre, il en était malade de jalousie.

— J'aimerais pouvoir t'aider... répondit Jonah d'une voix douce. Je sais que tu ne peux pas monter, mais tu pourrais aller marcher.

La tête de Geoff réapparut dans l'encadrement de la porte.

— J'ai justement ce qu'il vous faut !

Le regard de Geoff passa de l'un à l'autre.

— Rendez-vous devant la grange dans vingt minutes, tous les deux !

Geoff s'enfuit, et quelques secondes plus tard, la porte claquait.

— Tu sais ce que c'est ? demanda Jonah à Raine, qui l'examinait, puis qui haussa les épaules.

— Aucune idée. Geoff adore les surprises, donc j'imagine que c'est à notre tour d'en profiter. Nous verrons bien !

Raine prit un brownie sur le plateau, et tout en le mâchant soigneusement, il se demanda ce que Geoff pouvait bien avoir en tête.

À l'heure convenue, Raine se posta devant la grange avec Jonah. Il entendit ce dernier prendre une brusque inspiration, suivie d'un « Waouh ! ». Il suivit son regard et vit un cheval noir attelé à une calèche ébène aux ornements dorés, Geoff se tenant près du cheval pour le maintenir en place.

— J'ai pensé que tu pouvais emmener Raine en balade, dit Geoff en souriant alors qu'il passait les rênes à Jonah.

— Ou as-tu trouvé ça ? demanda Raine, bouche bouée.

— Nous l'avons trouvée il y a quelques années dans une vieille grange. Eli l'a remise en état, et puisque tu ne peux pas monter à cheval, j'ai pensé que Jonah pouvait t'emmener. Ça te fera prendre l'air sans aggraver tes blessures.

Jonah grimpa sur le siège et prit une rêne dans chaque main, ses yeux pétillants baissés vers lui. Il était excité au possible. Geoff fit le tour de la calèche et aida en le saisissant de son bras indemne, puis le maintint le temps qu'il grimpe, tandis que le véhicule penchait légèrement sous son poids, jusqu'à ce qu'il soit installé auprès de Jonah.

— Skipper est un cheval génial et bien élevé. Il répond bien et tu peux en faire ce que tu veux du bout des doigts, lui apprit Geoff en reculant. Tu peux aller jusqu'à l'université si tu veux, mais évite de prendre Stiles Road, précisa-t-il. Il y a souvent beaucoup de circulation et les voitures vont trop vite.

— Entendu.

Jonah trépignait sur son siège.

55

— Merci.

— Amusez-vous bien. Ah, Raine, ajouta Geoff en le regardant. Appelle-moi si tu as le moindre problème.

Geoff s'en alla tandis que Jonah faisait un léger mouvement avec les rênes et un claquement de dents, et le cheval commença à avancer.

La calèche rebondissait tandis qu'ils avançaient dans la cour.

— Tu es déjà monté dans une calèche ? demanda Jonah alors qu'ils atteignaient la route et rejoignaient le bas-côté.

— Non ! J'ai monté des chevaux lors de mes précédentes visites, mais je ne suis jamais monté sur un engin pareil.

Les sièges rembourrés sous lui étaient confortables, et la calèche se balançait lentement au rythme des pas du cheval qui les tirait. Ils n'allaient pas vite, et le monde semblait dériver au ralenti.

— Ils ressemblent à ça, d'où tu viens ?

Jonah acquiesça.

— Père a une calèche, et nous l'utilisons quand nous avons besoin de descendre en ville. Mon oncle en a une plus grosse qu'il utilise pour transporter le pain qu'il vend aux touristes sur State Park Road. J'ai déjà conduit les deux.

Raine remarqua la manière dont les mains de Jonah semblaient se balancer en harmonie avec l'attelage.

— Il t'a fallu combien de temps pour apprendre à conduire ce genre de véhicule ?

— Je sais conduire ça depuis que j'ai dix ans. Étant donné que les chevaux font partie intégrante de notre vie, nous apprenons vite à nous en occuper, et vu que c'était mon rôle, j'ai aussi appris à conduire la calèche. Parfois, quand Père était occupé, c'est moi qui emmenais Mère en ville.

— Elle ne sait pas conduire ?

Jonah se tourna vers lui, l'air scandalisé.

— Mon Dieu, non ! Les femmes ne conduisent pas. Ce ne serait pas correct.

Jonah se reprit, et ses mains repartirent dans le même mouvement régulier.

— J'imagine que c'est encore une chose à laquelle je dois m'habituer : les femmes pouvant faire tout ce que les hommes font. Dans la communauté, les femmes et les hommes ne savent pas faire les mêmes choses.

— Comme quoi ? voulut savoir Raine alors que la calèche passait sur une petite bosse, le faisant rebondir sur son siège.

— Les hommes ne cuisinent presque jamais, c'est le travail des femmes. Les hommes ne traient pas les vaches et ne ramassent pas les œufs. Les femmes ne travaillent pas dans la grange et ne labourent pas les champs, et d'autres choses comme ça. Mais ça varie, parfois. Je veux dire, mon oncle n'a eu que des filles, donc certaines font des choses qui sont d'habitude réservées aux hommes.

Jonah haussa légèrement les épaules comme pour signifier qu'il avait fini de parler. La calèche roula sur une autre bosse, ce qui fit basculer Raine vers Jonah. Leurs jambes se touchèrent et Jonah s'écarta tout de suite après.

— Ai-je fait quelque chose de mal ? demanda Raine en retournant à sa place et en regardant Jonah.

— Non.

Sa mâchoire était crispée, son visage sévère, et il ne semblait plus aussi accessible qu'auparavant.

— OK.

Raine se détourna et regarda devant lui, se focalisant sur le mouvement régulier du dos du cheval alors qu'un silence gênant s'installait. Ce gamin était un vrai mystère, et Raine aurait voulu qu'il lui explique ce qui n'allait pas. Il avait remarqué les regards que Jonah lui jetait parfois, et son *gaydar* s'était complétement éteint depuis qu'il l'avait rencontré. Chaque contact lui faisait tourner la tête, et il adorait cela. Raine poussa un soupir tout bas en espérant que le bruit du cheval le camouflerait. Se réinstallant confortablement dans le siège, il ferma les yeux et laissa le bruit du cheval, l'air frais de la campagne et les doux rayons du soleil envahir ses sens. Merde, ça recommençait. Par-dessus tout le reste, il parvenait toujours à sentir l'odeur de Jonah, plus agréable que la meilleure des eaux de Cologne. Il ouvrit les yeux et s'autorisa à fixer le siège voisin, d'où Jonah l'ignorait avec application.

— Tu sais, je ne vais pas te sauter dessus ou quoi que ce soit.

Oui, c'était un peu déplacé, mais il ferait tout son possible pour briser la tension visible.

Jonah tira sur les rênes et Skipper s'arrêta.

— Pourquoi me sauterais-tu dessus ? Ce n'est vraiment pas gentil…

Raine ne put s'empêcher de sourire.

— Pas au sens propre, clarifia-t-il. C'est une expression !

Maintenant qu'il avait creusé sa tombe, il ne lui restait plus qu'à trouver un moyen d'expliquer ceci.

— Sauter sur quelqu'un, ça veut dire prendre l'initiative, souvent de manière légèrement agressive, quand tu veux coucher avec lui ou que tu veux l'embrasser.

Jonah lui jeta un regard noir, le front plissé.

— Et tu ne veux pas me sauter dessus.

Il avait l'air outré pour une raison que Raine ne saisissait pas.

— Je n'ai pas dit ça. Je voulais juste dire que tu peux te détendre. Je ne vais rien tenter. Tu n'es de toute évidence pas du tout intéressé, ou pas prêt à faire quoi que ce soit.

Raine leva les mains.

— Et ce n'est pas grave !

Mince, lui qui pensait que ce commentaire détendrait l'atmosphère, il l'avait rendu encore plus tendue.

Jonah fit un mouvement de rêne et le cheval se remit au pas, mais maintenant, il lui semblait que le bruit des sabots résonnait à travers les champs alentours.

— Mais si moi j'avais envie… que tu me sautes dessus ? demanda Jonah avec toute la franchise de l'innocence.

Raine déglutit et se sentit vaciller, mais cette fois, cela n'avait rien à voir avec la route ou la calèche.

— Comment ? Quoi ? Hein ?

Raine bégayait comme un idiot, essayant de comprendre ce qu'il avait loupé.

— Je ne te suis pas.

Puis quelque chose fit tilt dans sa tête.

— Oh, j'ai compris. Tu te moques de moi !

Le regard de Raine dériva vers la route qui s'étendait devant eux. Il savait qu'il n'aurait pas dû laisser ses espoirs prendre le dessus. Non pas qu'il aurait fait quoi que ce soit avec Jonah. Le jeune homme était bien trop innocent, et il finirait forcément par le blesser.

Jonah lui jeta un coup d'œil avant de reporter son attention sur la route.

— Maintenant, c'est à mon tour de te demander : qu'est-ce qui ne va pas ?

— Rien, vraiment.

Raine se trémoussa sur son siège.

— Tu as mal ? Nous pouvons rentrer à la ferme si tu as mal.

— Non, je vais bien.

Le trajet ne lui faisait pas particulièrement mal, il l'excitait au contraire. À chaque souffle d'air, il percevait l'odeur naturelle de Jonah et son corps y réagissait. À cet instant précis, son pantalon était vraiment trop serré et il faisait son possible pour que cela ne se voie pas.

— Donc nous pouvons parler de cette histoire de sauter ?

L'homme ne lâchait pas l'affaire !

— Non, vraiment. Je suis désolé d'avoir dit ça.

— Oh.

Raine lui jeta un coup d'œil et vit Jonah se mordiller la lèvre inférieure. Il avait déjà vu Eli faire ce geste quand il était nerveux. Raine poussa un lent soupir.

— Écoute. Demande-moi ce que tu veux. Je t'ai manifestement mis mal à l'aise et j'en suis désolé. Je crois que c'est juste que je suis habitué à être avec des gens qui demandent clairement ce qu'ils veulent et disent ce qu'ils pensent. Donc vas-y : pose ta question !

— Est-ce que tu me trouves laid ?

Raine marqua un temps d'arrêt, sa tête allant d'avant en arrière comme pour vérifier qu'il avait bien entendu.

— Non !

Il sourit.

— Tu n'es vraiment pas laid.

— Alors pourquoi est-ce que tu ne veux pas me sauter dessus ?

— Bon, tu veux bien arrêter ce truc ?

Jonah tira sur les rênes et la calèche s'arrêta. Il se retourna vers Raine, les yeux brillants et emplis de curiosité.

Raine n'en revenait pas d'avoir cette conversation, mais c'était sa faute ; c'était lui qui avait lancé le sujet, après tout. Peut-être était-ce enfin l'occasion d'être honnête, peu importe les conséquences.

— Je n'ai pas dit que je ne voulais pas te sauter dessus.

Il ne pouvait pas croire qu'il prononçait ces mots, et au frère d'Eli, en plus !

— Écoute, je te trouve vraiment mignon, et tu m'attires beaucoup. Chaque fois que tu me touches, je suis parcouru de frissons électriques. Mais le fait est que tu es le petit frère d'Eli, et que tu es parti de ton village amish depuis moins d'une semaine. Donc, non, je ne vais pas te sauter dessus ou te faire quoi que ce soit de ce style-là.

— Oh.

Sa lèvre inférieure disparut encore dans sa bouche.

— Parce que moi, quand je te touche, je sens ce tremblement remonter le long de mon bras, et…

Il baissa les yeux.

— …il se passe d'autres choses. Eli a dit que c'était normal et que je devais essayer de comprendre ce que je ressentais, mais comment suis-je sensé le faire si tu ne veux pas me sauter dessus ?

Raine éclata de rire tout en tenant son flanc, mais cela ne changea rien. Son hilarité parcourait son corps comme des vagues.

— Ce n'est pas drôle !

— Désolé.

Raine se reprit.

— Si c'est ce qu'a dit Eli, alors je le crois, mais te sauter dessus ne va pas t'aider à comprendre quoi que ce soit. Ce n'est qu'en passant du temps avec quelqu'un, en apprenant à le connaître, en embrassant, en faisant ce genre de choses, que cela arrive. Mais je suis vraiment la dernière personne avec qui tu as envie de le comprendre, crois-moi.

— Pourquoi ?

La main de Jonah glissa sur son bras, la chaleur laissant une trace sur sa peau.

— Parce que j'ai le pire passé possible en matière de relations. Mon record est de trois mois.

Ce fut au tour de Raine de détourner le regard.

— Quoi ? Tu as dit que tu répondrais à mes questions, alors dis-moi pourquoi.

— Parce que tu es le frère d'Eli. Parce que tu es tellement innocent, et parce que je t'aime bien et que je sais que je finirais par te faire du mal.

Ou que tu me ferais du mal, mais il omit cette partie.

— Balivernes ! Je ne connais pas grand-chose à…

Jonah agita les mains.

— …vos manières, mais je sais que ça ce n'est qu'une excuse !

— Et si tu ne m'aimais pas ? Jonah, es-tu sûr que tu ne t'emmêles pas les pinceaux ? Tu ne devrais pas te précipiter sous prétexte que je suis le seul gars ici à être célibataire et intéressé par les hommes. Il y a un tas de gens qui seraient bien mieux pour toi que moi.

Il devait le dire :

— Tu mérites quelqu'un de mieux que moi.

Raine caressa légèrement la joue de Jonah de sa main qui n'était pas blessée, avant de se reprendre et de la retirer.

— Est-ce que nous pourrions rentrer à la ferme, maintenant ? Je me sens fatigué.

Sans dire un mot, Jonah donna un coup de rêne et le cheval se remit en marche. Une fois la voie libre, ils traversèrent, firent demi-tour et retournèrent d'où ils venaient. Raine se sentait vraiment mal, mais il savait qu'il avait fait ce qu'il fallait. S'il se passait quoi que ce soit entre Jonah et lui, il le ferait souffrir quand il devrait s'en aller. Ou alors, avec la chance qu'il avait, ce serait lui qui tomberait amoureux et il se retrouverait avec le cœur brisé. Aucune de ces alternatives n'était particulièrement plaisante, donc Raine se contenta de rester vissé à son siège, regardant le paysage défiler lentement et se sentant plus seul que jamais, même si Jonah était assis juste à côté de lui. Celui qui avait dit que faire ce qu'il fallait n'était jamais facile savait tout à fait de quoi il parlait.

La calèche s'arrêta soudain, et Raine rebondit sur son siège.

— Non.

Jonah se tourna vers lui.

— Non, Raine. Tout le monde m'a toujours dit ce qui était bon pour moi. Père me dit ce que je peux faire, ce que je dois faire, avec qui je peux être ami ou avec qui j'ai le droit de me marier. C'est la communauté qui dicte les règles et je n'ai jamais rien pu choisir par moi-même. Alors peut-être que je fais un choix, maintenant. Peut-être que je sais ce que je veux, et que tu n'as pas le droit de prendre cette décision pour moi. Tu me rends toute chose quand je te touche. Je ne sais pas ce que cela signifie, mais je veux le découvrir.

Jonah prit une grande inspiration tandis que Raine le fixait depuis l'autre siège, bouche bée.

— Donc est-ce que tu penses que tu peux arrêter tes balivernes et te comporter comme un homme pour voir ce qui se passe avec moi ?

Jonah pencha légèrement la tête, attendant une réponse tout en le fixant avec intensité.

Raine ne savait pas quoi dire, alors il renonça à essayer, puisque ses lèves bougeaient, mais qu'aucun son n'en sortait. Il hocha lentement la tête à la place, tandis que Jonah le fixait toujours.

— Est-ce un oui ? s'informa Jonah, et Raine acquiesça de nouveau.

Jonah fit un mouvement de rêne, et ils étaient repartis. Une sensation de chaleur nouvelle se répandit en lui quand Jonah passa son bras par-dessus le siège et posa sa main sur la sienne tandis qu'ils rentraient tranquillement à la ferme.

Le soleil était brûlant, mais ce qu'il ressentait n'avait rien à voir avec ce qui se passait à l'extérieur de son corps. En lui, la chaleur provenait du plus profond de son être, une sensation qu'il n'avait jamais ressentie auparavant. Cela n'aurait fait aucune différence si le soleil avait disparu sous les nuages ou si la température avait chuté et qu'il s'était mis à neiger. Rien ne pouvait transpercer cette bulle de chaleur qui émanait de Jonah et qui enveloppait Raine. Alors qu'ils roulaient, Raine ne pouvait s'empêcher de tourner sans cesse la tête vers Jonah. Puisqu'il était semble-t-il autorisé à le regarder, à présent, il ne s'en priva pas. Il n'avait jamais remarqué à quel point ses mains étaient souples. Malgré tout le travail difficile qu'il effectuait, Jonah avait un toucher si léger sur les rênes, et quand il le touchait lui, c'était tout aussi doux. Raine continua à s'en émerveiller tandis que ses doigts fins se refermaient sur les siens et que Jonah lui souriait. Après avoir croisé son regard, Raine laissa ses yeux s'aventurer sur les jambes de Jonah vêtues d'un jean.

— Est-ce qu'Eli t'a emmené en ville acheter des habits ?

Quelqu'un l'avait fait, en tout cas. Jonah avait l'air complétement différent de lorsqu'il était arrivé.

— C'est Geoff, en fait, qui m'a emmené.

— Ça te va bien.

Raine ne voulait pas lorgner Jonah, mais la façon dont son jean épousait la forme de ses jambes et entourait son… Raine devait bannir ce genre de pensées, en tout cas pour le moment. Fixer l'entrejambe de Jonah, en cet instant précis, ce n'était pas faire ce qu'il fallait.

Jonah continuait de sourire comme s'il ne remarquait pas les regards que Raine lui lançait.

— Au début, je n'étais pas certain que j'allais apprécier Geoff. Je ne voulais pas l'apprécier, confessa Jonah en rougissant un peu. Mais c'est vraiment quelqu'un de bien, et Eli l'aime énormément. Je ne savais pas que deux hommes pouvaient ressentir cela l'un pour l'autre avant de voir Geoff avec mon frère. Je pensais que seuls un homme et une femme pouvaient ressentir cela.

— Geoff est la meilleure personne que je connaisse.

— Il est bon avec mon frère.

— Ils sont bons l'un envers l'autre.

Raine se tourna un peu afin de pouvoir mieux observer Jonah, tandis que leurs mains se touchaient toujours.

— Je les ai déjà vus ne pas être d'accord, mais ils font ça avec tant d'amour l'un pour l'autre que c'en est presque drôle. Et ne te méprends pas, Geoff est un homme très fort, et pourtant, Eli le mène par le bout du nez.

L'attention de Raine se détourna de Jonah alors qu'ils prenaient le virage pour entrer dans la cour de la ferme et s'arrêtaient près de la maison.

— As-tu besoin d'aide pour descendre ? demanda Jonah sans relâcher sa main.

— Je devrais pouvoir m'en sortir tant que je fais attention.

Il se retourna puis plaça son pied sur le petit marchepied et se pencha doucement jusqu'à atteindre le sol, sa main lâchant enfin celle de Jonah.

— Je te rejoins très vite.

D'un mouvement de rêne, la calèche se dirigea vers la grange et Raine vers la maison.

— Vous avez besoin de quoi que ce soit ?

Adelle se précipita sur lui avec une chaise.

— Vous êtes fatigué ?

— Non, merci. Je me sens plutôt bien.

C'était un euphémisme. Cette balade sous le soleil en compagnie de Jonah l'avait revigoré. Son cœur battait la chamade, et pour la première fois depuis l'agression, il se sentait en paix avec lui-même. Peut-être serait-il enfin capable de fermer l'œil toute la nuit.

— Vous avez profité du soleil, commenta gentiment Adelle en apportant une assiette à table.

— En effet, et ça m'a fait du bien.

Ses yeux tombèrent sur les cookies placés devant lui.

— Si je reste ici trop longtemps, vous allez me rendre obèse ! ajouta Raine en souriant et en portant un des cookies à sa bouche.

— Tssss, marmonna Adelle en se remettant au travail. Vous êtes trop maigre. J'essaie juste de vous remplumer, le réprimanda-t-elle tendrement tout en essuyant le comptoir.

La porte s'ouvrit et Jonah apparut. Il venait s'asseoir à ses côtés, lorsque le téléphone sonna dans la pièce voisine.

— Raine, téléphone !

La voix de Geoff leur parvint depuis l'autre pièce, suivie de l'homme lui-même.

— Tu peux le prendre dans le bureau, si tu préfères.

63

Le ton de sa voix rendit Raine nerveux. Quelque chose clochait, il le savait. Il se leva, marcha jusqu'au bureau et s'assit sur le fauteuil de Geoff puis prit le combiné que son ami lui avait décroché.

— Allô, oui, ici Raine.

— Ah, je suis content de vous avoir. Ici l'Agent Clark de la Police de Chicago. Nous avons discuté ensemble à l'hôpital la semaine dernière, après votre agression.

— Oui, je m'en rappelle. Avez-vous pu les attraper ?

Après sa première visite, l'agent était revenu le voir à l'hôpital, mais il disait toujours qu'il n'avait rien de nouveau.

— Je suis désolé que ça ait prit si longtemps, mais nous avons enfin une piste sur l'homme que vous avez décrit. Il n'est pas encore en détention, mais nous avons réussi à arrêter l'un de ses complices, et il a beaucoup parlé.

— Est-ce que vous pensez pouvoir attraper bientôt le type qui m'a fait ça ?

Raine sentit son estomac se tordre, et il sursauta quand une main lui toucha l'épaule. Il se retourna et vit Jonah se tenant derrière lui, ses doigts le touchant juste assez pour lui faire savoir qu'il était à ses côtés.

— C'est justement là le problème. Nous pensons savoir de qui il s'agit, mais nous n'arrivons pas à lui mettre la main dessus. Il y a une voiture enregistrée à son nom, mais elle a passé le péage en direction de l'Indiana.

Raine déglutit avec peine en réalisant ce que cela pouvait impliquer.

— Êtes-vous en train de me dire que vous pensez qu'il se dirige vers moi ? Comment pourrait-il savoir où je suis ?

— Nous ne sommes pas certains qu'il se dirige vers vous. Il se pourrait qu'il essaie seulement de quitter l'état. Mais le suspect que nous avons interpellé travaille comme aide-soignant à l'hôpital, et il se peut qu'il ait jeté un œil à votre dossier avant que nous l'attrapions. Il est possible qu'ils sachent où vous êtes allé après votre sortie de l'hôpital.

Raine était sur le point de vomir.

— Pourquoi quelqu'un se donnerait-il tant de mal pour une attaque homophobe faite au hasard ?

Il pouvait presque sentir les coups de pieds et de poings une nouvelle fois. Il commençait tout juste à se sentir mieux et c'était comme si le sol se dérobait sous lui.

— Nous ne sommes pas convaincus que ce soit une agression au hasard. Je ne peux pas vous transmettre les détails pour le moment, mais sachez que vous n'êtes pas seul. Je vais appeler le shérif local et l'avertir du possible danger. Si nous apprenons quoi que ce soit d'autre, je vous appellerai immédiatement. Je sais que je ne peux pas faire grand-chose de plus pour vous, mais je vous en prie, soyez prudent.

Raine sentit des martèlements dans sa tête comme si un groupe de rock jouait à l'intérieur.

— Merci, je vais rester sur mes gardes.

Raine raccrocha le téléphone en un geste machinal et laissa tomber sa tête sur le bureau en donnant des coups contre le bois froid. Pourquoi quelqu'un aurait-il voulu lui faire cela délibérément ?

VI

JONAH IGNORAIT ce qui l'avait poussé à entrer dans le bureau, mais dès qu'il avait passé le pas de la porte et vu le visage de Raine blêmir, il avait su qu'il avait pris la bonne décision. Raine avait légèrement sursauté quand il lui avait touché l'épaule, et sa chaleur avait irradié jusque sur sa paume. Jonah écoutait la voix de Raine et n'était pas certain de comprendre ce qui se passait, mais il percevait sa détresse et sentait ses muscles sous sa main se raidir, se tendant tellement qu'ils semblaient sur le point de rompre. Lorsque Raine raccrocha, Jonah pensa que c'était fini, mais ce n'était pas le cas. Et quand il se tapa ensuite la tête sur le bureau, Jonah lâcha son épaule et caressa le dos de l'autre homme.

— Tu n'es pas obligé de faire ça, lâcha Raine contre le bois, la voix étouffée, proche des larmes, tandis que les muscles de ses épaules, que Jonah massait, étaient agités de soubresauts.

Il avait l'air vraiment mal, et Jonah continua de caresser son dos, attendant qu'il relève enfin la tête.

Un bruit près de la porte attira son attention et Geoff fit son apparition, l'air particulièrement inquiet.

— J'imagine qu'il n'avait pas de bonnes nouvelles.

Raine secoua la tête mais ne dit rien.

— Tu comptes me laisser deviner ou tu vas me dire ce qu'il a dit ?

— En gros, pour résumer, ils pensent savoir qui m'a agressé parce qu'ils ont pu attraper un de ses complices, mais il s'est enfui, et la police pense qu'il a quitté l'Illinois et qu'il pourrait se diriger par ici.

Le ton de Raine fit reculer Jonah.

—Oh, et pour couronner le tout, ils pensent que l'agression n'était peut-être pas un acte arbitraire et que j'ai été choisi pour une raison quelconque. Mais est-ce qu'ils me diraient pourquoi ? Nooooooon. Connards ! Je ne suis rien d'autre que le mec qu'on a laissé en sang dans la rue !

Le poing de Raine frappa le bureau, le son résonnant dans la pièce, et Jonah sursauta à nouveau.

— Calme-toi, Raine. Nous sommes tous là pour toi, et nous ne t'abandonnerons pas.

Le poing claqua à nouveau.

— Geoff, tu m'as écouté ? Ce type est peut-être en train de se diriger vers ici. Ils pensent qu'il a pu avoir ton adresse grâce à la décharge que j'ai signée à l'hôpital. Le type qu'ils ont attrapé y travaillait, a priori. Putain, c'est vraiment la merde.

Raine sembla se vider de toute son énergie, sa tête retombant une énième fois sur le bureau.

— Qu'est-ce que je vais bien pouvoir faire ?

Jonah voulait dire quelque chose, mais il réalisa qu'il n'avait aucune idée de ce qui pourrait bien réconforter Raine. S'avançant, il posa sa main sur celle de Raine qui s'écarta aussitôt, comme s'il avait été brûlé.

— Tu devrais rester loin de moi !

Raine se leva, sa main tenant son flanc.

— Vous devriez tous rester loin de moi ! Vous serez plus en sécurité ! s'exclama Raine en sortant de la pièce.

Jonah resta immobile en se demandant ce qu'il avait bien pu faire. En entendant les pas de Raine dans l'escalier, Jonah sentit les larmes lui monter aux yeux. Inspirant un grand coup, il déguerpit de la pièce, passa dans le salon et la cuisine puis atteignit enfin la porte arrière et l'extérieur. Ne sachant pas où aller, il se dirigea vers la grange : au moins, les chevaux ne le rejetteraient pas, eux.

L'écurie fourmillait d'activité. On sellait des chevaux et un groupe d'enfants paradait au milieu, conduisant leur monture vers le fond, où les attendaient Joey et Eli. Il avait vraiment besoin de parler à son frère, mais ce dernier avait visiblement un cours, et même s'il en avait vraiment besoin, ce n'était pas un motif suffisant pour l'interrompre, donc il se contenta de rester à l'écart près de la porte, tandis que Sheba passait la tête par-dessus sa stalle.

— Tu as l'air d'aller mieux, lui dit-il d'une voix douce quand elle s'approcha, tout en lui caressant le nez.

Elle agita la tête et dirigea ses lèvres vers sa poche où elle s'attendait à trouver une friandise. N'en trouvant pas, elle frotta sa tête contre le torse de Jonah.

— Toi, au moins, je te comprends, murmura-t-il à l'intention de la jument.

— Est-ce que tu es triste ? demanda une petite voix derrière lui.

Il se retourna et aperçut une petite fille – elle devait avoir six ou sept ans – qui le dévisageait de ses grands yeux.

— Peut-être un peu…

Il ne savait pas pourquoi il souffrait autant, mais le fait était que le rejet de Raine le blessait au plus profond de son cœur.

— Comment t'appelles-tu ? demanda-t-il, tentant de changer de sujet.

— Sherry ! répondit-elle joyeusement. Quand je suis triste, je viens ici rendre visite à M. Stoney. Il me fait toujours me sentir mieux.

Elle lui fit un grand sourire et scruta l'écurie.

— M. Stoney ! cria-t-elle à plein poumons, sa voix résonnant dans toute la grange.

Stone apparut de nulle part, la soulevant pour la faire tourner sur elle-même dans les airs.

— Je suis juste là !

La fillette poussa un cri et éclata de rire tandis que Stone la portait, et Jonah se remémora ses propres sœurs faire la même chose quand il jouait avec elles.

— Pourquoi cries-tu comme ça, hein ? la taquina Stone tout en soufflant sur ses joues.

Sherry le pointa du doigt, les yeux brillants.

— Il avait l'air triste et je voulais que tu le rendes heureux comme tu fais toujours avec moi !

Elle serra le cou de Stone de ses petits bras et souffla sur sa joue en retour.

— Tu es prête pour ta leçon ? demanda Stone en reposant Sherry à terre.

Elle commença à sautiller gaiement :

— Bien sûr !

Puis elle devint très sérieuse :

— Tu avais promis que je pourrais monter un grand cheval aujourd'hui !

— C'est vrai, et M. Eli l'a préparé pour toi.

Stone pointa vers le manège, et Jonah suivit son doigt. Son frère s'y tenait avec un magnifique cheval bai. Il n'était pas particulièrement grand, mais il était magnifique, avec ses traits majestueux et sa robe éclatante, la tête bien haute. Sherry poussa un autre cri et se rua sur le cheval, courant aussi vite qu'elle le pouvait.

— Ne cours pas, il t'attend.

Elle ralentit et Jonah aperçut Stone sourire en la regardant, un éclat doux dans ses yeux.

— Elle est adorable, dit Jonah tout bas, sa tristesse reprenant lentement le dessus maintenant que la joie qui irradiait de la fillette s'éloignait.

— Elle est une espèce de miracle.

Stone se tourna vers lui.

— Quand je l'ai rencontrée, elle n'avait pas dit un mot depuis près d'un an, depuis que son père était décédé. Sa mère dit que je suis un cadeau du ciel, mais moi je pense plutôt que ce sont les chevaux.

Jonah vit Stone s'essuyer les yeux avant de se retourner vers lui.

— Tu ressembles à quelqu'un qui vient de perdre son meilleur ami.

Jonah haussa les épaules et se retourna vers la jument.

— Je comprends si tu ne te sens pas d'en parler, mais parfois, ça aide.

— Pourquoi est-ce que tout le monde veut tout le temps parler de tout, ici ?

Jonah ne laissa pas le temps à Stone de répondre.

— Vous parlez, parlez, mais vous ne dites jamais rien ! Et quand cela arrive enfin, eh bien vous ne dites pas ce que vous pensez réellement. Pourquoi est-ce que les gens ne peuvent pas parler de manière claire et honnête ?

Il se sentit encore plus perdu. Tout était si étrange ici, et pile au moment où il pensait avoir trouvé ses marques, il y avait de nouveau un truc qui changeait.

— Est-ce que tu veux me dire ce qui a provoqué ça ? répondit Stone d'une voix posée, loin de l'agitation présente dans celle de Jonah.

— Nous avons fait un tour en calèche, et il a promis qu'il…

Jonah déglutit, et sa voix se brisa.

— Qui ça ? Raine ? clarifia Stone, et Jonah fit oui de la tête.

— Il souffre beaucoup. C'est pour ça qu'il est ici.

Stone posa sa main sur son épaule et Jonah sentit sa chaleur, mais pas les picotements qui accompagnaient toujours le moindre effleurement de Raine.

— Pour être honnête avec toi, je ne connais pas très bien Raine. Je l'ai juste vu à de rares occasions, mais je sais qu'il doit être terrorisé en ce moment.

— Mais pourquoi me ferait-il du mal à moi ?

— Il ne l'a probablement pas fait exprès. Parfois, les gens réagissent de façon excessive lorsqu'ils ont peur. Tu devrais essayer de lui laisser un peu de temps.

La main de Stone quitta son épaule.

— Si tu veux te changer les idées, tu pourrais venir nous aider à donner le cours. Les enfants vont t'adorer, et je ne connais rien qui ne mette de bonne humeur plus vite qu'un groupe d'enfants qui rigolent sur le dos de leur cheval.

Stone le poussa vers le fond de l'écurie.

— Allez. Si tu as la moitié du talent de ton frère, ce sera inné !

Jonah consentit à le suivre, et le bruit des enfants se fit de plus en plus fort à mesure qu'il s'approchait du manège. C'était l'anarchie, entre les enfants qui grimpaient à cheval et ceux qui laissaient déjà leur monture se balader dans le manège. Sherry lui fit un signe de la main.

— J'ai mon cheval de grande fille ! cria-t-elle avec un énorme sourire en passant devant eux.

Eli releva la tête de la paire d'étriers qu'il ajustait pour le compte d'un petit garçon juché sur un poney.

— Jonah, Dieu merci.

Il semblait un peu stressé.

— Est-ce que tu veux bien t'occuper de Sherry ?

Il pointa du doigt la fillette aux anges.

— Elle a une nouvelle monture, donc elle va sûrement avoir besoin d'aide.

— Je sais !

Il sentit un sourire poindre sur ses lèvres tandis qu'il l'observait.

— Elle me l'a dit !

— Parfait, dit Eli en finissant ses réglages, avant de reculer. C'est bon, tu es prêt, Pauly !

Il autorisa le poney et son cavalier à s'en aller.

— Merci, M. Eli !

Le garçonnet sautillait presque sur sa selle tandis qu'Eli faisait se rassembler la classe, et tout le monde se tut et arrêta son cheval.

Jonah se dirigea vers Sherry dans le manège et attendit qu'Eli ait fini de donner ses instructions. Pendant la demi-heure qui suivit, Jonah observa Sherry et les autres élèves apprendre à adopter le rythme de leur monture. Une fois le cours terminé, Jonah aida les plus petits à desseller leurs poneys avant de les rentrer un par un dans les enclos.

— Tu as fait du bon travail, aujourd'hui, dit Stone en se tenant près de lui, penché sur la barrière de l'enclos, observant les poneys jouer.

— Merci.

Une voiture entra dans la cour, détournant leur attention.

— Qu'est-ce que la police fait là ? s'interrogea Stone.

— Je pense que c'est lié au coup de téléphone qu'a reçu Raine tout à l'heure.

Sa curiosité prenant le dessus, Jonah se dirigea vers la voiture et attendit que l'homme en sorte.

— Je suis l'Adjoint Duane Keenan, et je souhaiterais parler à un certain M. Raine Baumer dit l'agent de police, puis, passant d'un ton bourru à un grand sourire : Ce ne serait pas vous, par le plus grand des hasards ?

— Non, je m'appelle Jonah, répondit ce dernier en lui rendant son sourire. C'est la ferme de mon frère et…

Il réfléchit une seconde avant de se souvenir du terme qu'Eli lui avait conseillé d'employer :

— …de son partenaire. Cela ne vous pose pas de problème, n'est-ce pas ?

— Pas le moins du monde.

Ses yeux bleus assortis à son uniforme brillaient, mais Jonah ne put s'empêcher de les comparer à ceux de Raine. Il devait arrêter de faire ce genre de choses, il le savait.

— Raine est à l'intérieur de la maison. Je peux vous conduire à lui, si vous le voulez.

— S'il vous plaît, répondit le policier d'une voix plus grave qu'auparavant.

Jonah grimpa les marches de la porte arrière, ouvrit cette dernière et entra dans la maison. L'homme qui le suivait aurait aussi bien pu être assis sur une selle, une chaîne dans les mains, tant il faisait de bruit ! Froissement de cuir, claquement de métal, pas lourds. Et quand cet instrument près de son oreille brailla, Jonah sursauta. Il fit volte-face pour voir de quoi il s'agissait, mais ne vit que le policier qui lui souriait. L'homme faisait un boucan d'enfer.

— Que se passe-t-il ? demanda Adelle en se renfrognant.

— Monsieur est là pour Raine, expliqua Jonah.

— Ils discutent dans le bureau, les informa Adelle d'un ton suspicieux, tout en le jaugeant par-dessus ses lunettes.

Cela fit rire Jonah, qui s'interrompit juste à temps, ne souhaitant pas l'énerver.

Il conduisit l'agent dans salon puis toqua à la porte avant de passer la tête à l'intérieur du bureau. Raine était assis sur l'un des fauteuils et Geoff était penché sur le bureau, occupé à fusiller Raine du regard.

71

— Il y a un policier, ici.

— Merci, Jonah.

Geoff releva les yeux vers lui, de l'inquiétude dans les yeux.

— On arrive.

Il leur fit un signe de tête et se retourna vers le policier.

— Je vous en prie, asseyez-vous !

L'agent se jucha sur l'un des fauteuils et l'observa avec attention. Jonah ne savait pas quoi penser des regards qui lui étaient adressés, mais il s'assit poliment sur le canapé. Geoff sortit du bureau, suivi de Raine, et l'agent se releva pour les présentations. Raine s'assit prudemment sur un fauteuil et Geoff se tint derrière lui, les mains sur ses épaules. Jonah observait la scène tout en espérant en secret que ce soient ses mains à lui, mais Raine n'avait très clairement pas voulu qu'il le touche.

L'agent ouvrit son calepin.

— Je suis ici parce que j'ai reçu un appel de la police de Chicago indiquant qu'un suspect pourrait représenter un danger pour M. Baumer ici présent, et je voulais passer vous voir pour vous assurer que nous allons garder l'œil ouvert et ajouter des patrouilles supplémentaires dans cette zone.

L'agent tendit sa carte à Raine et Jonah vit ce dernier la prendre et la regarder en silence, presque comme s'il ne la voyait même pas.

— Êtes-vous en mesure d'assurer sa protection ? demanda Geoff en faisant les cent pas.

— J'aimerais pouvoir vous dire oui, mais nous ne possédons pas assez d'effectifs, et nous ne sommes pas encore certains de l'existence d'un réel danger. La meilleure chose à faire, c'est de ne jamais le laisser seul et de nous rapporter toute activité suspecte. Nous avons mis la photo du suspect dans le journal en indiquant qu'il était recherché, donc s'il vient, nous aurons plus de chance de lui mettre la main dessus. Mais je pense honnêtement qu'il essaie juste de s'enfuir le plus loin possible.

— Vous ont-ils dit pourquoi ils m'ont attaqué ?

La voix de Raine ressemblait à celle d'un enfant apeuré et Jonah aurait voulu le réconforter, mais il ne le fit pas, son précédent rejet le clouant à son fauteuil.

L'agent jeta un œil à son calepin.

— Rien, à part que l'enquête est toujours en cours.

— C'est tout ce qu'ils ont pu me dire aussi… dit Raine les yeux dans le vague, tenant toujours la carte de visite. J'aimerais bien m'assurer que ma vie ne m'échappe pas complétement.

— Monsieur, j'ai vu pas mal de victimes, et laissez-moi vous dire que peu sont entourées comme vous l'êtes et ont le soutien que vous semblez avoir ici. La plupart des gens doivent traverser cette épreuve seuls, mais vous avez la chance d'avoir des amis qui tiennent à vous. Croyez en mon expérience, ça va passer. Mais si vous avez besoin d'en parler, je peux vous recommander un thérapeute merveilleux.

— Je n'ai pas besoin d'un réducteur de tête, répliqua Raine entre ses dents, la mine renfrognée.

— Ce n'est pas un réducteur de tête, c'est une thérapeute qui travaille avec des victimes.

Jonah vit l'agent se pencher vers Raine.

— Je suis moi-même allé la voir l'année dernière.

Raine ne répondit pas tout de suite, son visage exprimant son mépris.

— Qui, dans ce trou, pourrait bien savoir ce que ça fait de subir une attaque homophobe ? rétorqua-t-il d'un ton agressif.

— Moi, je le sais, répliqua l'agent calmement, d'une voix douce et apaisante. Je sais vraiment ce que ça fait.

Il regarda Raine, et les deux hommes se dévisagèrent si longtemps que même Jonah commença à se sentir mal à l'aise. Raine lâcha prise en premier, et l'agent se leva de son siège et fit un signe de tête à Geoff.

— Je vous raccompagne, dit Jonah quand personne ne bougea, et il se leva pour sortir de la pièce.

Une main saisit son bras, pour l'arrêter.

— Je sais que le moment n'est pas opportun, mais si je ne pose pas la question maintenant, je vais le regretter.

L'agent poursuivit avant que Jonah n'ait eu le temps de répondre.

— Je me demandais si ça vous dirait d'aller voir un film un de ces jours ?

Jonah sourit innocemment.

— Ça pourrait être chouette ! Je n'en ai jamais vu.

L'espèce de radio que l'agent portait à son col recommença à faire du bruit et il y répondit avant de lui dire au revoir et de sortir à toute allure de la maison. Il fit un dernier signe de la main, que Jonah lui rendit juste avant qu'il monte dans sa voiture. Les phares s'allumèrent et la voiture démarra en faisant le plus horrible des bruits, puis rejoignit la route.

Jonah rentra à l'intérieur et trouva Raine toujours assis sur son fauteuil, seul.

— Où est Geoff ?

Raine lui jeta un regard noir.

— Dans son bureau.

— OK.

Jonah n'était pas sûr de comprendre ce qui se passait, mais il n'allait certainement pas rester ici avec un Raine grincheux.

— Du coup, tu vas sortir avec ce type ?

— Sortir avec lui ? répéta Jonah avec une grimace confusion. Qu'est-ce que ça veut dire ? Il m'a demandé si je voulais aller voir un film avec lui. Je n'en ai jamais vu, donc j'ai pensé que ça pourrait être amusant de voir quelque chose en dehors de la ferme.

— Il t'a demandé un rendez-vous, grogna Raine, d'une voix grondante.

— Et ça veut dire quoi, « demander un rendez-vous » ? Sortir avec un ami ?

Ça pourrait être sympa d'avoir un autre ami.

Raine secoua la tête.

— Ce mec s'intéresse à toi. Mince, il a flirté avec toi tout le temps qu'il était là. Je n'arrive pas à croire que tu n'aies rien vu.

Les yeux de Raine s'enflammèrent, et Jonah n'arrivait pas à comprendre pourquoi.

— Donc, un rendez-vous, c'est comme faire la cour ?

— Je suppose qu'on peut le dire comme ça, oui.

Les yeux de Raine semblaient moins brûlants qu'auparavant.

— Il veut me faire la cour ?

Jonah commença à pouffer dans ses mains.

— Les garçons ne font pas la cour à d'autres garçons !

Raine se pencha sur son fauteuil.

— Ton frère a fait la cour à Geoff.

— Non.

Jonah secoua la tête, pouffant toujours comme un enfant qui aurait découvert quelque chose d'osé et savait qu'il ne devrait pas en parler.

Raine acquiesça d'un vigoureux signe de tête.

— Tu les as bien vus partir en promenade à cheval le matin. Cela a commencé il y a des années, lorsqu'ils se sont rencontrés. Geoff m'a dit une fois qu'Eli lui sellait son cheval, prenait bien garde à ce que tout brille, lui préparait son pain préféré, et lui apportait même des fleurs.

Jonah sentit ses yeux s'écarquiller.

— Il lui a *vraiment* fait la cour, murmura-t-il, émerveillé.

— Et c'est ce que *lui*…

Raine indiqua du doigt l'endroit où avait été garée la voiture de police.

— …veut faire avec toi, en quelque sorte.

— Eh bien, peut-être qu'il peut me faire la cour s'il le désire, ou peut-être que c'est moi qui vais lui faire la cour. Après tout, je suis un homme, moi aussi. En quoi ça te concerne, de toute façon ? Tu n'as pas voulu de moi. Tu me l'as dit quand tu as raccroché le téléphone. Alors pourquoi tu t'en soucies ?

Au tour de Raine de parler, d'après Jonah. Il s'était posé des questions toute la matinée, et il était grand temps qu'il obtienne enfin quelques réponses.

— J'ai eu peur. La police venait de me dire que l'homme qui m'avait attaqué était peut-être en route pour venir ici. Ma première pensée a été : et s'il s'en prenait à toi ?

Jonah vit Raine déglutir avec peine.

— Si tu étais blessé par ma faute, je ne pourrais jamais me le pardonner.

La colère enfla en Jonah, prête à exploser.

— Donc tu m'as rejeté et tu m'as fait croire que tu ne m'aimais pas juste parce que tu étais effrayé ? Je sais m'occuper de moi, et je ne suis pas un lâche ! Et je ne suis pas non plus une fillette que tu dois protéger. Je suis un homme et je mérite d'être traité comme tel !

— Amen, commenta quelqu'un dans la cuisine.

— Moi, je sais ce que je veux, monsieur, donc si je veux aller au cinéma avec Duane, j'irai.

Jonah était si en colère qu'il se sentait prêt à en découdre.

— Voudrais-tu aller voir un film avec moi ? demanda soudain Raine, et toute la colère de Jonah s'évapora d'un coup. Je t'emmènerais où tu veux aller tant que je peux y être avec toi.

Jonah se rapprocha et baissa les yeux vers Raine, qui était toujours sur son fauteuil.

— Si nous nous embarquons là-dedans, tu vas devoir faire de réelles promesses, pas des promesses creuses.

— Quel genre de promesses ?

— Plus de rejet. C'est méchant et je n'aime pas ça.

Raine acquiesça et Jonah sourit.

— Tu es plutôt mignon quand tu es jaloux. Tes yeux tournent un peu au vert.

— Ce n'est pas vrai ! se défendit Raine en souriant.

— Peut-être, peut-être pas… Mais tu dois admettre que tu étais jaloux.

— Eh bien… Peut-être un tout petit peu… admit Raine.

— Donc, qu'est-ce que tu dois faire lors d'un rendez-vous ?

Sa propre question fit voleter des papillons dans son ventre.

— Souvent, tu vas au restaurant pour le dîner, et ensuite, parfois, tu vas au cinéma.

Les yeux de Raine étaient brillants et Jonah ressentit sa propre excitation et sa curiosité monter encore d'un cran. Raine toucha sa main et la garda dans la sienne, et les picotements de chaleur recommencèrent, parcourant son bras et s'arrêtant dans son… Jonah baissa les yeux pour vérifier qu'il ne laissait rien paraître d'importun tandis que les doigts de Raine caressaient le dos de sa main.

— Parfois, à la fin de la soirée, quand tu le raccompagnes à sa porte, tu l'embrasses pour lui dire bonne nuit.

Jonah plongea son regard dans celui de Raine et se rapprocha de lui.

— Mais ce n'est pas encore la nuit…

— Nous pourrions faire comme si… souffla Raine, et tout d'un coup, la pièce devint sombre et Jonah sentit la chaleur qui émanait de la peau de Raine.

Chevauchant les genoux de Raine, Jonah se laissa guider jusqu'à ce que leurs lèvres se touchent.

Jonah n'avait jamais rien ressenti de tel de toute sa vie. La chaleur provenant des lèvres de Raine, son propre vertige, le goût de l'autre homme, riche et sucré, et sa légère fermeté, tandis que leurs lèvres se rencontraient. Jonah ne put retenir son halètement plus longtemps lorsque Raine introduisit sa langue dans sa bouche. Il gémit tout bas en répondant au baiser, en proie à des sensations vertigineuses. Raine recula, et ses yeux semblèrent chercher quelque chose que Jonah ne comprit pas, puis ses lèvres reprirent ce qu'elles avaient commencé, l'embrassant de nouveau.

Un raclement de gorge près d'eux fit sursauter Jonah, et il recula. Ce qu'il avait fait était si bon, que ce devait être mal. Regardant derrière lui, il vit Geoff et Eli debout devant la cuisine, tous les deux essayant de ne pas regarder, mais regardant clairement.

— On dirait que tu as suivi mes conseils, dit Geoff en souriant.

Eli essaya de lui donner un coup de coude, mais Geoff fut trop rapide pour lui.

— Tu as conseillé à Raine d'embrasser mon petit frère ?

Geoff s'éloigna encore plus loin.

— À vrai dire, je lui ai dit d'arrêter d'enfoncer sa tête dans le sable, parce qu'il a fait souffrir ton petit frère plus tôt aujourd'hui, et il devait remettre de l'ordre dans tout ça. De mon point de vue, c'est ce qu'il a fait !

Geoff leur sourit à tous les deux, mais Jonah se détourna, ayant soudain le sentiment que quelque chose qui aurait dû être très privé et spécial était maintenant exposé aux yeux de tous. Ce n'était pas sa façon de faire, ces choses-là étaient personnelles, spéciales. La pièce sombra dans le silence derrière lui, puis il sentit des mains chaudes se poser sur ses épaules.

— Tu n'as rien à te reprocher, tu sais.

Jonah se retourna d'un bond.

— Je n'ai pas honte, mais des choses comme embrasser…

Jonah déglutit, il n'était pas certains de pouvoir prononcer ces mots.

— …et d'autres choses, ne sont pas faites pour être vues !

On le lui avait enseigné quand il était plus jeune, et c'était resté. Durant toutes ces années passées avec ses parents, il ne les avait jamais vus faire preuve d'affection l'un envers l'autre, du moins pas quand il y avait du monde autour. Cela ne faisait aucun doute pour Jonah que son père et sa mère s'aimaient, mais c'était simplement intime, et Jonah pensait lui aussi que ce genre de sentiments était très spécial et devait donc rester privé.

— OK.

Raine caressa doucement la peau de son bras.

— Donc quand voudrais-tu aller voir un film ? Je pourrais voir avec ton frère et Geoff s'ils veulent y aller aussi, comme ça, nous aurions des chaperons.

— Tu n'as pas à faire ça. Je ne suis pas une fille, tu sais.

Jonah pensa qu'il aurait dû être énervé, mais il ne l'était pas. Comment l'être quand Raine lui parlait si gentiment, touchait sa peau et se tenait juste derrière lui ? Il savait que l'autre homme devait souffrir, à se tenir figé comme cela, mais il aimait être si proche de lui. Et quand il sentit le plus doux des effleurements sur sa nuque, Jonah frissonna d'un plaisir absolu. En réalisant que ce n'était pas la main de Raine, mais ses lèvres, il frissonna de plus belle.

— Tu as un goût délicieux, tu sais ça ?

— Non, je ne crois pas m'être déjà goûté moi-même…

Jonah cambra la nuque, appréciant les sensations que lui procuraient Raine.

— Donc ça veut dire que c'est fini ces bêtises à propos de ne pas être assez bien pour moi ?

Raine s'arrêta mais Jonah pouvait toujours sentir son souffle dans son cou.

— Pas vraiment… J'ai encore l'impression que tu vas te réveiller un jour en te disant que tu peux faire bien mieux que moi…

Se retournant rapidement, Jonah regarda Raine dans les yeux.

— Je ne comprends pas pourquoi tu te rabaisses comme cela. Dans la communauté, tout le monde est apprécié pour ce qu'il sait faire. Certains peuvent faire plus que d'autres, mais chacun est apprécié et soutenu.

— Sans exception ? demanda Raine, et Jonah ne put s'empêcher de baisser les yeux au sol.

Un doigt sous son menton lui releva la tête.

— Ce n'était pas gentil. Je suis désolé. Ta communauté marche bien pour ceux qui sont prêts à en accepter les règles, mais pour ceux qui ne le peuvent pas, cela peut être une prison. Ou du moins, c'est ce que ton frère m'a dit un jour.

— Il a raison. Mais cela ne change pas le fait que tu ne devrais pas te rabaisser ainsi.

— Chacun ses hobbies… répliqua Raine.

Jonah songea qu'il tentait de faire une plaisanterie, mais il ne se dérida pas. Et lorsque Raine lui sourit, il garda ses yeux dans les siens, fixant l'homme.

— C'était une plaisanterie.

— C'est une plaisanterie seulement si c'est drôle… répondit Jonah, et il attendit quelques secondes avant de sourire lui aussi. Tu sais, je devrais aller aider un peu, et tu devrais te reposer.

Des bras se glissèrent autour de sa taille, l'attirant tout contre l'autre homme qui lui administra un nouveau baiser.

— Même si j'adorerais ça, nous ne pouvons pas passer la journée à nous embrasser !

Jonah sentit Raine poser sa tête sur son épaule quelques secondes avant de se redresser.

— Tu as sans doute raison.

Raine étouffa un bâillement, et Jonah le regarda d'un air qui signifiait : *Je te l'avais bien dit !*

— Je ferais mieux de remonter.

Raine se dégagea de son étreinte lentement, sa main glissant sur son bras jusqu'à ne plus le toucher. Dans un dernier sourire, Raine se retourna et se dirigea prudemment vers l'escalier. Une fois qu'il fut hors de vue, Jonah traversa la maison puis le jardin jusqu'à la grange. Eli était là, se reposant sur une porte de l'une des stalles, et il se redressa lorsque Jonah entra.

— Je peux te parler ? dit Jonah.

Eli marcha jusqu'à lui.

— Je sais que nous avons eu une discussion il y a quelques jours, mais je suis un peu inquiet…

Eli jeta un coup d'œil autour de lui.

— Raine a connu beaucoup d'hommes, mais il n'est jamais resté longtemps avec aucun d'eux.

— Je croyais que c'était ton ami…

Jonah ne comprenait pas pourquoi son frère lui parlait ainsi tout à coup.

— Il l'est, mais tu es mon frère, et je ne voudrais pas te voir souffrir. Tu n'as quitté la communauté que depuis à peine plus d'une semaine, et je ne pense pas que tu sois bien conscient de ce dans quoi tu t'embarques. Raine est un homme bien, mais il ne sait pas ce qu'il veut, et je ne sais pas s'il le saura un jour.

Le regard d'Eli lui transperça l'estomac.

— Je ne vais pas te dire quoi faire, mais je veux que tu sois prudent.

— C'est promis, répondit Jonah.

Eli acquiesça et se remit au travail. Jonah lui donna un coup de main, mais ses pensées étaient occupées à tout autre chose.

VII

RAINE SE réveilla avec un poids sur les jambes, sans savoir ce que c'était. Il se redressa et découvrit un grand corps brun endormi, ainsi qu'un chat en boule près de sa hanche.

— J'imagine que Robbie est déjà debout, murmura-t-il en gloussant.

Rex releva la tête, les yeux mi-clos, et s'écarta un peu pour que Raine puisse déplacer sa jambe, puis les yeux du chien se refermèrent et sa tête se rabaissa sur le lit dans un doux gémissement.

— Tu es le seul chien que je connaisse à avoir son propre chat.

Rex gémit à nouveau, ses yeux toujours fermés. Raine se rallongea et fixa le plafond, trop excité pour se rendormir : cet après-midi-là, il allait emmener Jonah au cinéma – c'était leur premier vrai rendez-vous – et il l'attendait avec impatience. Tous les matins ou presque, Jonah l'emmenait faire un tour en calèche et ils se retrouvaient alors seuls tous les deux, mais c'était là leur premier vrai rendez-vous, et il espérait qu'il allait être spécial.

Il repoussa la couverture et fit glisser ses jambes entre les animaux endormis, s'assit prudemment sur le lit, puis en sortit complétement. Deux paires d'yeux clignèrent quelques fois puis se refermèrent, contents de pouvoir se rendormir. Bâillant à s'en décrocher la mâchoire, Raine se retint de s'étirer comme son corps le lui réclamait. Ces derniers jours, il avait bien guéri, et son corps ne lui faisait plus mal, mais il avait encore du chemin à faire et les incisions de l'opération étaient encore sensibles. Il s'avança lentement vers la salle de bain et prit une douche, puis s'habilla avant de descendre enfin l'escalier.

L'odeur du petit-déjeuner d'Adelle envahit ses narines dès la dernière marche. Son estomac gargouilla d'un appétit qu'il n'avait plus connu depuis son agression.

— Vous semblez aller mieux, commenta Adelle avec un grand sourire tandis qu'elle remplissait des plats de bacon, d'œufs et de saucisses.

Cette femme savait vraiment cuisiner et le faisait avec un réel enthousiasme.

80

— Comment quelqu'un ne pourrait-il pas se sentir mieux après une semaine à déguster votre cuisine ? sourit Raine, et elle lui fit une petite grimace.

— Vous avez un appétit de moineau. Je commençais à croire que vous n'appréciez pas ma cuisine !

La lueur dans ses yeux lui indiqua qu'elle n'était pas sérieuse.

— Mais au contraire ! sourit Raine tout en tirant une chaise et en lorgnant sur les pancakes qu'elle retournait sur son énorme cuisinière. Votre cuisine est la seule chose qui me fait me lever tous les matins.

Ceci, et aussi le fait que s'il loupait l'heure, elle lui jetait le plus mauvais des regards, avant de bien vouloir lui tendre une assiette. Le plat de pancakes arriva sur la table tandis que la porte du fond s'ouvrait sur une armée d'hommes affamés. Jonah s'assit à côté de lui et les autres hommes firent de même.

— Adelle, assieds-toi donc, je vais chercher le jus, la sermonna Geoff gentiment.

Raine avait vite remarqué qu'Adelle s'assurait d'abord que tout le monde était bien servi avant de manger debout près du comptoir, si Geoff la laissait faire, ce qui n'arrivait que rarement.

— J'ai presque fini ! dit-elle en souriant, le renvoyant à son siège et plaçant la carafe de jus sur la table avant de s'asseoir à son tour.

— Des nouvelles de la police ? demanda Joey de l'autre côté de la table, tout en attrapant du bacon pour Robbie et lui, avant de passer le plat à Eli.

Raine soupira et sentit la main de Jonah tapoter sa jambe en signe de sympathie.

— Ils pensent qu'il se passe quelque chose à mon travail, et ils sont en train de revoir les comptes. Ils n'ont toujours pas de piste concernant mon agresseur, mis à part qu'il a abandonné sa voiture quelque part dans l'Indiana.

L'assiette de bacon arriva devant lui, mais il la fit passer, ayant perdu son appétit.

— J'aimerais juste savoir ce qui se passe. Mais ils ne me disent rien.

Raine savait qu'il se plaignait un peu, mais il en avait bien le droit, de son point de vue.

— Ce doit être vraiment frustrant, dit Robbie, et Raine se retrouva fasciné par les mouvements de ce dernier alors qu'il cherchait les aliments dans son assiette.

Certaines fois, il oubliait que l'homme était aveugle. Bon sang. Il se sentit bête. Il n'arrêtait pas de se plaindre de ses petits problèmes tandis que Robbie souriait, dans le noir le plus total, aussi heureux que n'importe qui d'autre.

— Mais je suis certain qu'ils vont découvrir ce qui se passe, poursuivit-il avant de prendre sa première bouchée.

— Tu as raison, concéda Raine en balayant cette pièce remplie d'amis qui se souciaient de lui.

Au fond, ce n'était peut-être pas si important. Ce qui importait vraiment, n'était-ce pas qu'il soit assis là, à cette table ? Son regard s'arrêta sur Jonah, et un frisson lui parcourut tout le corps. Ses grands yeux se posèrent sur lui. Personne ne l'avait jamais regardé ainsi, et ce jeune homme gentil, doux et innocent le dévisageait comme s'il était l'homme le plus important sur Terre.

— C'est juste dur de ne pas savoir où se trouve ce type.

— S'il se pointe par ici, il aura à faire à nous tous, siffla Jonah en regardant autour de la table.

Raine vit toutes les têtes acquiescer.

Geoff avala sa bouchée.

— Personne ne peut te faire de mal ici, donc concentre-toi plutôt sur ta guérison, et ne te préoccupe de rien d'autre. Qui que soit la personne qui t'a attaquée, elle n'a pas l'ombre d'une chance ici. Cette allée était peut-être son territoire, mais cette ferme est le mien, et personne ne te fera de mal sur mon territoire.

Geoff se pencha sur la table pour attraper l'assiette de Raine, et la remplit avant de la lui redonner.

— Donc mange !

— Oui, papa, répliqua Raine avec sarcasme, avant de prendre une bouchée, et il découvrit que son appétit était revenu.

— Tu ferais bien de manger, murmura Jonah dans son oreille. Sinon, tu vas vouloir faire la sieste cet après-midi, alors que nous allons au cinéma !

Raine se tourna légèrement et ses lèvres furent toutes proches de celles de Jonah.

— D'accord, je te promets de ne pas m'endormir devant le film.

Il n'en était pas question. Deux heures, dans le noir, avec Jonah juste à côté de lui. Même s'il n'avait pas dormi depuis quatre jours, il resterait éveillé.

82

Le téléphone sonna et Geoff se leva, quittant la pièce pendant quelques minutes avant de revenir.

— Jonah, c'est pour toi.

Raine vit Jonah regarder autour de la table, semblant se demander qui cela pouvait bien être. Il se leva et quitta la pièce, et Raine dut se retenir de faire la même chose. Jonah ne recevait pas d'appels, et il sentait au fond de lui que c'était le policier, celui qui était venu quelques jours plus tôt et qui avait fait de l'œil à Jonah – son Jonah. Quand il réalisa combien il se sentait attaché au petit frère d'Eli, cela lui fit un choc, et évinça même ses inquiétudes quant au possible danger dans lequel il se trouvait.

Raine ne cessait de tourner les yeux vers la porte, malgré lui.

— M. Raine, mangez votre petit-déjeuner avant qu'il refroidisse ! gronda Adelle doucement. Ce garçon ne va pas sortir avec cet autre homme, donc vous n'avez aucune raison d'être inquiet ou jaloux !

Adelle fit un signe de tête pour ponctuer son affirmation, puis recommença à manger.

— Comment pouvez-vous en être sûre ?

Il ne s'était jamais senti aussi nerveux de toute sa vie. Chaque fois que Jonah le regardait, il sentait une chaleur le dévorer de l'intérieur, mais rien que de penser que quelqu'un d'autre puisse avoir droit à ces regards tendres le mettait hors de lui.

— Je le sais. Maintenant, mangez ! Rappelez-vous, vous n'êtes pas encore trop vieux pour une fessée déculottée !

Elle sourit et agita sa cuillère dans sa direction.

— Oui, madame.

Raine prit une bouchée d'œufs, surveillant toujours la porte.

— Qu'est-ce qui le retient ? marmonna-t-il pour lui-même avant d'avaler une autre bouchée. Ça prend combien de temps de dire non à un homme ?

— Il ne veut pas être grossier, souffla Adelle. Il est clair que sa mère l'a bien élevé.

— Vous devez avoir raison…

Mais Raine, lui, pouvait parfaitement être grossier, et si cet homme se pointait, il le serait, c'était certain. Adelle gloussa doucement et n'ajouta rien, mais elle secoua la tête en continuant son petit-déjeuner.

Jonah revint dans la pièce avec un énorme sourire sur le visage, et Raine sentit son estomac se tordre. Jonah se rassit et commença à dévorer son plat, souriant toujours, mais ne disant rien. Raine faisait de son mieux pour finir son assiette, mais il n'en voulait plus. Il la repoussa finalement et fixa Jonah en espérant qu'il dirait quelque chose, n'importe quoi, mais le jeune homme se contenta de finir son repas.

Raine en aurait hurlé de frustration. Les autres, autour de la table, avaient dû s'en rendre compte, mais ils ne disaient rien, ils continuaient de discuter comme si de rien était. Enfin, tout le monde eut fini son assiette et Raine aida Adelle à débarrasser la table avant de passer au salon. Si Jonah ne voulait pas en parler, il n'allait certainement pas se montrer faible et poser la question. Il s'assit sur le canapé, cala son dos contre les coussins et fit de son mieux pour rester calme. Il s'attendait à moitié à voir Jonah s'asseoir à côté de lui, mais la maison se vida à mesure que les autres repartaient travailler. Avec un grognement exaspéré, il se releva et se rendit à la grange. Au diable sa fierté, si Jonah voulait sortir avec l'agent Duane, qu'il le fasse. Mais au moins, il aurait sa réponse.

— Je savais bien que Jonah ne voulait pas vraiment de moi, murmura Raine en se dirigeant vers la grange. Je n'aurais pas dû me laisser espérer que quelqu'un de si bon puisse en pincer pour moi.

Atteignant la porte, il l'ouvrit et entra, parcourant du regard la horde de petits cavaliers qui se préparaient pour leur cours. Il songea que la grange avait des allures de la gare de Grand Central, en plein cœur de Manhattan. Raine slaloma pour éviter les enfants qui dirigeaient leur monture vers la carrière. Quelques chevaux sellés étaient amenés dans la direction opposée pour une randonnée. Dos appuyé contre la porte de l'une des stalles, il attendit que tous les chevaux soient passés, puis aperçut enfin l'homme qu'il cherchait.

— Jonah.

— Raine ? Qu'est-ce que tu fais là ? Je pensais que tu te reposais pour que nous puissions aller au cinéma…

— Je ne pense pas que nous irons, dit Raine en le dévisageant. Tu peux y aller avec l'Agent Bien Foutu, si tu veux.

— L'agent quoi ?

Jonah plissa les yeux.

— Tu veux dire Duane ?

— C'était lui au téléphone, non ?

— Oui.

Jonah croisa les bras sur son torse.

— Et il t'a proposé d'aller au cinéma ?

— Oui.

Jonah se renfrogna.

— Et je lui ai répondu que je ne pouvais pas y aller parce que tu m'y emmenais déjà. Mais j'aurais peut-être dû lui dire oui, si tu dois te comporter comme ça.

Le visage de Raine s'affaissa. Maintenant, il ne lui restait plus qu'à expliquer sa réaction à Jonah.

— Je suis désolé. Pourquoi n'as-tu rien dit après ton coup de téléphone ?

— Parce que, gros bêta, dit Jonah en souriant, il n'y avait rien à dire. Je lui ai dit merci, mais j'ai déjà quelqu'un qui m'emmène au cinéma. Ensuite, il m'a proposé un dîner.

Raine haussa les sourcils et retint un grognement.

— Je lui ai demandé quelles étaient ses intentions, parce que je ne pouvais le voir qu'en tant qu'amis.

Raine ne pouvait qu'imaginer la réaction de l'autre homme. Quelque chose lui disait que l'agent Duane ne se faisait pas rejeter très souvent.

— Il n'a pas dit grand-chose après cela, juste qu'il me verrait à sa prochaine visite à la ferme.

Jonah avait l'air déçu.

— Et ça te va ? demanda Raine.

Il détestait voir Jonah déçu ou triste, même pour cette raison-là.

— J'espérais me faire un nouvel ami.

Raine s'avança et prit le jeune homme adorable dans ses bras.

— Tout le monde ne veut pas d'amis. Parfois, les gens sont juste intéressés par plus.

Il caressa de ses mains le dos de Jonah.

— Je suis désolé. Beaucoup d'autres personnes voudront être ton ami, et toutes ne voudront pas ce que lui voulait.

— Tu dis ça comme s'il ne voulait pas me faire la cour. Que voulait-il donc ?

— Je pense qu'il voulait te faire la cour juste pour te mettre dans son lit.

Raine se détesta de prononcer ces mots, parce que s'il était honnête envers lui-même, c'était ce qu'il désirait lui aussi. Debout, avec Jonah dans ses bras, il s'apprêtait à faire quelque chose qu'il n'avait jamais fait : prendre son temps.

— Et toi, ce n'est pas ce que tu veux… commenta Jonah doucement, en se raidissant dans ses bras.

— Je n'ai pas dit ça.

Raine attendit que Jonah le regarde.

— Je pense simplement que nous devrions d'abord apprendre à nous connaître. Le sexe complique parfois les relations, tandis que le sexe entre deux personnes qui s'aiment est une chose merveilleuse.

— Est-ce que c'est ce que tu veux ? demanda Jonah, les yeux aussi doux que sa voix.

Il était dur pour Raine d'expliquer ce qu'il voulait.

— J'ai passé beaucoup de temps à coucher avec des hommes que je connaissais à peine. Il n'y avait pas d'amitié ou d'amour, juste du sexe. C'était marrant, mais c'est tout, et au bout du compte, j'étais toujours aussi seul.

Raine espérait que ses mots avaient du sens pour Jonah, en tous cas, ils prenaient sens pour lui. Toutes ces années, il avait toujours fait la même chose, il s'était comporté de la même manière, tout en se demandant pourquoi rien ne changeait jamais.

— Tu n'as pas répondu à ma question.

— Je sais, parce que c'est une question difficile.

— Non, pas du tout. C'est vraiment une question très simple. Il te suffit juste d'être honnête envers toi-même et de parler en toute franchise – de dire exactement ce que tu veux dire.

Jonah inclina légèrement la tête en attendant sa réponse.

— Ce que je veux, c'est apprendre à te connaître. C'est assez franc pour toi ? Je veux découvrir tout ce qu'il y a à savoir sur toi.

D'autres personnes entrèrent dans l'écurie, alors Raine baissa la voix et approcha sa bouche de l'oreille de Jonah.

— Et lorsque j'aurai terminé, je veux tout recommencer encore et encore.

— Mais je ne sais pas ce que cela veut dire, répliqua Jonah, même si ses yeux étaient écarquillés et que sa respiration se faisait saccadée.

— Ne t'en fais pas. Nous le découvrirons ensemble. C'est la meilleure partie.

Ou du moins, il l'espérait. C'était tout nouveau pour lui. Il n'avait jamais fait cela auparavant, il ne l'avait jamais voulu, mais la simple pensée de Jonah avec quelqu'un d'autre était suffisant pour qu'il veuille essayer.

— Hm.

Jonah se mordilla la lèvre inférieure.

— Je dois retourner travailler.

Raine regarda autour de lui. En cet instant, ils étaient seuls, et sachant combien Jonah tenait à être discret sur certaines choses, il en profita pour l'embrasser. Il cajola ses lèvres avec sa langue, et fut gratifié d'un petit gémissement avant de reculer.

— Bon, je te laisse finir, mais après le déjeuner, nous irons en ville ! Geoff me laisse emprunter sa voiture, et je te ferai découvrir ton premier film et ton premier rendez-vous.

Raine lui vola un dernier baiser avant de se diriger vers la porte de la grange, extrêmement satisfait de lui-même.

— Waouh, murmura-t-il en reprenant son souffle, et il eut le tournis en retournant vers la maison, où il s'allongea un moment.

RAINE PIQUA un somme et constata en se réveillant que ses compagnons du matin l'avaient rejoint sur le canapé : le chien et le chat étaient tous deux blottis contre ses pieds. Un fredonnement provenait de la cuisine et un bruit d'ordinateur et de clavier, du bureau. Il se leva et se rendit dans la cuisine où il vit Adelle qui finissait de préparer le déjeuner.

— Ça doit être un boulot à plein temps, de nourrir tout ce monde, commenta Raine en se servant, dans la cafetière, du café qu'elle gardait toujours chaud et fraîchement moulu.

— Pas vraiment, mais par contre, je ne peux pas faire le ménage tant que vous dormez sur le canapé. Alors, est-ce que je peux, maintenant ?

Raine connaissait assez bien Adelle maintenant pour savoir qu'elle plaisantait.

— Pourriez-vous aller à la grange leur dire que le repas sera prêt quand ils auront fini de nettoyer ?

— Oui, madame !

Raine claqua des talons et lui fit un salut, esquivant le torchon qu'elle lui lança. C'était agréable, de plaisanter, et il réalisa qu'il avait retrouvé l'envie de rire – comme s'il redécouvrait cette part de lui. Il se servit du téléphone de la maison pour appeler la sellerie et prévenir Geoff que le déjeuner était prêt.

— Dis à Adelle que nous venons de finir le cours et que nous serons là d'ici quinze minutes.

Raine rapporta le message de Geoff avant d'aller se débarbouiller dans la salle du bain du bas. Il rêvait d'une bonne douche, mais rien que la pensée de monter l'escalier était suffisante pour le stopper. Descendre n'était pas un problème, mais son flanc lui faisait encore mal quand il montait, donc il évitait de le faire autant que possible.

Quand il revint à la cuisine, elle était déjà remplie de voix. Raine rejoignit les autres hommes à table, où ils dévoraient l'énorme repas qu'Adelle avait préparé.

— Vous savez, si je reste ici plus longtemps, je vais devenir aussi gros que la ferme. Votre cuisine est la meilleure, Adelle, mais vous allez me faire grossir !

Elle émit un son que Raine serait incapable de décrire.

— Vous n'avez que la peau sur les os.

Elle lui servit une cuillère de pommes de terre et Raine fixa son assiette, jeta un coup d'œil à Jonah, puis se replongea dans son assiette avec bon appétit.

Après le déjeuner, Raine débarrassa, puis monta à l'étage, descendant quelques minutes plus tard après avoir enfilé un jean propre qui lui moulait les jambes et une chemisette repassée qui laissait voir ses épaules et ses biceps.

— Tu es prêt ?

Jonah lui bondit dessus, son excitation transparaissant dans chacun de ses mouvements.

— J'ai hâte de voir un film ! Je me suis toujours demandé comment c'était, mais Père n'a jamais voulu que j'en vois un. Et en plus, c'est avec toi que j'y vais.

— Allons-y !

Raine attrapa les clefs sur le comptoir et précéda Jonah jusqu'au pick-up. Quelques minutes plus tard, ils filaient sur la route de campagne, le vent fouettant le capot tandis qu'ils conduisaient vers Ludington.

Il gara le pick-up dans la rue adjacente, et suivit les instructions de Geoff pour trouver le cinéma. Le vieil immeuble se trouvait juste à côté de la rue principale de la ville. Il ne possédait qu'une seule salle et Raine commença à se demander dans quoi ils s'étaient fourrés. Il espéra que ce ne serait pas un film d'horreur ou autre chose dans ce style-là. Stupidement, il ne s'était pas renseigné sur le programme. Lorsqu'il le lui avait demandé, Geoff lui avait juste dit que les séances de la journée commençaient à quatorze heures. Il avait oublié que ce ne serait pas un cinéma géant où il y avait toujours moyen de trouver un film à voir.

— C'est là ?

— Oui.

Raine regarda le fronton et ses yeux s'écarquillèrent.

Jonah se tenait à ses côtés et regarda lui-aussi les lettres néons.

— *Danse avec les Loups*, c'est un bon film ?

— Oui.

Il regarda autour de lui, comme s'il pouvait trouver une explication.

— Mais ça a vingt ans !

Cela ne sembla pas atténuer le moins du monde l'excitation de Jonah.

— Pas pour moi ! répondit-il en souriant, ce qui fit rire Raine.

Il ne voyait toujours pas pourquoi le cinéma passait ce film, mais il savait qu'il n'aurait pas la réponse en restant à l'extérieur.

Il ouvrit la porte et suivit Jonah à l'intérieur, avant de se diriger vers la caissière.

— Hum, je voudrais deux tickets.

— Voilà, dit-elle en prenant la monnaie et en lui tendant les tickets.

— Que se passe-t-il ? demanda Raine en montrant le titre du film.

— Oh, dit-elle en riant. Le cinéma fête son quatre-vingtième anniversaire, du coup, nous passons des grands classiques le samedi. Nous avons commencé avec les années trente et nous passons un film par décennie. Là, nous en sommes aux années quatre-vingt-dix et le patron a choisi *Danse avec les Loups*.

Elle se pencha vers eux.

— Sa femme et lui étaient allés le voir quand ils sortaient ensemble ! ajouta-t-elle avec un léger soupir rêveur.

Raine guida Jonah jusqu'au comptoir des friandises.

— Tu veux quelque chose ?

Jonah était pétrifié, son regard rivé sur les boîtes remplies de bonbons, le pop-corn, et les hot-dogs tournant dans leur espèce de présentoir. Jonah balaya l'ensemble et s'arrêta sur Raine, dépassé.

Raine prit les choses en main et passa commande.

— Deux grands pop-corns, des M&M's et deux Coca.

Pendant que la serveuse préparait la commande, Raine sortit quelques billets de sa poche et les lui tendit, avant de donner son Coca et ses friandises à Jonah, et de le suivre à l'intérieur de la salle.

Après avoir passé les portes, Jonah s'arrêta net et Raine manqua de lui rentrer dedans.

— C'est gigantesque.

Jonah se retourna pour le regarder, avant de balayer la salle du regard.

— Je croyais que seules les granges pouvaient être aussi grandes ! Est-ce vraiment réel ?

— Oui !

Raine indiqua les sièges du doigt et dit :

— Allons nous asseoir au milieu, puis tu pourras aller faire un tour.

Jonah acquiesça et se remit en marche, d'un pas hésitant, comme s'il ne voulait surtout pas manquer quoi que ce soit.

Ils choisirent leur siège et Raine tint le strapontin de Jonah le temps qu'il s'assoie, puis prit place à côté de lui.

— Waouh… Tous les cinémas ressemblent à celui-là ?

— Non, certains sont bien plus grands, avec une vingtaine d'écrans qui diffusent chacun un film différent, expliqua Raine à un Jonah clairement sceptique.

Raine ouvrit le paquet de M&M's et Jonah en choisit un vert, qu'il goûta, le mâchant précautionneusement avant de l'avaler et d'en reprendre un autre.

— C'est bon ! dit Jonah en en avalant un troisième.

— Tu n'as jamais mangé de M&M's ? demanda Raine, et Jonah fit non de la tête tout en continuant de mâcher.

Après avoir avalé sa bouchée, Jonah prit une gorgée avec sa paille.

— J'ai déjà bu un Coca, par contre. Mon oncle m'en a rapporté un il y a quelques années en disant que c'était l'une des meilleures choses que les Anglais aient jamais faite.

Il reprit une gorgée.

— Et il avait raison. J'adore ces bulles qui chatouillent le palais !

Les lumières se tamisèrent et Raine prévint Jonah qu'il ne fallait pas parler pendant la séance. Raine n'en aurait même pas eu besoin : Jonah ne cilla presque pas pendant toute la durée du film, ébahi par les péripéties. D'après Raine, Jonah dut être confus à quelques reprises, mais il resta assis sans rien dire, complétement absorbé par le film. Mis à part sa respiration et l'occasionnelle gorgée de Coca ou poignée de pop-corn, le seul son que Jonah émit fut un petit cri durant la scène du bain où Kevin Costner court tout nu après les Indiens qui lui volent son cheval. Jonah en jaillit presque de son siège et tourna la tête vers Raine en s'exclamant : « Ils ont montré ses fesses ! » avant de mettre sa main devant sa bouche pour couvrir ses gloussements.

Après cela, Raine passa son bras par-dessus l'accoudoir et ils se tinrent la main le reste du film, Jonah la lui serrant plus fort à chaque moment de suspens. Le temps que le film se termine, il avait aussi dû entendre Jonah renifler au moins une demi-douzaine de fois. Quand les lumières se rallumèrent, ce dernier s'essuya les yeux avec sa main libre avant de bondir sur ses pieds et d'applaudir à bâtons rompus. Quelques personnes le regardèrent bizarrement, mais la plupart des autres, Raine y comprit, le rejoignirent dans son excès spontané de joie.

Les applaudissements se calmèrent et Jonah se tourna vers Raine :

— Est-ce que nous pouvons le revoir ?

— Oui ! Eli et Geoff ont le DVD à la ferme. Tu peux le regarder quand tu veux sur leur télé. Ils ont un tas d'autres films aussi !

Jonah jeta un coup d'œil autour de lui.

— Mais ce n'est pas la même chose !

— Tu as raison, ce n'est pas la même chose.

Raine les conduisit à l'extérieur du cinéma.

— Nous pouvons revenir la semaine prochaine, si tu veux. Il y aura un nouveau film.

Cette idée sembla rendre Jonah heureux.

— Je me demandais, est-ce que tu veux une glace ?

Jonah rigola en se frottant l'estomac.

— Je crois que j'ai assez mangé !

Arrivés au pick-up, Raine déverrouilla le véhicule et ils montèrent à l'intérieur. Jonah referma sa portière puis se tourna vers lui, l'air d'attendre quelque chose. Raine ne sut pas quoi jusqu'à ce qu'il s'incline légèrement vers lui. Raine sourit et se pencha sur le siège pour pouvoir embrasser les lèvres de Jonah. La sensation qu'il ressentit le fit se rapprocher encore plus. Il enroula ses bras autour du dos de Jonah, puis caressa ses cheveux soyeux. Raine prit la tête de Jonah entre ses mains et laissa libre court à ses lèvres et sa langue tandis que les gémissements de Jonah assuraient une bande-son érotique.

— J'adore embrasser, murmura Jonah tout contre ses lèvres.

— Moi aussi, surtout avec toi !

Raine recommença à embrasser Jonah et le pressa contre le siège, son désir prenant le dessus alors que Jonah s'accrochait à lui, lui rendant chacun de ses baisers.

Un coup de klaxon ramena Raine à la réalité et il recula, légèrement embarrassé par son comportement, mais Jonah le rendait dingue. Il se redressa, démarra le pick-up, sortit de sa place de parking et roula vers la ferme.

Le trajet fut bref et plaisant, l'air frais du soir s'engouffrant par la fenêtre ouverte.

— Est-ce que tu penses que quand nous serons rentrés à la ferme, nous pourrons aller dans ta chambre un petit moment ? demanda Jonah avec son air adorable, tout en se mordillant la lèvre inférieure.

Raine n'était pas certain de pouvoir se contrôler mais il accepta quand même. Il ferait tout pour avoir encore droit à ces baisers délicieux… Un grand sourire aux lèvres, Raine conduisit d'une main le reste du trajet pour pouvoir tenir celle de Jonah. En prenant le dernier virage, il sentit la poigne de Jonah se raffermir ; et en tournant dans la cour, Raine entendit Jonah s'exclamer :

— Père !

Au moment où il entendit ce mot, Raine découvrit une calèche noire arrêtée devant la porte d'entrée de la maison. Il sentit toute l'excitation ressentie grâce à leur rendez-vous s'évaporer. Cela ne pouvait pas être bon signe. Il arrêta le véhicule et se tourna vers Jonah, qui était très pâle.

— Tout va bien se passer… s'obligea-t-il à dire.

Jonah lâcha sa main.

— Je ne pense pas, dit-il avant d'ouvrir sa portière et de descendre du pick-up.

La portière claqua et Raine vit Jonah traîner des pieds vers la maison comme s'il se rendait à l'abattoir.

VIII

JONAH SENTIT son estomac se retourner tandis qu'une vague de honte l'envahissait. Il avait passé un moment extraordinaire avec Raine, mais ces voix qu'il avait entendues toute sa vie, Père, Mère, l'évêque, toutes celles qu'il s'était laissé oublier ces dernières semaines se ruaient à présent dans sa tête. Il avait fait des choses qu'il n'aurait pas dû faire. Cela n'avait pas d'importance qu'il les ait appréciées, au contraire, cela ne faisait qu'amplifier son sentiment de culpabilité puisqu'il n'avait pas été assez fort pour résister à la tentation. Mince, moins de vingt minutes plus tôt, Raine l'embrassait dans le pick-up et il s'était laissé faire. Pire, il l'avait désiré.

Il ouvrit la porte arrière, entra dans la maison et tendit l'oreille, mais il n'entendit qu'un silence sinistre. Il passa dans la cuisine et s'aperçut que même Adelle semblait avoir déserté la maison. Il se rendit dans le salon et tomba sur son père, assis dans une posture rigide et autoritaire dans l'un des fauteuils, son visage barbu arborant un air grave, et Eli dans l'autre chaise, se dévisageant l'un l'autre tout en faisant semblant de ne pas se regarder.

— Père, que faites-vous là ?

Jonah avança jusqu'à son père, baissant la tête légèrement pour le saluer.

— Je m'inquiétais pour toi et j'ai décidé de te retrouver. Personne n'a eu de tes nouvelles et ta mère était inquiète. Cela n'a pas été difficile de découvrir que tu étais resté chez…

Les yeux de son père se tournèrent vers Eli.

— …ton frère.

La façon dont son père cracha presque ces deux derniers mots glaça Jonah.

— Je sais qu'il pensait qu'en vivant reclus ici, je ne saurais pas où il était ou avec qui il péchait, mais je le sais.

Jonah n'avait jamais vu l'expression de son père si glaciale.

Jonah tourna son regard vers Eli, mais son frère gardait la tête haute et ne cilla pas.

— J'ai décidé, il y a quelques années, que je devais faire ce qui était le mieux pour moi et pour ma vie. Je ne vous l'ai jamais dit, et je n'ai jamais amené mon partenaire avec moi lors de mes visites parce que je savais ce qui vous arriverait, à vous et à notre famille, si cela venait à se savoir, expliqua Eli, d'une voix égale et ferme, ce qui surprit Jonah, parce que ses propres entrailles se tordaient.

— Tu dois avoir terriblement honte de la vie que tu mènes si tu ne pensais pas pouvoir en parler à ta propre famille.

— À vrai dire, non, pas du tout, répondit Eli, les yeux fixés sur son père. Et je ne m'excuserai pas auprès de vous ou de quiconque d'être qui je suis, et certainement pas dans ma propre demeure.

— Ta place est au sein de la communauté.

Jonah regarda Eli secouer légèrement la tête.

— La communauté a cessé d'être ma maison il y a bien longtemps. Lorsque j'ai décidé de vivre dans cette ferme, avec Geoff, j'ai quitté la communauté pour toujours.

Jusqu'à maintenant, Jonah avait eu l'impression que l'un et l'autre avaient oublié sa présence dans la pièce, mais le regard d'Eli se posa sur lui.

— J'ai fait mon choix il y a longtemps et je ne l'ai jamais regretté. Vivre au sein de la communauté aurait été comme vivre en prison, pour moi. Je sais que j'aurais probablement dû vous expliquer cela, mais je ne savais pas comment le faire, et je pensais que vous, Mère, et le reste de la famille préféreriez ne pas savoir. Je me suis peut-être trompé à ce sujet, mais je ne changerais la décision que j'ai prise pour rien au monde. C'était la bonne chose à faire à l'époque, et ça l'est toujours aujourd'hui.

Jonah posa son regard sur son père et y vit quelque chose qu'il n'y avait encore jamais vu : de la confusion et de l'incertitude. Son père avait toujours été fort, décisionnaire, ne montrant jamais aucune faiblesse, et ne laissant jamais personne avoir le contrôle à moins de le lui avoir lui-même donné. Cet air se dissipa rapidement et il reprit son visage autoritaire habituel.

— Je ne suis pas venu jusqu'ici pour débattre avec toi, Eli, commença le père de Jonah. Je suis venu voir si Jonah allait bien, mais maintenant que je vois qu'il reste avec toi, j'ai décidé qu'il devait rentrer avec moi. C'est déjà assez grave que tu te sois tourné vers une vie de péchés et d'humiliation, mais je ne te laisserai pas corrompre ton petit frère.

— Il n'y a rien à corrompre, répliqua Eli calmement. Jonah est adulte, et il a le droit de prendre ses propres décisions. Et ni vous ni personne d'autre n'a le droit de prendre ces décisions à sa place. Jonah est le bienvenu ici aussi longtemps qu'il le voudra, et je ne vous laisserai pas faire pression sur lui. Il a le droit de prendre ses propres décisions, et vous avez le devoir, en tant que père, de lui laisser cette chance.

Jonah avait du mal à croire que son frère puisse s'opposer ainsi à son père sans lever la voix ou même s'énerver. Il ne pouvait pas s'empêcher de se demander où Eli trouvait la force de faire cela. Il se souvenait de son grand frère comme d'un homme plutôt silencieux et timide, mais il s'opposait en ce moment même à son père. Seul l'évêque s'était déjà opposé à son père.

— Je ne t'ai pas appris à être irrespectueux, riposta leur père.

— Je ne le suis pas.

Là encore, ce même ton neutre, et Jonah sourit intérieurement en réalisant qu'Eli jubilait de cet échange.

— Je vous dis simplement que dans ma maison, c'est moi qui ai le dernier mot, et non vous. Nous ne sommes pas dans la communauté et vous n'avez aucun statut ici. Ceci est notre ferme. De plus, vous avez un devoir envers Jonah, et je vais m'assurer que vous le respectiez. Vous avez promis à Jonah une année à l'extérieur, et c'est ce que vous allez lui accorder.

Jonah vit les yeux d'Eli briller.

— Vous avez toujours tenu vos promesses. Êtes-vous en train de dire que cela a changé ?

Oui, il était évident qu'Eli s'amusait.

— Bien sûr que non !

Jonah vit son père se gonfler d'orgueil une seconde puis se rappeler à l'ordre. L'orgueil, après tout, était aussi un péché.

— Je tiendrai parole.

Jonah sentit le regard de son père se poser sur lui, et il frissonna involontairement.

— Dans ce cas, vous allez donner votre bénédiction à Jonah pour qu'il continue ce que vous lui avez promis.

Ce n'était pas une question.

— Je le ferai.

Le père de Jonah sourit.

— Mais je ne lui ai jamais précisé la longueur de son expérimentation.

— La tradition exige un an, et nous savons tous deux que vous êtes un homme de traditions.

Jonah ne savait pas pourquoi Eli persistait autant, mais cela avait l'air de fonctionner.

— C'est possible, mais soit Jonah revient à la communauté d'ici un mois, soit je partirai du principe qu'il a choisi de suivre ton mode de vie déviant.

Son père avait parlé d'un ton neutre, sans montrer une once d'émotion, comme s'il donnait ses instructions à Eli.

— Tu sais ce qu'il se passera si on le traite d'homosexuel, si on vous traite tous les deux d'homosexuels.

— J'en suis conscient, Père, et j'ai passé des années à ressentir cette peur pour vous et notre famille. Mais je ne vous autoriserai pas à utiliser cette excuse comme moyen de pression sur moi ou sur Jonah. Il mérite le temps dont il a besoin pour découvrir ce qu'il veut réellement, et je vais m'assurer qu'il l'obtienne.

Eli se leva et marcha vers la cuisine.

— Resterez-vous pour dîner ?

Mince, Eli était bon !

— Non.

Son père arborait la même tête que s'il avait croqué dans un citron, et Jonah ne put s'empêcher de penser combien son père pouvait se montrer mesquin.

— Je voudrais juste parler à Jonah quelques minutes.

— D'accord.

Eli s'approcha de la porte.

— Si tu as besoin de quoi que ce soit, Jonah, je suis juste là dehors.

Eli lui sourit et sortit de la pièce, et Jonah se retourna vers son père.

— Fils, je veux juste m'assurer que c'est ce que tu veux.

— Oui Père, ça l'est. J'aime être ici et j'ai besoin de découvrir ce que je veux.

— Je dois dire que je n'aime pas cela. Je préférerais largement que tu rentres avec moi maintenant.

La voix de son père était calme, mais plus qu'un peu insistante. Jonah avait entendu ce ton toute sa vie. Son père ne criait jamais, mais il avait cette manière de parler qui semblait décourager toute argumentation.

— Donc va chercher tes affaires, je t'attends dans la calèche.

Jonah vit son père quitter la maison sans attendre de réponse de sa part, comme si Jonah ne pouvait envisager d'autre alternative que de faire ce qu'il voulait. Et pourquoi cela se passerait-il autrement ? Jonah avait toujours fait tout ce son père lui avait ordonné, pourquoi les choses seraient-elles donc différentes maintenant ?

— Jonah… murmura Raine derrière lui. Je viens de voir ton père quitter la maison. Est-ce que tout va bien ?

— Je ne sais pas. Il attend que j'aille chercher mes affaires et que je le rejoigne à la calèche pour que nous retournions à la communauté.

Cette pensée glaça Jonah. Il commençait tout juste à s'habituer à la vie ici. Il avait des amis ici, mais il avait aussi des amis à la communauté…

— Ton frère a dû prendre quasiment la même décision, et tu sais ce qu'il a fait et comment les choses se sont déroulées pour lui.

Il avait remarqué la façon dont Raine fuyait son regard.

— Je ne veux pas t'influencer, et te demander de rester ici le serait, mais je veux juste te dire que si tu choisis de partir, tu vas me manquer.

Il entendit une légère fêlure dans la voix de Raine et savait qu'il ressentait la même chose.

— J'aurais espéré de pas avoir à prendre cette décision tout de suite.

Jonah se sentit un peu geignard, mais les choses avaient changé si soudainement. Il était tranquillement dans la voiture en compagnie de Raine, riant et heureux, et la seconde d'après, il se retrouvait face à son père, et maintenant ce dernier exigeait qu'il rentre à la maison.

— Tu n'as pas à prendre cette décision sur-le-champ. C'est ta vie, Jonah, et pour une fois, c'est à toi de faire tes propres choix. Il y a quelques jours, tu m'as dit que tu étais un homme. Eh bien, voici ta chance de te comporter comme tel.

Raine haussa les sourcils et attendit. Jonah ne savait pas quoi faire, mais il savait qu'il devait prendre une décision rapidement. Il jeta un coup d'œil par la fenêtre et aperçut son père qui le regardait depuis la calèche, avant de se détourner pour regarder droit devant lui.

— Tu as raison.

Jonah sortit de la maison et s'arrêta en haut des marches. De là, il regarda vers la calèche puis vers la maison. Il était face à un choix déchirant. D'un côté, une vie familière, sûre et fiable, et de l'autre, un potentiel inouï d'aventures, d'explorations, quelque chose qu'il avait désiré. Jonah prit sa décision et monta l'escalier. Il se rendit dans la chambre où il dormait et prit les habits avec lesquels il était arrivé. Il quitta la pièce, l'esprit en paix avec sa décision, et marcha à travers la maison désormais vide, vers la porte d'entrée.

Dehors, le soleil d'été caressa sa peau tandis qu'il se dirigeait vers la calèche.

— Rentrons à la maison, dit son père depuis son siège, et Jonah fit le tour du véhicule et grimpa dedans. Je savais bien que tu ne resterais pas ici en compagnie de ces déviants.

Son père ne tourna même pas la tête et Jonah sut que dès qu'il se serait assis, il conduirait jusqu'à la maison sans jamais regarder en arrière.

— Je ne viens pas avec toi.

Jonah posa les habits sur le siège. Son père faillit lâcher les rênes et il tourna brusquement la tête vers lui.

— Voilà ce avec quoi je suis arrivé. Tu peux les reprendre. Je reste ici, du moins pour le moment.

Il vit les yeux de son père s'assombrir.

— C'est que je désire, Père. J'ai besoin de savoir qui je suis et ce que je veux.

— Tu peux le découvrir au sein de la communauté.

Jonah secoua la tête et descendit.

— Non, je ne pense pas. Les réponses que je cherche n'y sont pas. Elles sont ici.

Il regarda vers la ferme quand il s'éloigna de quelques pas.

— En compagnie de ces gens, dans cette même ferme.

Jonah attendait que son père dise quelque chose, n'importe quoi, mais ce dernier se contenta de rester sur son siège, immobile.

— Je pensais ce que j'ai dit, Jonah.

Avec un claquement de rêne, la calèche commença à avancer. Jonah espéra que son père s'arrêterait, mais il le connaissait. Une fois qu'il avait pris une décision, il n'y avait plus de discussion possible. Debout dans le jardin, Jonah regarda la calèche partir en direction de la route, le bruit de sabots disparaissant lentement.

Un bras se posa sur son épaule.

— Ce n'est pas grave, Jonah. Il ne comprend peut-être pas maintenant, mais il finira bien par comprendre un jour.

Il se retourna vers son frère.

— J'aimerais pouvoir en être certain.

Jonah soupira légèrement.

— Toute ma vie, j'ai voulu qu'il soit fier de moi, comme tout père devrait l'être. J'ai toujours fait tout ce qu'il me demandait, je ne lui ai jamais causé de problème, à lui ou à Mère, j'ai obéi à toutes les règles du mieux que j'ai pu ; mais il n'a jamais semblé me remarquer.

— Je sais.

Eli le serra un peu plus fort.

— J'ai tenté de le comprendre, mais je n'y suis pas parvenu. Mais tu sais bien qu'il fait toujours ce qu'il dit.

— Oui, ce qui veut dire que je dois rentrer d'ici un mois, ou qu'il nous dénoncera tous les deux à l'église.

Jonah se retourna pour faire face à son frère.

— Il devrait savoir que la communauté se retournera contre toute la famille, s'il fait ça.

— J'ai arrêté de me soucier de la communauté il y a longtemps. Ma communauté, c'est celle que j'ai construite ici avec Geoff, et c'est tout ce qui m'importe maintenant. Mais tu vas devoir faire un autre choix d'ici un mois.

Les choix, pourquoi fallait-il toujours faire des choix, ici ?

— Est-ce que ça devient plus facile ?

— Non.

Eli laissa son bras retomber et commenta :

— Geoff m'a dit un jour que certaines décisions sont délicates et que les réponses ne sont pas claires. Il m'a dit que c'est ce qui nous rend plus fort. Tout le monde peut faire ce que quelqu'un lui ordonne de faire, mais ce sont les plus forts qui arrivent à décider pour eux-mêmes.

Jonah regarda la calèche disparaître à l'horizon.

— Mais ai-je fait le bon choix ?

Il avait besoin que quelqu'un lui assure qu'il n'avait pas tout fichu en l'air.

— Je ne peux pas répondre à cette question, toi seul le peux. Mais tu n'as pas à prendre cette décision maintenant. Tu as du temps ; donc profites-en. Tu sauras ce que tu dois faire quand l'heure sera venue de prendre des décisions.

Il l'espérait bien. Eli rentra à la maison et Jonah jeta un dernier coup d'œil à l'endroit où la calèche avait disparu de la route, avant de le suivre à l'intérieur pour chercher Raine.

La maison semblait toujours aussi calme, mais au moins, quelques sons habituels étaient perceptibles : les plats cognant l'évier, les pattes du chien dans l'escalier, le ronronnement de ce qu'il savait maintenant être une imprimante braille dans le bureau, qui créait un relief sur le papier pour que Robbie puisse le lire avec ses doigts. Eli avait disparu dans la suite qu'il partageait avec Geoff. Regardant partout autour de lui, Jonah se demandait

99

si Raine était monté se coucher, auquel cas il ne voulait pas le déranger. Il entra donc dans la cuisine et s'arrêta net en avisant le regard noir d'Adelle.

Jonah avait vite découvert que cette femme au regard perçant disait rarement quelque chose, mais elle semblait savoir tout ce qui se passait dans la maison et ne se gênait pas pour montrer son mécontentement lorsqu'on faisait du mal à « ses garçons », comme elle les appelait tous. Il avait déjà vu ce regard, mais de le voir diriger vers lui fit se demander ce qu'il avait bien pu faire de mal.

— Si vous cherchez M. Raine, il est à l'écurie.

Jonah aurait voulu lui demander ce qu'il avait bien pu faire, mais il choisit plutôt de se ruer dehors, juste au cas où elle aurait décidé de lui jeter un regard vraiment assassin, ou quelque chose du même acabit. Il aimait bien Adelle, mais la moitié du temps, il ne savait pas ce qu'elle pensait.

Traversant sous un soleil de plomb, il entra dans l'écurie fraîche et calme, qui avait des airs de paradis, avec ses odeurs de foin frais et de chevaux. Il regarda l'allée et trouva Raine qui se tenait près d'un box, dos à lui, tourné vers une grande tête noire. Sans faire de bruit, Jonah s'approcha de lui et passa ses mains autour de sa taille.

— J'ai cru que tu étais parti, commenta Raine d'une voix douce.

Jonah perçut sa chaleur quand Raine s'appuya légèrement contre lui.

— Est-ce pour cela qu'Adelle m'a regardé comme si j'étais le diable en personne ?

Le cheval renifla la chemise de Jonah puis rentra la tête dans sa stalle lorsqu'il réalisa que ce dernier n'avait pas de friandise à lui offrir.

— Peut-être… se moqua Raine en se retournant, les yeux mi-clos. J'ai cru que tu avais décidé de partir, lorsque tu es monté.

Raine se rapprocha et captura ses lèvres en un baiser qui le laissa étourdi, jusqu'à ce qu'une grosse tête vienne heurter son épaule.

— Tu es jaloux ? lança Jonah au cheval qui remua la tête. Eh bien, tu n'auras pas de baiser.

Jonah accorda quelques caresses au cheval avant de retourner embrasser Raine. Cette fois-ci, ce fut le téléphone de la sellerie qui les interrompit. Soupirant, Jonah décrocha le combiné et entendit la voix d'Adelle.

— Le dîner sera prêt dans une demi-heure.

Jonah tenait le téléphone loin de son oreille, il n'était pas certain d'aimer cet appareil.

— Oh, d'accord. Merci, répondit-il, incertain de ce qu'il était censé faire ou même s'il se servait de ce truc comme il le fallait.

— Vous avez trouvé M. Raine ?

— Oui, il est avec moi. Vous voulez lui parler ?

Il aurait fait n'importe quoi pour arrêter de parler dans ce truc. Il aimait certaines choses dans le monde des Anglais – le cinéma par exemple –, mais il détestait ces téléphones.

— Non, trésor, mais ne soyez pas en retard pour le dîner.

Elle devait lui avoir pardonné ce qu'il avait fait, quoique ce soit, pour qu'elle l'appelle « trésor ».

— Promis !

Jonah reposa le combiné sur son socle et retourna vers Raine, qui l'attira à lui. La poitrine de Jonah était pressée contre celle de Raine, et il prit une brusque inspiration avant que Raine l'embrasse violemment. La tête de Jonah lui tourna quand Raine l'enveloppa de ses bras. Sans y penser, il se colla tout contre les hanches de Raine et gémit contre ses lèvres. Il ne s'était jamais senti l'esprit aussi libre de toute sa vie. Sa peau le picotait, et il goûta Raine, sentit Raine, et à chaque respiration, l'odeur de Raine recouvrait tout le reste.

Des mains trouvèrent ses joues et prirent son visage en coupe.

— Je suis heureux que tu aies choisis de rester.

Raine l'embrassa doucement puis fit un pas en arrière et prit sa main.

— Allons dîner !

Après le dîner, ils s'installèrent tous au salon. Geoff alluma la télévision et chacun commença à se détendre, papotant et riant.

— Où est Robbie ? demanda Jonah à Joey, qui était assis tout seul dans le canapé.

Il ne les voyait pratiquement jamais l'un sans l'autre, sauf quand ils travaillaient. Avant que Joey ait le temps de répondre, des notes de musique lui parvinrent de l'étage.

— Il joue, expliqua Joey.

Jonah écouta la musique douce et réalisa bientôt que toute la pièce s'était tue, la télé éteinte et que tout le monde tendait l'oreille. Joey se leva et monta l'escalier en silence, et quelques secondes après, la musique s'arrêta. Il entendit des pas et vit Joey qui conduisait Robbie dans le salon. Robbie s'assit, prit son instrument et recommença à jouer.

Jonah était transporté. Il avait déjà écouté du violon, un des hommes de la communauté en possédait un, mais il n'avait jamais entendu de musique comme celle-ci. De longues notes qui semblaient ne jamais s'arrêter flottaient de l'instrument de Robbie. Raine s'assit à côté de lui et lui prit la main, et Jonah se retrouva à se balancer d'avant et arrière au son des notes. La chanson prit fin et Robbie en commença une nouvelle, une plus gaie, qui flottait toujours de son violon. À sa grande stupéfaction, Geoff se leva, prit Eli dans ses bras et commença à danser dans le salon.

— M'accorderais-tu cette danse ? demanda Raine en se levant et en lui tendant la main.

Jonah secoua la tête.

— Je ne sais pas danser !

— Je vais t'apprendre, murmura Raine, et quand Jonah se leva, il se retrouva dans les bras de Raine, tous deux se balançant au son de la musique de Robbie. Détends-toi et suis mes pas.

Jonah s'exécuta, remuant quand Raine remuait, et posant sa tête sur son épaule.

— C'est agréable, murmura-t-il avant d'embrasser Raine dans le cou et de le serrer un peu plus fort contre lui.

C'était la journée des premières fois ! D'abord son premier film, puis son premier rendez-vous et maintenant sa première danse. La chanson prit fin et Jonah se tourna vers Robbie pour voir ce qu'il allait faire. Il vit Joey toucher quelque chose sous le poste de télévision et sursauta lorsque la pièce entière s'anima, de mélodies fortes comme il n'en n'avait jamais entendues. Robbie posa son instrument et tous deux rejoignirent les autres, et tout le monde dansa à mesure que les musiques s'enchaînaient.

Le rythme changea et Raine commença à chanter à voix basse dans son oreille. Jonah ne saisit pas la plupart des mots, mais il comprit ceux qu'il répétait : *I could have danced all night* – J'aurais pu danser avec toi toute la nuit.

C'était exactement ce que Jonah voulait faire, dans les bras de Raine, leurs amis autour d'eux ; il voulait que cela dure pour toujours. Il savait que ce n'était pas possible, mais il avait le droit d'espérer.

La musique s'arrêta et Jonah releva la tête en clignant des yeux. Il était en quelque sorte à moitié endormi, comme s'il s'était rendu dans un lieu joyeux, dans un endroit spécial et idyllique, d'où il n'avait pas envie de partir. Personne ne prononça un mot, et Jonah vit Geoff conduire Eli dans leur chambre et fermer la porte doucement derrière eux. Joey l'imita, saisissant l'instrument de musique de Robbie avant de le guider dans l'escalier. À part les légers bruits de pas, le seul autre son perceptible fut celui d'une porte se refermant.

Jonah resta immobile et fixa Raine du regard, se demandant ce qu'il allait faire. Il se sentait très nerveux d'un côté, mais il ne savait pas si c'était par crainte que Raine le fasse monter dans la chambre avec lui, ou au contraire parce que ce dernier n'en aurait pas envie. Raine lui rendit son regard en faisant le tour de la pièce pour éteindre les lumières, puis il prit la main de Jonah et l'embrassa doucement, avant de poser un baiser sur ses lèvres et de le conduire à l'étage.

IX

LA CHALEUR de la main de Jonah dans la sienne indiquait aussi bien l'excitation du jeune homme que sa nervosité. Une fois arrivés à la porte de sa chambre, Raine se retourna et attira Jonah à lui, laissant ses lèvres explorer les siennes, douces et humides. Il ne savait pas comment demander ce qu'il voulait, les mots semblaient tellement inadéquats, alors il se contenta de serrer Jonah, de l'embrasser et de laisser ses lèvres exprimer ses émotions de ce qu'il espérait être la façon la plus directe possible. Un petit cri qui se transforma en doux gémissement lui indiqua que son message avait été reçu et compris, et lorsque les lèvres de Jonah s'ouvrirent, Raine soupira quand sa langue rencontra celle de Jonah pour un duel érotique inattendu. Quand les lèvres de Jonah s'écrasèrent sur les siennes, Raine commença à gémir plus bruyamment. Tâtonnant derrière lui, il tourna la poignée pour ouvrir la porte de sa chambre.

Il n'était pas certain que ce soit la bonne chose à faire. Son corps en mourait d'envie, chaque parcelle de sa peau était attirée par cet homme comme le fer par un aimant. Et en parlant de fer, une certaine partie de son corps était semble-t-il aussi dure que le fer en cet instant. Mais était-ce la bonne chose à faire ? Il s'était promis à lui-même ainsi qu'à Jonah qu'ils prendraient leur temps. Il entra dans la pièce et mit une petite distance entre lui et l'objet de son désir, et essaya de réfléchir. D'accord, c'était si difficile que c'en était risible. Une partie de lui voulait désespérément attirer Jonah dans la pièce, le jeter sur le lit, déchirer ses vêtements avec ses dents, le prendre et le faire sien. Cette idée fit bondir son membre, qui tenta de se frayer un chemin hors de son jean. Il sentirait Jonah contre lui et sentirait son excitation frotter contre la sienne.

Raine fit un autre pas en arrière, conscient qu'il devait mettre de la distance entre eux – son cerveau refusant de fonctionner tant que Jonah se tenait si près de lui – mais dès qu'il le fit, Jonah avança, le prit dans ses bras, l'embrassa avec ardeur et le poussa dans la chambre. La porte claqua et Raine se retrouva près du lit.

— Tu es sûr de toi ? haleta Raine entre deux baisers passionnés qui le laissèrent à bout de souffle. Parce que si tu continues plus longtemps, je ne pourrai pas m'arrêter

Le contact de Jonah était presque suffisant pour lui faire oublier jusqu'à son nom.

— Je ne veux pas arrêter.

Jonah l'attira encore plus près, leurs corps se touchant des hanches jusqu'aux lèvres, et les baisers prirent de l'intensité. Non pas qu'il ne soit pas le moins du monde consentant, mais il était un peu surpris de l'initiative de Jonah, surtout quand ce dernier entreprit de soulever son tee-shirt et de poser ses mains chaudes sur son ventre.

Le corps tout entier de Raine palpita lorsque ces doigts entrèrent pour la première fois en contact avec sa peau sensible. Des doigts descendant doucement sur son ventre lui arrachèrent les derniers vestiges de son sang-froid. S'asseyant au bord du lit, il leva les bras et Jonah lui ôta son tee-shirt, avant de reculer et de le dévorer du regard. Raine se détourna légèrement quand les yeux de Jonah se posèrent sur sa cicatrice, ne voulant pas qu'il voie les blessures qui marquaient toujours sa peau. Même maintenant, sa peau était toujours rouge et un peu boursouflée. Mais Jonah ne l'entendait pas de cette oreille, ses doigts se rapprochèrent de l'incision, touchèrent sa peau, déclenchant des vagues de picotements à travers sa colonne vertébrale.

— Je sais, c'est moche.

Raine se détourna et Jonah pencha la tête légèrement avant de rapprocher ses lèvres des siennes encore une fois.

— Ce n'est pas moche, corrigea Jonah entre deux baisers. C'est juste une partie de toi.

Raine s'allongea sur le lit sous la pression de Jonah. Il mourait d'envie de le toucher, alors il souleva son tee-shirt et une peau douce et lisse glissa contre la sienne. Quand il sentit ce torse magnifique contre le sien, Raine faillit jouir dans son pantalon comme un adolescent.

— Hum, Raine.

Jonah releva la tête, les yeux voilés.

— Je ne sais pas ce que je suis censé faire…

— Fais ce qui te semble bien, répondit Raine. Que veux-tu faire ?

— Est-ce que nous pouvons…

Les yeux de Jonah glissèrent sur son torse puis revinrent vers les siens.

— Je ne suis pas certain…

Raine se tortilla un peu et s'assit en douceur, guidant Jonah sur le lit.

— Je vais te montrer. Mais tu dois me promettre de me dire s'il y a quelque chose que tu n'aimes pas.

Il n'avait pas été avec un puceau depuis le lycée. Les hommes avec qui il avait couché savaient parfaitement ce qu'ils voulaient et n'avaient pas peur de le demander, parfois même un peu brusquement.

— Allonge-toi.

La respiration de Raine se fit plus harmonieuse tandis qu'il admirait la peau tannée du fermier. Là où le soleil avait été en contact avec sa peau, il arborait un bronzage doré, mais était partout ailleurs d'une magnifique pâleur rosée.

— C'est promis, haleta Jonah tandis que Raine laissait ses mains s'aventurer sur son torse ferme.

Nul ne pouvait dire de Jonah qu'il était puissamment musclé, mais il possédait un torse ferme et lisse grâce à son travail manuel. S'allongeant auprès de lui, Raine l'embrassa encore et laissa ses mains palper et caresser, pendant que ses muscles répondaient sous ses paumes.

— J'aime ça, murmura Jonah entre deux baisers.

— Tu aimes qu'on te touche ? demanda Raine avec un sourire en coin.

— J'aime quand *tu* me touches, rectifia Jonah, et Raine sentit son cœur faire un bond.

Il commença à embrasser Jonah dans le cou et sur le torse, puis passa sa langue sur ses tétons roses et érigés.

— Ça se fait ? sursauta ce dernier, et Raine le sentit se cambrer, et se presser contre ses lèvres pour en réclamer davantage.

— Oh oui, et bien plus encore…

Raine changea de position.

— Allonge-toi et rappelle-toi de ta promesse.

Il continua à embrasser la peau salée, lisse et chaude de Jonah qui passait sous ses lèvres et ses mains. Il fit glisser sa langue juste au-dessus de son jean et effleura de ses doigts l'énorme bosse, ce qui coupa le souffle de Jonah. Alors il s'arrêta, incertain de savoir si c'était une bonne ou une mauvaise chose.

Puis Jonah gémit « Raine, s'il te plaît… » et il sut que tout allait bien.

Il glissa alors ses doigts sous la ceinture, déboutonna son jean et abaissa son pantalon et son caleçon, les laissant tomber au sol.

Jonah était à couper le souffle, allongé sur le lit, peu sûr de lui et pourtant si excité que le lit en tremblait. Raine n'avait jamais contemplé de plus beau tableau de toute sa vie. Peu importait qu'il vibre de la tête au pied ou qu'il se fasse presque mal en ôtant son propre pantalon, tant il était excité. Son cœur voulait Jonah et il ne pouvait pas le lui refuser.

— Tu es à couper le souffle, murmura-t-il doucement en se rapprochant du lit, les yeux de Jonah rivés sur lui, bouche bée de fascination.

— Je… bégaya Jonah. Je n'ai jamais…

Même dans la lumière obscure, Raine vit Jonah rougir.

— Je ne l'ai jamais fait… Et si… ?

Raine l'embrassa avant qu'il puisse finir sa phrase et s'installa près de lui, rapprochant leurs deux corps, le serrant fort, leurs jambes et corps se confondant, leurs lèvres et leurs mains explorant l'autre, des longueurs dures s'effleurant, chacun haletant à chaque effleurement, chaque baiser.

S'allongeant sur le matelas, Raine fit rouler Jonah au-dessus de lui. Raine adorait la sensation d'un homme sur lui, son poids, sa fermeté, le sentiment d'être emprisonné. Mais Jonah secoua la tête.

— Je ne veux pas te faire mal.

— Ce ne sera pas le cas.

Il passa sa main sur la joue de Jonah.

— Tant que tu fais attention.

Jonah était toujours hésitant, jusqu'à ce que Raine l'embrasse encore, et à ce moment-là, il ne répondit plus de rien. Jonah l'enfourcha et l'embrassa avec force, ses hanches se balançant, de petits gémissements emplissant la petite pièce.

— Est-ce que c'est bien ?

Raine donna une petite tape sur les fesses de Jonah avant de l'étreindre.

— Fais ce qui te fait du bien.

— Mais, et toi ? s'enquit Jonah en relevant la tête, la voix grave, les yeux fixés sur Raine.

— Si ça te fait du bien à toi, alors ça me fait du bien à moi. Je te le promets.

Jonah n'avait pas l'air convaincu, alors Raine poursuivit :

— Ferme les yeux et écoute tes sensations. Ne t'inquiète de rien, rappelle-toi juste de ce que tu voulais faire quand tu étais tout seul, allongé sur ton lit, à imaginer ce que tu désirais. Tu peux le faire, ici et maintenant.

Raine regarda Jonah se pencher vers sa poitrine.

— Tout ce que tu veux m'ira.

Il fit glisser ses mains le long du dos de Jonah et poussa un petit cri quand ce dernier caressa le contour de l'un de ses tétons de sa langue avant de lécher sa peau pour le goûter.

— Tu as si bon goût !

Jonah redressa la tête en souriant.

— J'ai toujours voulu connaître le goût d'un homme…

Il traça un cercle autour de son téton avec sa langue.

— Et la sensation que cela procurerait sur ma langue.

Jonah s'aventura avec ses mains, glissant sur les hanches de Raine, prenant garde à l'incision. Au fil de son exploration, il prit confiance en lui et caressa son torse et son ventre. Ses doigts hésitants effleurèrent sa longueur, et Raine poussa un gémissement. Jonah n'avait pas l'air de bien savoir ce qu'il faisait, mais il était en train de le découvrir et Raine avait l'impression d'être en feu. Il avait essayé d'innombrables choses avec beaucoup d'hommes au fil des années, mais les décharges qui remontaient le long de sa colonne vertébrale à cause des simples effleurements de Jonah étaient tellement plus excitantes, plus enivrantes, que tout ce dont il se souvenait. Et quand la langue de Jonah parcourut sa peau, Raine crut que sa tête allait exploser.

— Jonah, murmura Raine alors qu'il tentait de reprendre son souffle tout en plongeant ses doigts dans la chevelure soyeuse de son amant.

Il pouvait sentir son orgasme monter lentement, et c'était trop tôt, bien trop tôt. Attirant le jeune homme à lui, il l'embrassa, le fit rouler sur le lit et le plaqua contre le matelas tandis qu'il reprenait son exploration. Raine enroula sa langue autour du téton de Jonah, laissant sa saveur salée éclater sur sa langue. Se traçant un chemin à coup de baisers, il lécha l'autre bourgeon et Jonah lâcha une série de petits cris de surprise. Lorsqu'il embrassa l'estomac de Jonah, les gémissements se firent plus bruyants, mais lorsqu'il le prit carrément en bouche, les cris firent presque trembler la maison.

Jonah se redressa d'un bond.

— Raine, tu ne peux pas…

Raine le prit au plus profond de sa bouche, le suçant avec passion, le goût puissant de son amant explosant sur sa langue. Il pouvait sentir Jonah trembler tandis qu'il le repoussait doucement sur le matelas, et il continua à s'occuper de lui. Il ne lui fallut pas longtemps pour découvrir ce que Jonah appréciait, et bientôt, les hanches de son jeune amant commencèrent à se balancer d'elles-mêmes, s'enfonçant en lui. Les gémissements se firent plus insistants et sans conteste plus pressants, jusqu'à ce qu'il entende un cri doux, que le corps de Jonah se raidisse, puis qu'un flot salé emplisse sa bouche, l'orgasme de Raine suivant celui de son amant.

Jonah tenta de reprendre sa respiration et Raine laissa le sexe ramollissant de son amant s'échapper de ses lèvres, l'éclat d'extase toujours présent sur son visage. Se glissant hors du lit, Raine attrapa une serviette, et après un bref nettoyage, il remonta sur le lit et prit Jonah dans ses bras.

— J'étais bien ?

— Tu étais beau, tellement beau.

Il avait connu de meilleurs amants, mais aucun ne l'avait laissé si comblé, paisible, et simplement heureux comme Jonah. Raine écartait les cheveux de Jonah de son front avant de l'attirer à lui pour un baiser.

— Si beau.

Il étreignit Jonah fort et sentit le jeune homme se détendre contre lui, et le sommeil le prit par surprise. L'instant d'après, le soleil rayonnant depuis la fenêtre le tirait du meilleur rêve qui soit. Il ouvrit les yeux et regarda autour de lui : il était seul dans le lit. Pendant un court instant, il se demanda s'il avait réellement fait l'amour à Jonah ou si cela n'avait été qu'un rêve, mais il reprit rapidement ses esprits et sourit. Cela n'avait pas été un rêve – il avait bel et bien couché avec Jonah. Il se demanda une seconde pourquoi Jonah était parti, mais un rapide coup d'œil à l'horloge lui apporta la réponse. Il était neuf heures passées, et Jonah était sans doute debout depuis des heures, effectuant ses corvées matinales. Il repoussa les couvertures, sortit du lit et enfila un pantalon et un tee-shirt avant de se diriger vers le rez-de-chaussée.

Des voix qu'il ne reconnut pas lui parvinrent et il entra dans le salon, fronçant immédiatement les sourcils. Jonah était assis sur le canapé et l'agent Duane était assis à côté de lui – un peu trop près à son goût. Il s'avança vers eux et se pencha pour effleurer tendrement les épaules de Jonah, tout en lançant un regard qui sans équivoque à l'agent.

Jonah se retourna et lui sourit :

— Bonjour !

Raine serrait les dents si fort que ses mâchoires lui faisaient mal. Même le regard de Jonah ne pouvait pas apaiser son envie de coller une droite à l'agent. Il ferma les yeux et prit une grande inspiration avant de les rouvrir et d'afficher un sourire factice.

— Qu'est-ce qui vous amène ici si tôt ? demanda Raine à l'agent toujours assis bien trop près de son amant.

Raine s'arrêta, tout s'arrêta. La nuit précédente, le fait que Jonah soit son amant lui était passé par la tête, mais ce jour-là, à la lumière du jour, cela signifiait tellement plus ! Jonah était bel et bien son amant. Raine déglutit avec peine, voyant que Duane le regardait comme s'il savait ce qui s'était passé, mais il ne pouvait pas s'en empêcher. Il aimait Jonah, ou du moins il pensait qu'il l'aimait. Il n'avait jamais rien ressenti de tel envers aucun des hommes qu'il avait fréquentés. Il fit le tour du canapé et s'assit de l'autre côté de Jonah, plaçant sa main sur la sienne et lui rendant son sourire avant de reporter son attention sur l'agent.

Duane se racla la gorge nerveusement et Raine se sentit sourire, content que l'homme ait compris le message.

— Je sais qu'il est tôt, mais nous avons reçu un appel de nos enquêteurs à Chicago, et ils ont pensé que vous pourriez avoir besoin de protection, après tout.

Son sourire disparut. Il n'avait pas eu de nouvelles depuis des jours, et avant cela, ils avaient tous dit qu'ils pensaient que son agresseur allait faire profil bas ou essayer de s'enfuir le plus loin possible. Son estomac se serra lorsqu'il se tourna vers Jonah.

— Qu'est-ce qui a changé ?

— Je vais reprendre depuis le début, si ça vous va ?

Raine acquiesça et Duane continua :

— Votre agression et la capture d'un des complices a mis les enquêteurs sur un grand nombre de pistes. Je vais débuter avec l'agresseur lui-même. Il s'est échappé de la ville, mais nous avons suivi sa trace jusqu'à ce qu'il quitte l'état de l'Illinois. Il a ensuite abandonné sa voiture et nous pensons qu'il en a volé une autre.

— Vous pensez ?

Raine ne put empêcher sa peur de percer sa voix.

— On parle de ma vie, et à cause de cette enflure, non seulement je suis en danger, mais mes amis le sont aussi !

Il sentait sa peur décupler son impatience.

— Ça fait deux semaines que je suis ici. Avez-vous fait quelque chose, au moins ?

L'agent de police ne mordit pas à l'hameçon, mais resta calme, au contraire, ce qui fut tout à son honneur et aida Raine à se ressaisir.

— Comme j'étais en train de vous le dire, nous pensons qu'il a volé une voiture et a fait profil bas dans l'Indiana pendant quelques temps.

Raine le vit regarder ses notes.

110

— Il semblerait qu'il ait de la famille à South Bend, et nous pensons qu'il s'y est terré un moment. La police de South Bend qui enquêtait sur la disparition d'un véhicule a failli l'attraper, mais il avait quelques minutes d'avance sur eux et a réussi à leur échapper. La police de l'état de l'Indiana a retrouvé la voiture volée abandonnée quelques heures plus tard. Ils pensent qu'il a à nouveau volé un véhicule, qui a été retrouvé à Benton Harbor.

Raine ne pouvait empêcher le sentiment d'épouvante qui remontait le long de sa colonne.

— En d'autres termes, il se rapproche…

— Oui, et cela veut aussi dire que ce n'était pas qu'un simple voyou homophobe. Ce type sait ce qu'il fait. Il vole une voiture et s'en sert un petit moment, avant de l'abandonner pour en voler une autre. Les informations de son permis de conduire étaient fausses, mais nous avons réussi à l'identifier tout de même. Nous pensons qu'il se dirige vers vous non seulement car vous êtes le seul témoin qui puisse le relier à l'attaque, mais sûrement aussi pour une autre raison. C'est pourquoi le département a débloqué un peu d'argent et vous a attribué une protection jour et nuit.

Duane tendit une photo à Raine.

— Le reconnaissez-vous ?

— Oui, c'est l'homme qui m'a agressé, confirma Raine en regardant tour à tour l'agent et Jonah, ne sachant pas quoi faire de cette information.

Il commençait tout juste à laisser derrière lui une partie du traumatisme ressenti lors de l'attaque.

— Je déteste ça, gémit Raine. Je déteste ça. Pile quand je pensais pouvoir être capable de reprendre ma vie en main, elle m'échappe à nouveau.

— Je sais, et j'en suis désolé, dit l'agent avant de poursuivre : On m'a assigné à votre protection personnelle et à celle de toutes les personnes présentes sur cette ferme. Des voitures patrouilleront dans la zone et on m'a ordonné de rester ici, à la ferme, jusqu'à ce que le suspect soit appréhendé.

Raine refusa presque par réflexe, mais Geoff apparut et répondit avant qu'il le puisse.

— J'ai déjà donné mon accord. Il utilisera le bureau comme base opérationnelle et dormira en bas, sur le canapé.

Le regard de Geoff réduisit au silence la protestation qui se formait sur les lèvres de Raine.

— Donc accepte juste qu'aucun de nous ne laissera quoi que ce soit t'arriver, ajouta Geoff avec fermeté, tout en croisant ses bras sur son torse.

Alors que Geoff s'apprêtait à quitter la pièce, Adelle fit irruption, un fusil dans les mains, et Duane se releva d'un bond et attrapa son pistolet.

— Asseyez-vous, jeune homme, il n'est même pas chargé.

Elle leva les yeux au ciel et inclina le canon vers le sol.

— S'il ose venir près de mes garçons, je vais lui mettre tellement de plomb dans le derrière qu'il fera un bruit de ferraille en marchant.

Elle déposa le fusil et quitta la pièce, avant d'y revenir avec son portefeuille, qu'elle tendit à Duane.

— J'ai un permis de port d'arme, ajouta-t-elle alors que Duane replaçait avec précaution son pistolet dans son étui. Et juste pour votre information, une fois chargé, je peux abattre une mésange à dix mètres.

— Madame, commenta-t-il en lui rendant le portefeuille, l'air plutôt pâle. Je ne pense pas que cela sera nécessaire.

Adelle lui lança un regard qui montra à tout le monde qu'elle n'en croyait rien.

— Je vais dormir avec ça sous mon oreiller, juste au cas où.

Elle avança vers la cuisine et se retourna pour faire face à l'agent.

— Vous restez pour le petit-déjeuner ? Car si la réponse est oui, alors il va falloir que vous retiriez ce chapeau et que vous éteigniez cette chose qui n'arrête pas de faire du bruit sur votre épaule. Je ne veux pas de ça à ma table lorsque tout le monde mange.

Duane resta bouche bée tandis qu'Adelle quittait la pièce.

— Vous avez mentionné l'existence d'autres menaces ? indiqua Raine, toujours sans sourire.

Avant que Duane puisse répondre, Adelle les appela à table et il regarda Duane se lever avec le groupe, enlever son chapeau et le déposer sur une des chaises avant d'éteindre sa radio et de passer à la cuisine.

La table prenait pratiquement tout l'espace de la pièce et les gens habituels étaient déjà assis, de même que Len, le père de Geoff, et son partenaire Chris, ainsi que Preston et Stone, collés, incapables de détacher leurs yeux l'un de l'autre tels des inséparables. Jonah et Raine aidèrent tous deux Adelle à apporter les plats à table, puis tout le monde s'assit, y compris Adelle, sans même y avoir été incitée, cette fois-ci.

— Donc, Monsieur l'agent, commença Len tout en faisant passer le plat de pommes de terre frites. Que nous vaut cet honneur ?

Raine intervint :

— Il semblerait que mon agresseur se dirige par ici et le bureau du shérif a jugé plus sage que j'aie une protection supplémentaire.

Il voulait juste reprendre une vie normale, et il ne voulait certainement pas déranger tout le monde. Raine prit le plat d'œufs des mains de Jonah, tout en souriant à son amant malgré son inquiétude, puis il se servit une petite portion et fit passer le plat avant de tourner son regard vers Geoff.

— Peut-être que je devrais aller chez mes parents quelques temps. Au moins, je ne mettrais aucun de vous en danger.

Raine sentit la main de Jonah glisser de la sienne sous la table et il aperçut son amant se détourner et fixer son assiette.

Geoff avala sa bouchée puis commença à tousser, et Eli prit la parole tout en lui tapotant le dos.

— Tu ne peux pas y échapper. S'il a pu te trouver ici, il te trouvera chez tes parents aussi.

Eli se tourna vers Geoff, qui acquiesça, avant de continuer :

— S'il est en chemin, alors il viendra ici de toute façon.

Geoff secoua la tête avant de poursuivre là où Eli s'était arrêté.

— L'union fait la force, Raine. De plus, tu ne m'as jamais paru lâche.

— Je ne le suis pas, marmonna-t-il dans son assiette. Je voudrais juste éviter de vous mettre tous en danger.

Raine ne pouvait s'empêcher de regarder du côté de Jonah, qui l'ignorait royalement. Raine effleura la jambe de ce dernier.

— S'il devait t'arriver quoi que ce soit... Je ne pourrais jamais me le pardonner.

— Ne sois pas si mélodramatique, répliqua Geoff. Nous avons Duane ici présent ainsi que le reste de l'équipe du shérif, si besoin. Nous allons juste être prudents et rester attentifs.

Geoff lança un regard à Adelle et ajouta :

— Et garder un fusil sous notre oreiller !

Raine la vit lui sourire et s'attendit presque à ce qu'elle aille chercher son portefeuille, mais elle se contenta de continuer son petit-déjeuner.

— Donc, est-ce que vous savez pourquoi Raine s'est fait agresser ? s'enquit Preston depuis l'autre bout de la table.

— Nous pensons l'avoir découvert, répondit Duane après avoir avalé sa bouchée et posé sa fourchette. Il semblerait qu'au cours de l'enquête, la police de Chicago ait trouvé des irrégularités dans les comptes, à l'endroit où travaille Raine. Il semblerait que quelqu'un ait créé de fausses factures et les ait soumises pour paiement. Cette pratique semble durer depuis des mois et pourrait s'élever à plusieurs milliers de dollars. Nous avons intercepté un suspect hier. Je n'en sais pas beaucoup plus à l'heure actuelle.

Raine vit Duane le regarder tandis qu'il sentait le sol s'effondrer sous ses pieds et le mener tout droit jusqu'aux portes de l'enfer.

— Donc, maintenant, vous êtes en train de me dire que je suis probablement au chômage, en plus.

Si l'entreprise survivait, et c'était un *si* ambitieux, ils se sépareraient probablement des employés. Ayant perdu l'appétit, Raine repoussa son assiette et se leva avant de quitter la table. Qu'allait-il faire maintenant ? Son emploi n'existant plus et sa tranquillité d'esprit envolée, le monde tourbillonna une seconde et Raine dut se précipiter aux toilettes, les atteignant juste à temps pour voir son minuscule petit-déjeuner refaire surface.

Il se pencha au-dessus du lavabo pour se rincer la bouche et sentit une caresse sur son dos.

— Tout va bien se passer.

Raine secoua la tête.

— Comment peux-tu dire cela ? Un taré est en chemin, je n'ai plus de travail, j'ai mis tout le monde ici en danger, et cerise sur le gâteau, l'Agent Bien Foutu n'arrête pas de faire les yeux doux à l'homme que j'aime, donc comment peux-tu dire que tout va bien se passer ? cria Raine, sa frustration et sa colère se déversant comme un geyser de négativité.

Il lui fallut quelques secondes pour réaliser ce qu'il avait dit, et il grimaça intérieurement. Il n'avait pas voulu le dire à voix haute, du moins pas tout de suite, et il espérait que Jonah n'aurait pas bien saisi les mots qu'il avait prononcés, parce que si c'était le cas, Jonah prendrait peur, retournerait dans sa communauté, et ce serait la fin. Quittant le lavabo des yeux, il se tourna vers Jonah, mais tout ce qu'il vit, ce fut des yeux écarquillés, une bouche grande ouverte et une expression choquée. C'était tout ce qu'il avait besoin de savoir. Il s'essuya la bouche, frôla Jonah et monta l'escalier jusqu'à sa chambre. Stupide, c'était le seul adjectif qu'il trouvait pour se décrire. Il aurait dû se douter qu'il ne fallait pas laisser échapper ses sentiments de cette manière. Bien sûr que Jonah prendrait peur. Après tout, s'attendait-il à une déclaration en retour ? Probablement pas, mais ce regard… Il le voyait toujours dans sa tête. Il se laissa tomber sur le lit et enfouit sa tête dans les oreillers, essayant d'étouffer les bruits de la maison ainsi que sa propre voix qui résonnait dans sa tête.

Un coup sec se fit entendre sur sa porte, mais il ne se retourna pas et ne regarda même pas. Il ne pouvait affronter personne à l'heure actuelle. Un poids se posa au bout du lit et il tourna la tête, se retrouvant nez-à-nez avec un Eli cinglant.

— Vingt Dieux, qu'est-ce que tu penses être en train de faire ?

Il n'avait jamais vu Eli dans un tel état.

— Je ne sais pas ce que tu as dit à mon frère mais il boude dans l'écurie et se demande ce qu'il a bien pu faire de mal.

L'expression d'Eli ne changea pas d'un pouce quand Raine se redressa pour lui faire face.

— Je t'ai dit ce qui allait se passer si tu lui faisais du mal donc tu peux t'estimer heureux que je ne te batte pas comme plâtre ici et maintenant. Je sais que tu n'es pas content de la tournure des événements mais tu n'as pas à évacuer ta frustration sur lui !

Raine le fixa, perplexe.

— Qu'est-ce qu'il a dit ?

— Il n'a rien dit. Il est simplement sorti confus et au bord des larmes de la salle de bain après y être entré pour te réconforter. Je t'ai entendu crier, et je ne sais pas ce que tu as dit, mais je sais que je devrais te botter les fesses.

Eli s'arrêta pour reprendre sa respiration et Raine s'attendait presque à ce qu'il s'exécute.

— Ensuite, il a quitté la maison et je l'ai trouvé dans l'écurie, malheureux comme s'il avait perdu son meilleur ami.

Eli soupira doucement et sembla attendre sa réponse, mais Raine se sentait… perdu.

— Que lui as-tu dit, Raine ?

Raine s'assit, incertain de vouloir parler à qui que ce soit, mais l'expression d'Eli lui indiqua clairement qu'il n'avait pas le choix.

— Je lui ai dit que je l'aimais, répondit faiblement Raine, essayant de cacher sa déception. Je sais bien que c'était beaucoup trop tôt, mais c'est sorti tout seul.

L'expression de Jonah apparut de nouveau dans sa tête.

Les yeux d'Eli s'écarquillèrent de surprise.

— Tu lui as dit que tu l'aimais, et il est maintenant dans l'écurie au lieu d'être ici avec toi à célébrer ce qui devrait être un moment spécial et important…

Raine se sentit faiblir sous son regard d'acier.

— Qu'est-ce qui cloche ?

Tout. Absolument tout. Raine se redressa et s'assit sur le côté opposé du lit avant de se relever et de quitter la pièce sans dire un mot. Il ne pouvait pas répondre à Eli parce que ce dernier avait raison, mais il ne pouvait pas non plus s'excuser. De plus, la seule personne avec laquelle il devrait être en train de parler de cela, c'était Jonah, et personne d'autre. Il traversa la maison le plus vite possible et sortit dehors en direction de l'écurie.

Dès qu'il eut franchi la porte ouverte, il vit immédiatement Jonah près d'un cheval, caressant le long museau de la jument. Étant donné sa chance, il s'attendait presque à trouver l'Agent Bien Foutu en train de le consoler, mais Jonah était seul et Raine s'arrêta juste après avoir franchi la porte, l'observant. Les mêmes mains qui avaient effleuré sa peau la nuit précédente caressaient doucement l'encolure du cheval, et Raine aurait voulu être ce cheval, à cet instant précis, et que ces mains le touchent encore.

— Jonah, dit-il doucement, peinant à reprendre sa respiration.

La main de Jonah s'arrêta, sa tête se redressa et ses yeux se tournèrent vers lui. Raine pourrait regarder ces yeux jusqu'à sa mort, parce que dans ces yeux, il voyait ce qu'il avait toujours souhaité voir dans les yeux d'un autre homme : de l'amour. Raine déglutit et avança d'un pas, espérant que Jonah ne s'enfuirait pas. Il ne le fit pas.

— Je suis désolé, Jonah.

— Pour quoi ?

Jonah écarta ses mains du cheval.

— Est-ce que tu pensais ce que tu as dit ?

— Je le pensais.

Raine continua à se rapprocher sans quitter des yeux le visage de Jonah.

— Alors pourquoi t'es-tu enfui loin de moi ?

Il y avait un soupçon de confusion et… de douleur dans sa voix.

Raine ne savait pas comment l'expliquer ; ses raisons ne semblaient plus aussi importantes maintenant. La façon dont Jonah le regardait en disait plus long que des mots ne le pourraient jamais.

— J'ai eu peur.

Raine s'approcha et se tint près de lui, sentant la chaleur qui émanait de la silhouette élancée de Jonah.

— J'ai vu cette expression, sur ton visage, et j'ai cru que j'étais allé trop loin trop vite…

Raine leva la main et caressa la joue de Jonah.

— J'ai eu peur de t'avoir dit que je t'aimais et…

— Que je ne t'aime pas en retour ? compléta Jonah, se penchant légèrement vers lui.

Raine acquiesça lentement et garda ses yeux rivés sur Jonah.

— Je crois que cela m'a juste surpris, et puis tu t'es enfui, et je ne savais plus quoi penser. Parfois, tu me troubles, Raine, vraiment.

Raine sentit la main de Jonah glisser sur sa joue.

— Mais tu n'aurais pas dû t'inquiéter. Je t'aime aussi.

Jonah lui sourit et le cœur de Raine fit un bond, sachant que ce sourire lui était réservé.

Raine se pencha en avant et posa son front contre celui de Jonah, souriant tel un idiot transi d'amour jusqu'à ce que sa tête soit repoussée par un gros museau. Raine rigola et caressa la large tête en la repoussant.

— Tu ne peux pas l'avoir, mon grand… Il est à moi !

Il s'empara de la main de Jonah pour l'attirer contre lui et l'envelopper de ses bras. Raine l'embrassa, en douceur, avec amour. Une partie de lui voulait dévorer Jonah avant de le ramener à l'étage, dans sa chambre. Mais il se retint, laissant ce seul baiser indiquer à quel point il aimait l'homme qu'il tenait dans ses bras.

— Je t'aime, Jonah. Vraiment.

La réponse qu'il reçut en retour fut bien plus parlante que de simples mots.

X

Jonah fut réveillé par la pluie qui s'écrasait doucement sur la fenêtre. Il n'avait pratiquement pas dormi de la nuit et il avait l'impression qu'il venait juste de sombrer lorsque son corps le réveilla. Il avait cru qu'il passerait la nuit sans fermer l'œil, mais il avait finalement dû s'endormir pour un petit bout de temps, puisque le soleil qui pointait le bout de son nez à l'horizon le réveillait à l'instant. Alors qu'il roulait sur lui-même, sa jambe heurta une masse qui grogna en retour.

— Si tu n'es pas content, tu n'as qu'à aller dormir avec Robbie.

Le chien leva le museau une seconde avant de le baisser, fermant les yeux et lui adressant un autre grognement profond. Sa voix avait dû réveiller Raine, car ce dernier ricana légèrement avant de l'attirer plus près de lui et de se rendormir.

Il se dégagea de son étreinte et sortit prudemment du lit avant de s'habiller et de quitter la chambre de Raine afin de rejoindre la sienne à pas feutrés. Ces dernières nuits, il avait dormi avec Raine et ensemble ils avaient fait des choses que Jonah ne se serait jamais autorisé à imaginer. À l'aide de ses mains et de ses lèvres, Raine avait offert un plaisir à son corps que Jonah n'aurait pas cru possible. Il savait qu'il aurait dû en être heureux, mais il ne pouvait pas s'empêcher d'être inquiet. Moins d'une semaine plus tôt, son père lui avait rendu visite et lui avait laissé un choix. Jonah ne savait pas encore ce qu'il allait faire. Il ne voulait pas abandonner Raine : il l'aimait. Cela, il le savait. Mais aurait-il le courage et la force d'abandonner sa famille et le monde qu'il avait toujours connu ? Eli l'avait fait des années auparavant, et Jonah savait pertinemment qu'il était heureux avec Geoff. Mais lui, pourrait-il le faire ? Raine resterait-il à la ferme ou retournerait-il en ville une fois que son agresseur aurait été attrapé, et qu'il serait assez en forme pour retrouver du travail ? Ils n'en n'avaient pas encore discuté et Jonah n'avait pas voulu lui poser la question, la réponse lui faisant trop peur.

Il referma la porte de sa chambre derrière lui et enfila ses vêtements de travail, fit sa toilette et se rendit en bas. Il passa à côté du canapé où l'agent Duane dormait toujours et tenta de ne pas le réveiller, mais il avait découvert quelques jours plus tôt que le moindre bruit alertait l'homme et le mettait sur ses gardes.

— Jonah ? l'appela Duane en se réveillant en sursaut. C'est vous ?

— Oui, rendormez-vous, répondit Jonah en rejoignant la cuisine.

C'était devenu un échange habituel. Avant, Duane se levait avec lui, mais maintenant, il se contentait de se rendormir.

Dans la cuisine, il s'attendait à moitié à tomber sur Adelle. Cette femme semblait savoir quand il était debout et lui préparait toujours quelque chose, mais ce matin-là, la pièce était vide. Jonah haussa les épaules et sortit, puis courut jusqu'à la grange en essayant d'esquiver les gouttes de pluie.

Il s'attendait à être seul, mais Eli et Joey étaient déjà en train de travailler. Jonah ramassa une brouette et commença à nettoyer l'une des stalles de l'écurie, tandis que la pluie clapotait sur le toit. Il était occupé à remettre de la paille fraîche dans une seconde stalle et s'assurait que la surface au sol était entièrement recouverte lorsqu'une voix le tira de ses pensées et le fit sursauter :

— Tu es bien calme, dit Eli. Est-ce que tout va bien ?

Jonah se reprit et continua d'étendre la paille au sol.

— Je crois, oui.

Quand il eut fini, il recula et inspecta son travail avant de quitter le box et de rejoindre Eli.

— Est-ce que tu penses vraiment que Père me dénoncerait devant l'église si je ne rentrais pas à la maison ?

Il mettait enfin des mots sur une des peurs qui le tracassait.

— J'en ai bien peur, Jonah. Tu sais bien que Père ne dit jamais quelque chose en vain.

Les yeux d'Eli se radoucirent.

— Je sais ce que tu traverses, crois-moi – les interrogations, les maux d'estomac, la peur que cela ne marche pas…

— Comment as-tu décidé quoi faire ?

Jonah se rendit dans la stalle voisine et ramena son occupant à celui qu'il venait de nettoyer. Eli lui tint la porte puis la referma en sortant.

— Je veux dire, il y a tellement de choses en jeu…

Eli rit doucement.

— Je sais, mais tu dois faire ce qui est le mieux pour toi. Je sais que cela va à l'encontre de la manière dont nous avons été élevés, où on nous a toujours appris à faire ce qui était le mieux pour la famille et la communauté, mais là, c'est différent.

— En quoi ? Si je reste, n'est-ce pas égoïste de ma part de priver la communauté de mes compétences comme menuisier, boulanger, ou de mes compétences avec les chevaux ?

Tant de choses s'agitaient dans son esprit.

— De plus, Raine est très intelligent, il est même allé à l'université… Nous n'avons été à l'école que jusqu'à treize ans. Nous regardions les informations l'autre soir et Raine m'a demandé ce que je pensais de l'indépendance de la Géorgie et je l'ai regardé bizarrement en me demandant pourquoi la Géorgie voulait quitter les États-Unis… Je me suis senti stupide.

Jonah entra dans la stalle suivante, ressentant le besoin de faire quelque chose de ses mains. Il ouvrit la porte, sortit le cheval et le guida jusqu'à une stalle vide tout en parlant.

— Et ne crois pas que je ne sais pas que dès qu'ils auront attrapé le gars qui le cherche, Raine va rentrer chez lui à la ville.

Il referma la porte et conduisit la brouette jusqu'à la stalle sale, Eli sur ses pas, l'écoutant attentivement.

— Qu'adviendrait-il si je quittais la communauté, et qu'il découvrait ensuite que je ne suis pas assez bien ou pas assez intelligent pour lui ?

— Jonah.

Le ton d'Eli le fit s'arrêter de travailler et lever les yeux vers son frère.

— Parfois, nous n'avons pas toutes les réponses. Mais voici ce que je peux te dire : tu seras toujours ici chez toi en cas de besoin.

Eli s'avança et lui prit la pelle des mains, puis il la posa contre le mur avant de l'étreindre fermement.

— Tu es mon frère et je t'aime, et j'adore t'avoir ici. Tu auras toujours une place ici à la ferme et dans mon cœur. Si tu veux rester, tu es le bienvenu. Si tu préfères rentrer à la communauté, tu sais que je soutiendrai aussi ta décision. Mais tu n'auras jamais à t'inquiéter de trouver un refuge et des gens qui t'aiment pour ce que tu es.

Jonah avait l'impression qu'Eli allait l'étouffer, mais il se sentait bien et en sécurité. Jusqu'à ce moment-là, il n'avait pas réalisé à quel point son grand frère lui avait manqué.

— Merci.

Jonah lui rendit son étreinte tandis qu'un peu de sa nervosité s'évaporait.

— J'imagine que je dois juste attendre et voir ce qui se passe.

— C'est tout ce que tu peux faire.

Eli relâcha son étreinte et recula un peu.

Jonah ramassa la pelle et commença à tasser le fumier et la sciure dans la brouette.

— Je n'ai pas vu Adelle ce matin dans la cuisine, est-ce que tout va bien ?

Eli s'était déjà éloigné mais il revint vers lui muni d'une pelle et de sa propre brouette.

— C'est son jour de congé. Tu ne la verras pas avant ce soir.

— Oh. Et qui s'occupe du petit-déjeuner ?

— Eh bien, normalement c'est moi, mais c'est au tour de quelqu'un d'autre aujourd'hui.

Eli regarda sa montre.

— Nous ferions mieux de nous dépêcher ou nous allons être en retard.

Ils se mirent sérieusement au travail, nettoyant les boxes et y mettant de la paille fraîche avant d'y réinstaller les chevaux, et ils rentrèrent à la maison alors que les rayons du soleil commençaient à percer à travers les nuages.

La cuisine sentait bon le gâteau et le jambon et… *humm*. Jonah ferma les yeux en retirant ses bottes avant de rentrer en chaussettes. Il scruta la pièce et s'attendait à voir tout le monde, mais n'y trouva que Raine tranquillement affairé aux fourneaux.

— Où sont tous les autres ?

— Ils ont déjà mangé, répondit Raine en apportant la poêle sur la table et en remplissant les deux assiettes qui y étaient posées. J'ai pensé que nous pourrions prendre le petit-déjeuner en tête-à-tête.

Décalant la poêle, Raine se pencha pour l'embrasser légèrement avant de mettre la poêle dans le lave-vaisselle et de se réinstaller à table.

— Tu as été si gentil avec moi, donc je voulais essayer de te remercier.

Jonah se retrouva à fixer Raine tout d'abord, puis la table munie d'une nappe blanche, de fleurs au milieu et même d'une bougie.

— Est-ce que tu me fais la cour ?

Raine sourit.

— J'imagine que tu peux appeler ça comme ça, mais je préfère dire que je fais quelque chose de spécial pour quelqu'un de spécial.

Jonah ne comprenait pas tout à fait et la confusion dut se lire sur son visage.

— Ce n'est pas comme si je te considérais comme la femme ou que je me considérais comme la femme.

Raine se rapprocha et Jonah perçut son odeur et sa douce respiration.

— Il n'est pas question de « rôles » dans le couple. Il s'agit simplement de faire plaisir à l'autre.

La main de Raine lui effleura la joue.

— Asseyons-nous et prenons le petit-déjeuner ! Et peut-être qu'après cela, nous pourrons convaincre l'agent Duane de nous laisser aller faire un tour de calèche.

— J'en doute fort ! s'exclama une voix depuis le salon, et Raine leva les yeux au ciel en s'asseyant.

Jonah aurait juré que cet homme avait l'ouïe aussi fine qu'un chien.

— À la plage, alors, M. Fouineur lança Raine vers la porte tandis qu'il se rasseyait dans sa chaise, et Jonah dut le retenir pour qu'il ne bascule pas en arrière. Le temps est bien meilleur maintenant.

— Peut-être.

Jonah crut entendre un gloussement discret depuis l'autre pièce, puis remercia le ciel en silence que Raine soit assis sur sa chaise, les pieds au sol.

Jonah mangea rapidement en observant Raine, gêné de savoir Duane dans la pièce d'à côté. À certains moments, il se sentait si stupide ; il détestait avoir l'impression que tout le monde pouvait le voir. Il amena sa fourchette à sa bouche tout en regardant Raine manger, tandis que des pensées défilaient en boucle dans sa tête. Raine était si intelligent, il connaissait tellement de choses, tandis que lui se sentait si… ignorant, surtout en ce qui concernait les relations.

— Qu'est-ce qui te tracasse tant ? demanda Raine, faisant sursauter Jonah, perdu dans ses pensées.

Raine posa sa fourchette et le regarda avec intensité.

— Tu te mords toujours la lèvre lorsque tu es nerveux, expliqua Raine patiemment.

Jonah secoua la tête et essaya de finir son assiette, mais Raine le fixait et il savait qu'il n'arrêterait pas avant d'avoir obtenu une réponse.

— Ce n'est rien. Je n'aime juste pas beaucoup l'eau.

Jonah se força à sourire et continua à manger. En fait, c'était un euphémisme : il détestait l'eau. Parfois, en été, Mère les emmenait au lac lors d'après-midi chauds, et Jonah passait toujours son temps sous les arbres, le plus loin possible de l'eau. Le pouce de Raine traça une ligne depuis sa joue

122

jusqu'à sa lèvre supérieure et en fit le tour. La mâchoire de Jonah se détendit et ses yeux se fermèrent tandis que sa tension disparaissait.

— Tu n'as rien à craindre.

Les mots de Raine le caressèrent telle une couverture molletonnée en plein hiver.

— Je veillerai à ce qu'il ne t'arrive rien, c'est promis.

Jonah sentit sa tête acquiescer d'elle-même et la main de Raine s'écarta. Ses pensées ne voulaient pas quitter son esprit, il essayait de les repousser, mais elles ne voulaient pas partir, quoiqu'il fasse. Il ne comprenait pas pourquoi il était si nerveux tout le temps. Cela faisait quelques jours qu'il était ainsi et cela ne lui plaisait pas. Il retourna à son petit-déjeuner et continua à manger, déterminé à apprécier la présence de Raine.

Après qu'ils eurent tous deux finis, Jonah débarrassa la table tandis que Raine empilait les assiettes dans la machine qui les laverait ensuite.

— Va au salon, je te rejoins bientôt, lui dit Raine, et Jonah fit un signe de tête avant de quitter la pièce.

Duane était assis sur le canapé et Jonah allait le rejoindre jusqu'à ce qu'il entende un ronronnement de machine en provenance du bureau. Il alla jeter un coup d'œil et y trouva Robbie assis, qui lisait avec ses doigts derrière le bureau.

— Comment est-ce que tu fais ça ? demanda Jonah doucement, ne voulant pas surprendre Robbie, qui haussa les épaules en guise de réponse.

— C'est ce que je dois faire pour pouvoir lire, répondit-il simplement avant de finir sa page et de fermer son livre.

— Est-ce que tu as déjà pu voir ? demanda Jonah en rentrant dans la pièce.

— Oui. Une maladie m'a rendu aveugle quand j'avais douze ans.

Robbie se leva, se dirigea vers la machine et y prit d'autres feuilles imprimées en braille.

— J'ai dû pratiquement réapprendre à tout faire.

Jonah observa Robbie venir jusqu'à lui.

— Tu veux essayer ?

Jonah acquiesça tout d'abord de la tête puis répondit :

— OK.

— Donne-moi ta main.

Jonah lui tendit sa main et Robbie la prit, puis plaqua ses doigts contre la page.

— Ferme les yeux.

Jonah suivit les instructions de Robbie.

— Là, tu sens ça ?

— Oui !

Jonah rigola. Cela chatouillait.

— Est-ce que tu sens les motifs changer ?

Les petites bosses glissaient sous sa peau et Jonah pouvait en effet les sentir changer.

— Oui, mais qu'est-ce que ça veut dire ?

Les doigts de Robbie les touchèrent à son tour.

— Ça dit que le rendement par hectare va sûrement être d'un boisseau de plus que l'année dernière.

Jonah ouvrit les yeux et rabaissa sa main, puis Robbie reprit le papier et repartit s'installer derrière le bureau.

— Tu n'as pas peur de bousculer quelque chose quand tu marches ?

Robbie haussa les épaules.

— Ça arrive parfois.

— Mais tu n'as pas peur de te faire mal ?

Robbie sourit en se rasseyant sur la chaise.

— J'ai arrêté d'avoir peur de tout il y a un petit moment déjà. Joey veille sur moi et j'ai confiance en lui pour m'assister lorsque j'en ai besoin. Je ne peux pas vivre ma vie en ayant peur de tout ce qui m'entoure. Si c'était le cas, alors autant tout abandonner et ne rien faire du tout. Et toi non plus, tu ne dois pas avoir peur de tout.

— Ce n'est…

Jonah s'arrêta avant de pouvoir le réfuter. Robbie avait raison. Il aurait préféré qu'il ait tort, mais il avait raison.

La tête de Robbie acquiesça doucement.

— Les choses ici sont différentes de ce à quoi tu es habitué, mais tu laisses ta peur prendre le dessus. Après que j'ai perdu la vue, Adelle me disait souvent, quand elle m'entendait me plaindre : « Personne ne mène une vie de rêve ».

Jonah gloussa à l'imitation réussie de Robbie.

— De quoi as-tu peur, de toute façon ? As-tu le pouvoir de le modifier ou est-ce hors de ton contrôle ? Ma cécité est hors de mon contrôle, donc je peux soit avoir peur de tout ce que je ne peux voir, soit apprendre à voir par d'autres moyens et essayer d'en tirer le meilleur.

Robbie ouvrit son livre à nouveau et Jonah se sentit légèrement honteux. C'était vrai, que craignait-il ?

— Demande-toi ceci.

La voix de Robbie provenait de derrière lui, et Jonah se retourna.

— Si ce dont tu as si peur venait à se réaliser, que ferais-tu ? Serait-ce la fin du monde, ou arriverais-tu à te reprendre et à repartir de l'avant ?

Robbie retourna à sa lecture, ses doigts caressant lentement la page.

Jonah sortit du bureau et trouva Raine dans le salon en train de regarder la télévision.

— Allons à la plage.

L'instant était aussi bien qu'un autre pour essayer de mettre en pratique les conseils de Robbie.

— Je ne suis pas sûr que cela soit une bonne idée, intervint Duane depuis sa chaise.

Raine sembla déçu, mais n'argumenta pas. Jonah croisa ses bras sur sa poitrine et se planta en face de Duane.

— Nous allons à la plage, affirma-t-il avec autant de conviction que possible. Vous pouvez venir si vous le désirez, mais dans tous les cas, Raine et moi y allons.

Il jeta un coup d'œil à l'horloge accrochée au mur avant de se tourner vers Raine.

— J'ai encore du travail, mais j'aurai fini avant le déjeuner et ensuite, nous pourrons partir.

Raine se rassit, se pencha en avant et l'attrapa par la taille.

— OK.

Jonah vit les yeux de Raine briller et se demanda ce qu'il avait fait pour mériter ce regard, car c'était un regard qu'il aimait, et il adorait ce que cela provoquait en lui. Il regarda vers l'escalier une seconde, puis entendit la voix d'Eli l'appeler et se dépêcha plutôt de le rejoindre après avoir reçu un rapide baiser.

Jonah finit son travail en un temps record, nettoya les stalles et donna à boire et à manger aux chevaux.

— Pourquoi es-tu si pressé tout d'un coup ? demanda Eli en gloussant tandis qu'il traversait l'écurie. Comme si je n'étais pas au courant…

Eli sourit et s'arrêta.

— Que t'arrive-t-il donc ?

— Nous allons nager après le déjeuner, répondit Jonah avec un sourire jusqu'aux oreilles et le cœur léger.

— Nager ? Toi ? se moqua Eli en ajoutant : Tu ne t'approchais jamais de l'eau quand nous étions enfants.

— Je sais, la simple pensée de nager me terrifie, mais…

Jonah sentit la peur essayer de gagner du terrain, mais il la repoussa.

— Raine a dit qu'il resterait tout le temps à mes côtés.

Il se força à esquisser un léger sourire.

Eli se rapprocha.

— Et donc, qu'est-ce qui a changé ?

— J'ai eu une discussion avec Robbie et il m'a aidé à réaliser que je ne pouvais pas avoir peur sans arrêt. J'ai passé ma vie à avoir peur de Père et de ce qu'il penserait de moi, à avoir peur de décevoir les gens, à avoir peur de l'eau – même quand les petits enfants rigolent, s'éclaboussent et jouent avec. J'ai passé ces derniers jours à avoir peur que Raine me quitte au lieu de profiter du temps qui m'est donné avec lui.

Jonah posa la pelle contre le mur.

— J'imagine que j'en ai marre d'avoir peur.

— Robbie, hein ? commenta Eli d'une voix douce. Je vois qu'il a réussi à t'atteindre toi aussi.

Jonah fronça les sourcils.

— Que veux-tu dire par « m'atteindre » ?

— Robbie est l'une de ces personnes qui en savent beaucoup sur la peur. Il a passé une grande partie de sa vie protégé par sa famille. Ils l'aiment, mais ils le gardaient si près d'eux qu'il ne pouvait pas découvrir le monde.

Jonah se pencha en avant.

— Qu'est-il arrivé ?

— Il est arrivé ici et a rencontré Joey. Ils ont découvert un monde différent ensemble.

Eli avait ce regard très doux que Jonah avait déjà vu quand il regardait Geoff parfois.

— Robbie connaît bien la peur car il a dû se libérer des siennes, lui aussi.

Jonah ramassa la pelle et se retourna, se remettant au travail, mais une main lui donna une petite fessée.

— Allez ! File déjeuner, et ensuite, va à la plage ! Va passer du temps avec l'homme qui peut te faire oublier tes peurs.

Jonah ne se le fit pas dire deux fois. Il rangea ses outils et se précipita jusqu'à la maison. Il avala rapidement quelque chose avant d'aller revêtir un maillot de bain qu'il avait emprunté. Il se retrouva ensuite à côté de

Raine à l'arrière de la voiture de police de Duane, l'une des conditions de ce dernier pour autoriser l'excursion.

— Pourquoi avez-vous gardé votre uniforme ? Ne devriez-vous pas vous habiller en civil pour pouvoir attraper cet homme s'il se montre ? demanda Jonah derrière le grillage qui le séparait des sièges avant alors qu'ils roulaient vers la ville.

— Mon premier objectif est d'assurer votre protection. Si nous le voyons, je l'appréhenderai, mais mon rôle reste avant tout de vous protéger. S'il se montre vraiment, mais ce n'est pas très probable, j'espère que mon uniforme l'effraiera et qu'il se rendra compte que nous ne plaisantons pas.

— Oh.

Jonah s'installa confortablement contre la banquette et Raine se pencha vers lui et traça un chemin de baisers sur son cou.

— Raine, gloussa-t-il, tu ne devrais pas faire ça ici !

Les lèvres de Raine s'éloignèrent, mais il garda sa main dans la sienne.

Ils s'arrêtèrent à la plage du Lac Michigan et Jonah avait du mal à en croire ses yeux : un nombre incalculable de personnes étaient assises, allongées ou en train de courir sur la plage.

— Vous pouvez sortir, je vais aller garer la voiture.

Duane montra une zone délimitée.

— Souvenez-vous que je ne peux pas vous protéger si je ne vous vois pas.

— Oui, oui, lança Raine en attrapant le sac à ses pieds et en attendant que Duane lui ouvre la porte.

Jonah le suivit et laissa son regard vagabonder sur les dunes de sable, s'arrêtant sur l'immensité d'un bleu intense qui s'étalait sous leurs yeux. Jonah aurait voulu retourner immédiatement dans la voiture.

Toutes ses peurs ressurgirent d'un coup au son, à l'odeur et à la vue de l'eau. Jonah sentit la main de Raine sur son bras, qui l'éloignait de la voiture. Il ferma les yeux et prit de grandes inspirations, se rappelant que ce n'était que de l'eau, et qu'elle coulait dans sa baignoire, dans sa douche et qu'il l'amenait aux chevaux tous les jours. Des centaines de gens s'éclaboussaient et jouaient dedans à l'instant même, il les entendait, qui criaient et riaient. Tandis qu'il se repassait ces pensées en boucle, sa respiration se fit plus calme et l'étau qui enserrait sa poitrine se relâcha.

Jonah entendit la voiture s'éloigner, mais ne la vit pas partir, ayant toujours les yeux fermés.

— Tout va bien, avance d'un pas.

Inclinant la tête, Jonah ouvrit les yeux et laissa Raine le guider sur le sable chaud.

— Tu n'as rien à craindre.

— Je sais bien, murmura Jonah en ouvrant grand les yeux. Je sais que c'est stupide, mais impossible de m'en empêcher.

— Tu le peux, si tu le veux. C'est ta tête, Jonah, et c'est à toi de décider ce que tu veux, répondit Raine en agrippant Jonah un peu plus fermement et en le caressant doucement pour lui donner du courage.

Lorsqu'ils s'arrêtèrent, Raine posa son sac sur le sol et lâcha le bras de Jonah. Il étendit ensuite une serviette à l'ombre de l'un des arbres au bord du sable, là où la plage finissait et le parking commençait. Jonah s'assit, ses yeux rivés sur l'eau, regardant les vagues rouler et s'écraser ensuite sur la plage.

— Que vois-tu ? souffla Raine à côté de lui.

Jonah haussa les épaules et Raine ajouta :

— Je vois de l'eau calme, douce, qui viendra s'enrouler autour de nous pour ôter la sueur et la chaleur.

Jonah se retourna vers Raine.

— Et si je tombe et que je ne peux pas me relever ? Et si quelque chose m'attrape et que je ne peux pas m'échapper ?

— Est-ce ce qui t'est arrivé ? Quelqu'un t'a attrapé et maintenu sous l'eau lorsque tu étais petit ?

— Je ne sais pas… Mais je déteste ne pas pouvoir voir ce qui se passe sous l'eau.

Jonah essaya de réfléchir, mais ne put se souvenir de rien, juste de sa hantise. C'est en regardant les autres gens qu'il réalisa qu'à cause d'elle, il était en train de manquer quelque chose – de la joie et du bon temps avec Raine.

— Est-ce que tu vas venir avec moi ?

Il avait clamé à Eli et à Raine qu'il était un homme, et si c'était vrai, alors il était temps de se séparer de ses peurs d'enfant et d'affronter les choses en face.

— Bien entendu, tu le sais bien, répondit Raine en souriant.

Jonah se mit debout et commença à marcher vers le bord de l'eau, le sable chaud brûlant presque ses pieds. Pas après pas, il se rapprocha. Le sable changea de couleur, s'assombrit là où il était humide et rafraîchit ses pieds. Ensuite, une vague roula sur ses orteils et il stoppa net.

— Avance encore un peu.

Jonah obéit et l'eau lui monta rapidement aux mollets. C'était si agréable, si rafraîchissant. En se retirant, l'eau tournoya autour de ses jambes et déplaça les grains de sable. Jonah bougea ses orteils.

— C'est tout ?

— Qu'y-a-t-il ?

— C'est ça qui me faisait peur ?

Il ne savait pas s'il parlait à Raine ou s'il se parlait à lui-même. Il fit un autre pas et s'arrêta lorsqu'une vague arriva, faisant monter l'eau jusqu'à ses genoux avant de redescendre à nouveau. Il regarda autour de lui et vit des hordes de gens s'amuser et rire.

— C'est ça que j'ai manqué tout ce temps ?

Une vague de soulagement l'envahit tandis qu'il s'avançait encore un peu avant de s'arrêter de nouveau. Il était suffisamment loin. Une vague fit monter l'eau jusqu'à son ventre et il ne voulait pas aller plus loin, mais il l'avait fait. Il ne pouvait pas y croire : il l'avait fait ! Quittant l'eau des yeux, il regarda Raine dont le sourire faisait de l'ombre au soleil. Il sentit la main de Raine glisser dans la sienne et Jonah se tint là, regardant au loin la plage où les vagues allaient s'écraser.

Remuant les orteils, il sursauta lorsque ses pieds commencèrent à s'enfoncer dans le sol, mais réalisa rapidement qu'il n'allait pas être attiré sous l'eau.

— Tu penses que nous pourrions faire comme eux ?

Jonah pointa du doigt un couple près du bord de l'eau qui était vraisemblablement en train de construire une structure en sable.

— Tu veux faire un château de sable ? sourit Raine. Oui, nous pouvons faire tout ce que tu veux.

Jonah fit quelques pas et sentit Raine le tirer par le bras.

— Je suis si fier de toi !

— Pour quoi ? Pour ne pas avoir été un bébé et être entré dans l'eau ?

— Non. Pour avoir fait face à tes peurs. Il faut beaucoup de courage.

Raine lui tint la main tandis qu'ils revenaient vers la plage, les pieds dans l'eau. Ce serait mentir que de dire que Jonah n'était pas soulagé de sortir de l'eau, mais il savait qu'il était capable de le refaire et qu'il le referait. Être dans l'eau ne serait jamais son activité préférée, mais il savait qu'il pouvait le faire et c'était tout ce qui comptait. Enfin, ça, et le fait que Raine porte un maillot de bain bleu qui lui moulait les cuisses, ne lui couvrant que les fesses et l'entrejambe. Raine avait dû remarquer qu'il l'observait.

— Qu'est-ce que tu regardes ?

— Ton maillot de bain.

Jonah se sentit rougir. Il avait été si focalisé sur lui-même qu'il ne l'avait même pas remarqué plus tôt.

— Je pensais le mien un peu impudique, mais regarde le tien !

— Impudique, ce maillot ? le taquina Raine en tirant le tissu. Il est énorme !

Il se retourna pour que Jonah puisse avoir une meilleure vue.

— C'est juste une coupe carrée. Tu devrais voir mes autres maillots. Tu les trouverais véritablement scandaleux.

Ils sortirent de l'eau et Raine trouva un coin vide où ils commencèrent à creuser. Ils firent un gros tas de sable qu'une vague essaya de temps à autre d'élimer. Jonah trouvait amusant de voir s'ils réussiraient à construire leur château avant que les vagues n'arrivent à le détruire.

— Qu'y-a-t-il ?

Jonah avait remarqué que Raine avait arrêté de creuser. Il suivit son regard et aperçut Duane qui courait vers eux.

— Oh…

Raine se leva et regarda autour de lui, et Jonah sentit sa bonne humeur s'évaporer.

— Que se passe-t-il ?

— Ramassez vos affaires immédiatement. Nous devons partir.

Duane leur aboya presque dessus tandis qu'ils se précipitaient vers leurs serviettes et les fourraient dans le sac avec tout le reste.

— Je vous expliquerai dans la voiture.

XI

La portière vibrait derrière lui et Raine bouillonnait. Les presser jusqu'à la voiture était déjà assez énervant, mais en plus de cela, Duane les avait tenus tête baissée comme de vulgaires suspects et avait claqué la porte derrière eux avant de la verrouiller.

— Qu'est-ce que c'est que ce bordel ?

La porte refermée, Duane mit le moteur en route.

— Nous avons du nouveau : il a été vu en ville.

Raine se pencha en avant et pressa ses doigts sur ses tempes. Chaque fois qu'il s'autorisait à oublier l'attaque ou son agresseur, un événement fortuit les lui renvoyait en pleine tête.

— Quand comptez-vous attraper ce type pour que je sois à nouveau maître de ma vie, ou du moins que j'en aie l'illusion ? Vous avez eu beaucoup de temps, et il court toujours !

— Nous allons l'attraper, Raine, répondit Duane d'un ton égal, sans réagir à la colère de Raine.

— Tout va bien se passer. Il ne va rien t'arriver.

Il sentit Jonah se glisser auprès de lui, le tenir, ses mains caressant doucement son dos.

— Mais s'il t'arrivait quelque chose à toi ? murmura Raine, sa propre peur prenant le dessus. Je t'aime.

Il attira Jonah pour lui donner un baiser avant de l'étreindre avec force. Il ne savait pas encore ce qu'il allait faire lorsque tout cela serait terminé, mais son cœur lui disait qu'il ferait n'importe quoi pour garder Jonah à ses côtés.

— J'ai besoin de toi, ajouta Raine si doucement que les mots étaient à peine audibles.

— Est-ce de cela que tu as peur ? murmura Jonah dans son oreille en lui rendant son étreinte.

Raine acquiesça contre l'épaule de Jonah. Il savait bien de quoi il avait vraiment peur. Dans quelques semaines, Jonah allait devoir prendre une décision concernant son avenir. Il voulait lui en parler, c'était sur le bout de sa langue, mais il n'y parvenait pas – sa peur l'en empêchait. Raine

131

savait que s'il le lui demandait, il pourrait probablement convaincre Jonah de rester, mais il ne le ferait pas, il se l'était promis. Jonah devait faire ses propres choix, et ne pas lui en parler était pour Raine la même chose que ce que plonger dans le Lac Michigan représentait pour Jonah. Raine s'accrochait à ce dernier tandis que la voiture fonçait sur l'autoroute de campagne mal entretenue.

Les pneus crissèrent lorsque Duane freina devant la ferme, y rentra et se gara à côté de l'autre voiture de police dans le jardin. Deux agents en sortirent et les saluèrent lorsqu'ils ouvrirent leur portière. Duane prit les choses en main.

— Rentrez à l'intérieur, je vous rejoins.

Et il s'avança vers les deux agents.

Jonah s'exécuta, mais Raine attrapa son bras :

— Nous n'irons nulle part sans avoir obtenu quelques réponses.

Duane se retourna vers eux.

— Vous aurez toutes les réponses que je peux vous apporter dans quelques minutes. Je vous le promets.

Raine fixa les agents une seconde avant de suivre Jonah à l'intérieur.

À sa grande surprise, il trouva Adelle dans la cuisine, occupée à cuisiner et ronchonner.

— Je pensais que c'était votre jour de congé ? demanda Jonah en se plantant dans la cuisine, adorable dans son maillot de bain toujours mouillé.

— M. Geoff m'a appelée et je ne laisse pas tomber mes garçons lorsqu'ils ont des soucis.

Elle ouvrit la porte du four et y plaça ce qui avait tout l'air d'une tarte.

— Vous deux, montez à l'étage vous changer. Tout le monde est au salon et je suis certaine que Duane va bientôt nous rejoindre.

Saisissant la main de Jonah parce qu'il avait besoin du contact de son amant, Raine les conduisit à l'autre bout de la maison, ignorant les têtes qui se retournèrent sur leur passage, dans le salon.

Une fois dans sa chambre, Raine referma la porte. Il plaqua Jonah contre cette dernière et l'embrassa violemment tout en faisant glisser son maillot de bain sur ses jambes.

— Je sais que ce n'est pas le moment, mais j'ai besoin de te sentir, j'ai besoin de savoir que tu es réel.

Il baissa son propre maillot et l'envoya à l'autre bout de la pièce puis colla son corps à celui de son amant, laissant sa douce chaleur le réchauffer, de l'intérieur comme à l'extérieur. Il attira Jonah à lui et l'étreignit, leurs érections glissant l'une contre l'autre.

— Raine, murmura Jonah tandis qu'il glissait sa main entre eux deux, puis attrapait son entrejambe avant de le caresser. Nous ne pouvons pas faire ça. Ce n'est pas le moment.

Jonah avait raison, mais cela n'avait pas d'importance. Il n'y avait rien de plus merveilleux, rien de plus beau que lorsque Jonah jouissait pour lui, et Raine en avait besoin à cet instant précis.

— J'ai besoin de toi, chuchota Raine, et il gémit en sentant les doigts de Jonah autour de lui.

— Moi aussi

Ses jambes tremblaient, son corps sollicitait chaque caresse de Jonah, et Raine oublia tout sauf Jonah, son odeur, qui était de plus en plus intense, sa respiration, les petits gémissements qu'il faisait lorsque Raine le touchait… pile au bon endroit. Il adorait ce son, une sorte de combinaison entre un grognement et un gémissement qui venait du plus profond de sa poitrine.

Les yeux fermés et la tête en arrière, Jonah s'exclama :

— Je t'aime, Raine !

Et Raine le sentit se répandre sur sa main, éclaboussant sa peau. Il ouvrit les yeux. Il voulait absolument voir ce regard empli de béatitude qui ornerait à coup sûr le visage de Jonah : les yeux innocents, grand ouverts, ébahis, que Jonah avait toujours lorsqu'ils faisaient l'amour. Ce regard, ce spectacle suffirent à faire basculer Raine, qui trembla et gémit tandis que ses hanches se balançaient en avant et que son orgasme le submergeait. Il tenta de regarder Jonah, mais c'était trop. Les yeux fermés, le corps tendu, il jouit violemment, haletant, le prénom de Jonah sur ses lèvres.

Raine se tint là, son amant dans les bras, se délectant de la sensation du corps de Jonah si près du sien, l'esprit embrumé par l'endorphine. Malheureusement, cela ne dura pas aussi longtemps qu'il l'aurait voulu et la réalité vint le frapper en pleine tête. Dehors, il y avait un homme qui cherchait à lui nuire, qui l'avait déjà agressé, et Raine ne savait toujours pas pourquoi. La police pensait que c'était en lien avec son travail qui d'ailleurs n'existait probablement plus. Il savait qu'il y avait forcément beaucoup de choses qu'ils ne lui disaient pas. Ils devaient enquêter après tout, mais c'était comme si sa vie lui échappait totalement. La seule chose qui semblait à sa place, c'était cet homme dans ses bras, mais il savait que ce n'était que temporaire. Un jour, il devrait forcément rentrer à Chicago et voir ce qu'il pourrait faire pour ramasser les débris de sa vie. Il avait pensé à demander à Jonah de venir avec lui, mais ce ne serait pas juste. Jonah irait sûrement, en plus, mais Raine n'arrivait pas à l'imaginer là-bas. Sa place était à la campagne, où il pouvait monter des chevaux, conduire des calèches et faire des choses qui le rendaient heureux.

— Humm, Raine, nous devrions sans doute nous habiller, murmura Jonah sans pour autant bouger d'un millimètre.

Raine acquiesça et le serra un peu plus fort contre lui durant un court instant. La dernière chose qu'il désirait, c'était bien de s'extraire de cette chaleur confortable. Il se fichait si leur sperme séché les collait l'un à l'autre pour l'éternité : c'était là qu'il désirait être. Raine soupira doucement dans l'oreille de Jonah tout en se demandant ce qu'il allait bien pouvoir faire. Il releva la tête et balaya la pièce du regard ; elle était simple et les meubles avaient au moins dix ans, mais elle était confortable et bien aménagée. Serait-il heureux ici ? Raine n'avait jamais sérieusement envisagé de déménager à la campagne. Il n'avait aucune idée du travail qu'il y effectuerait, mais au moins, il serait proche de ses amis.

Jonah releva la tête lui aussi, ce qui le tira de ses pensées.

— Ils vont se demander où nous sommes.

À contrecœur, Raine libéra Jonah de son étreinte, regrettant immédiatement la chaleur et la proximité. Il alla chercher une serviette dans la salle de bain et laissa Jonah se nettoyer avant de faire de même. Jonah sortit de la chambre après avoir vérifié au préalable que le couloir était vide, et Raine sourit en voyant ces petites fesses blanches trottiner dans le couloir. Après avoir refermé la porte, Raine revêtit des vêtements propres et quitta la chambre, retrouvant Jonah dans le couloir, et il lui prit la main.

Le bourdonnement de conversations croisées remplissait la pièce jusqu'à ce qu'ils entrent et que tout le monde se taise. Eli sauta sur ses pieds avant de les serrer fort contre lui dans une étreinte silencieuse.

— Que se passe-t-il ? demanda Raine en regardant Duane qui écoutait attentivement sa radio.

— Je ne pense pas que notre suspect s'attendait à l'accueil qu'il a reçu. Il semblerait qu'il ait essayé de quitter la ville, mais nous avons bloqué toutes les routes principales et il ne connaît pas les routes de campagne.

Raine se sentit sourire.

— Alors vous l'avez attrapé ?

Un flot de paroles grésillantes s'échappa de la radio et Duane écouta avec attention avant de se tourner vers Raine.

— Pas encore.

Puis il leva un doigt et écouta encore.

— Merde !

Ça ne sent pas bon, songea Raine en se laissant tomber sur le canapé. Jonah s'assit à côté de lui et l'étreignit.

— Il a réussi à s'enfuir, lança Duane à l'assemblée avant de se retourner vers la radio : La ferme est protégée.

D'autres sons provinrent de la radio, puis ce fut le silence.

— Il a contourné un des barrages, mais ne vous inquiétez pas, il ne va pas aller bien loin. Il y a bien trop de monde qui le cherchent.

Raine releva la tête de là où il l'avait posée sur l'épaule de Jonah.

— Pourquoi moi ?

Duane se rassit.

— Nous ne savons vraiment pas. La police de Chicago croyait que c'était à cause du détournement d'argent de quelqu'un de haut placé, dans votre entreprise. Le suspect est en garde à vue et a tout avoué, mais jure ne rien savoir à propos d'une agression, que ce soit envers vous ou n'importe qui d'autre. Et ils le croient. Il semblerait finalement que l'agression et le détournement d'argent ne soient pas liés, mais que l'enquête concernant votre agression ait permis de découvrir le détournement d'argent.

— Qui était-ce ?

— Steve Abernathy, le Directeur financier. Ils m'ont rapporté qu'il détournait de l'argent depuis des années, et malheureusement, il semble que la société n'y survivra pas. Ils vous ont, par la même occasion, lavé de tous soupçons.

Raine se sentit vaciller. Il avait l'espoir secret qu'il… Raine releva brusquement la tête et fixa Duane.

— Ils pensaient que j'étais dans le coup ?

Il sentit sa colère monter. Il était beaucoup de choses, mais certainement pas un voleur.

— J'ai toujours suivi les directives de la compagnie !

— Raine, tout va bien, l'apaisa Geoff depuis la chaise voisine. Tu sais bien qu'ils étaient obligés d'enquêter, c'est leur travail.

L'attention de Geoff resta fixée sur Raine.

— Donc ce type, Abernathy, il est en garde à vue ?

— Oui, et il n'en sortira pas si facilement. Il semblerait que le gouvernement et le fisc se soient penchés sur son cas aussi, il aurait enfreint pas mal de lois fédérales.

Duane se rapprocha et s'assit sur une chaise.

— Je sais que c'est dur à avaler. Je suis désolé que vous ayez perdu votre travail, mais ne perdez pas espoir, nous allons attraper votre agresseur. Je vous le promets.

Raine le croyait. Au cours de la semaine passée, Duane était passé de rival à ami. Il n'était pas certain de savoir quand ni comment c'était arrivé, mais c'était bel et bien arrivé. La radio s'anima encore et Raine sursauta, mais Duane se contenta de l'ignorer.

— Comment savez-vous quand cela vous concerne ?

— L'information est précédée de mon matricule.

Duane marcha jusqu'à la fenêtre et observa les agents qui étaient dans la cour.

— Je vous tiens au courant si nous avons du nouveau.

Le téléphone sonna et Raine fit un bond d'un mètre avant de se rasseoir à nouveau près de Jonah. Quelqu'un y répondit, probablement Robbie depuis le bureau, et la pièce retomba dans le silence. Mince, il avait vraiment besoin de faire quelque chose – n'importe quoi.

— Allez vous débarbouiller pour le dîner, cria Adelle depuis la cuisine, et les autres se levèrent de leurs sièges, mais Raine ne pouvait pas.

Il remarqua que Duane n'avait pas bougé non plus, il continuait d'écouter.

— Il n'y a rien pour l'instant.

Duane commença à prendre des notes dans son calepin.

— Vous devriez aller dîner.

À la pensée de nourriture, l'estomac de Raine se retourna.

— Je n'ai pas faim.

Il se força à se lever et s'approcha de la fenêtre, observant la ferme.

— Vous ne devriez pas rester là.

— Pourquoi ? dit Raine en se retournant. Je pensais que vous saviez où il était ! Je pensais que vous alliez l'attraper !

Il s'éloigna de la fenêtre et se sentit immédiatement mal d'avoir crié. Tout ceci n'était pas la faute de Duane.

— Je suis désolé.

Raine retourna s'asseoir sur le canapé, mais il n'arrivait pas à rester assis sans rien faire. Il se releva d'un bond et commença à faire les cent pas à travers la pièce.

— Je vous promets de vous prévenir dès que j'entends quoi que ce soit. Entrez dans cette pièce et allez dîner avec vos amis. Je sais que cette attente vous tue, vraiment, et je peux le comprendre, mais vous êtes toujours en pleine guérison et vous devez vous alimenter.

Duane le fixa et Raine refusa presque par principe.

— S'il te plaît, Raine… implora doucement Jonah, et Raine céda.

Il ne pouvait rien refuser à Jonah. Une main se glissa dans la sienne et Jonah l'accompagna à la cuisine. Raine se débarbouilla rapidement, puis s'assit en silence à table. Il ne prit qu'une petite portion de nourriture et en mangea moins encore. Le braillement de la radio de Duane le fit sursauter. Il tendit l'oreille, mais n'entendit pas de réponse, puis il essaya de se reconcentrer sur son assiette. Quelques bouchées plus tard, il entendit à nouveau la radio. Il se força à mâcher et continua à tendre l'oreille durant tout le repas, espérant qu'il viendrait lui annoncer d'un moment à l'autre que le cauchemar était fini.

Pendant tout le dîner, les conversations se poursuivirent, mais Raine n'en entendait rien, tout ce qui lui parvenait étaient les bourdonnements de voix qui accompagnaient le bruit grésillant de la radio.

— Raine, commença Duane en passant la tête par la porte. Sa voiture a été repérée à Scottville. Le shérif a envoyé ses adjoints.

Renonçant à faire semblant, Raine remercia Adelle pour le dîner qu'il avait à peine touché et retourna dans le salon. Il n'en pouvait plus.

— Je préfèrerais être dehors à le chercher plutôt qu'ici à attendre.

— Ils savent ce qu'ils font. Ils vont l'attraper.

Duane reporta son attention sur la radio.

Raine aurait aimé avoir cette confiance. Qui que soit ce type, il avait été assez ingénieux pour s'en tirer jusqu'ici. Pourquoi s'être donné tant de mal ? Raine n'en avait aucune idée. L'homme devait être un genre de psychopathe. Cette pensée ne fit rien pour le calmer et il essaya de la repousser.

— Des agents sont en route vers sa dernière localisation connue.

La pièce redevint silencieuse tandis que les autres y pénétraient.

— Ils ont la voiture dans leur ligne de mire.

Duane continuait d'écouter et même Adelle entra dans la pièce. Raine s'assit sur le canapé, Jonah d'un côté et Adelle de l'autre, ses doigts de pieds croisés dans ses chaussures.

— Elle est vide.

Duane jura avec assez de force pour faire rougir un marin, faisant étrangement référence à la fois aux parents du suspect et à des canards sauvages.

— Que vont-ils faire maintenant ? demanda Jonah à ses côtés, en resserrant ses doigts autour du bras de Raine.

— Ils vont chercher des indices et ratisser la zone. Il ne peut pas être bien loin. Il n'y a pas grand monde dans le coin et cela va être difficile pour lui de voler une autre voiture.

La radio de Duane s'anima encore, lui apportant d'autres nouvelles, mais il se contenta de secouer la tête.

Si cela avait été un film, Raine aurait été confortablement assis dans un cinéma, regardant cette scène du bord de son siège tout en mangeant du pop-corn. Mais c'était sa vie, et il ne pouvait absolument rien faire.

— Ce n'est rien, dit Adelle en lui caressant le bras. Ce n'est pas grave s'ils ne l'attrapent pas, il ne peut de toute façon pas vous approcher. J'ai toujours mon fusil, je vous rappelle.

Il s'en rappelait et cela le fit sourire.

« *Bla bla*, suspect en garde à vue, *crrrr* », cracha la radio.

C'étaient les premiers mots que Raine comprenait depuis le début de la journée, et pendant un bref instant, il ne s'autorisa pas à y croire.

— Ils l'ont attrapé ?

Raine se mordit la lèvre, espérant avoir bien entendu.

— Oui.

Duane parla dans la radio en utilisant une sorte de code.

— Bien reçu.

Le sourire sur le visage de Duane était tout ce qu'il avait besoin de savoir.

— Il est en garde à vue, il hurle comme un fou. Ils l'emmènent au poste où ils vont le boucler.

Le regard de Duane se posa sur Raine.

— Nous allons avoir besoin que vous veniez au poste pour l'identifier, pour nous assurer qu'il n'y a pas d'erreur.

L'idée qu'il devrait affronter à nouveau son agresseur ne lui avait jamais traversé l'esprit. Il ne voulait jamais revoir de toute sa vie ce visage qui avait hanté ses jours et ses nuits durant ces dernières semaines.

— C'est nécessaire ? demanda Geoff en se levant de sa chaise.

— J'en ai bien peur. Nous devons en être absolument certains, confirma Duane avant de se tourner vers lui. Je serai avec vous, et je peux vous promettre qu'il ne vous verra pas. Tout ce dont nous avons besoin, c'est que vous l'identifiiez. Vous n'aurez pas à lui parler et il ne sera pas autorisé à vous parler.

Raine se passa la main dans les cheveux.

— OK.

Il se leva et se dirigea vers l'escalier. Maintenant que tout ceci était pratiquement derrière lui, il se sentait éreinté, comme s'il avait gardé la peur au ventre depuis des semaines et que tout cessait enfin.

— Je vais aller m'allonger un petit moment.

Personne ne dit rien tandis qu'il montait l'escalier, son flanc toujours douloureux.

Dans la chambre, il s'allongea sur ses couvertures tout en essayant de ne pas penser à tout ce qui venait de se passer. Il posa son bras sur ses yeux pour bloquer la lumière du soleil et tenta de dormir, mais il n'y parvint pas. Un mouvement sur le lit le fit sursauter et une main se posa sur sa poitrine, le caressant.

— Je ne voulais pas t'effrayer, dit Jonah en s'allongeant à côté de lui, le prenant dans ses bras et embrassant sa joue. C'est fini maintenant.

Raine savait que la première partie de cette histoire était finie, mais que d'autres l'attendaient encore. Il aurait juste préféré savoir à l'avance ce que ce serait.

XII

Jonah savait qu'il s'était endormi, mais il se réveilla en sursaut quand un mouvement à côté de lui le tira du rêve érotique qu'il faisait. Il s'étira en se souvenant qu'il était à côté de Raine. Se frottant les yeux, les vêtements collés à son corps en sueur et se sentant vraiment poisseux, il se démêla de Raine et sortit du lit lentement. Un bras l'attrapa par la taille, le ramenant vers le lit.

— Où vas-tu comme ça ? demanda Raine, dont la voix rauque paraissait presque sèche et râpeuse sous l'effet du sommeil.

— Nous nous sommes endormis dans nos vêtements, et ils sont tout collants, expliqua Jonah en se levant avant de retirer ses habits.

Sentir l'air frais de la nuit sur sa peau fut divin. Jonah se tourna vers Raine et entreprit de le déshabiller.

— Oh, ça fait du bien.

Raine se tortilla, ramenant Jonah tout contre lui. La nuit précédente, ils s'étaient contentés de se câliner, mais Jonah sut très vite que ce n'était pas ce que Raine avait en tête en cet instant. Ses lèvres prirent les siennes vigoureusement, comme si Raine voulait le posséder. Jonah suivit la cadence, se donnant à son amant tandis que ses lèvres le goûtaient et que ses mains caressaient son dos en longs mouvements lents.

— Je t'aime, Jonah, murmura Raine entre deux baisers tandis que ses mains glissaient sur son dos, caressant et empoignant ses fesses. Je te veux, j'ai tellement besoin de toi.

Jonah releva la tête des lèvres de Raine et le regarda dans les yeux malgré la pièce sombre, où seule la lumière de la lune et celle du jardin filtraient à travers la fenêtre ouverte.

— Qu'est-ce que tu veux dire par là ? demanda Jonah doucement, et les doigts de Raine glissèrent plus bas dans sa fente, jouant avec la peau plissée avant d'effleurer son ouverture.

Les yeux de Jonah s'écarquillèrent, il n'était pas certain que cela lui plairait. Les doigts frôlaient et taquinaient sa peau, envoyant des décharges le long de la colonne de Jonah et déclenchant un gémissement au fond de sa gorge.

— Comment est-ce que… haleta Jonah tandis que la pression montait.

Les doigts de Raine effectuaient des cercles de plus en plus petits avant de le pénétrer.

— … cela peut être si bon ?

Jonah ferma les yeux tandis que les doigts de Raine faisaient à son corps des choses bizarres, impensables… merveilleuses.

Jonah se cambra tandis que le doigt s'enfonçait plus profondément, palpant quelque chose à l'intérieur de lui. Il poussa un cri et vit Raine sourire avant d'entendre des paroles douces, tendres et rassurantes tandis que son autre main caressait sa peau. Le doigt à l'intérieur de lui remua encore et Jonah le ressentit tout au long de sa colonne vertébrale et jusque dans sa tête.

— Ça fait du bien ? demanda Raine d'une voix grave.

— Oui… mais comment ? haleta de nouveau Jonah alors que Raine massait quelque chose enfoui au plus profond de lui.

Jonah sentit ses hanches commencer à se balancer, pratiquement de leur propre chef, son sexe glissant contre celui de Raine.

— Laisse-toi aller. Ne cherche pas à lutter et ne pose pas de questions… Laisse-toi juste aller. Ressens ce dont ton corps est capable, comme tu peux te sentir heureux et vivant.

— Oui…

La tête de Jonah retomba d'un côté puis de l'autre tandis qu'une langue glissait sur ses tétons, chaude et humide, s'ajoutant aux sensations qui menaçaient de le submerger. Une étrange pensée lui vint alors : faire l'amour dans le noir, comme en cet instant, devait se rapprocher de ce que ressentait Robbie avec Joey. Il avait déjà entendu de petits gémissements venir de leur chambre et s'était alors demandé pourquoi Robbie faisait ce bruit-là. Raine remua encore ses doigts en lui et il entendit alors ce même son sortir de sa propre bouche.

— Je t'aime, scanda Raine tout en continuant à jouer avec le corps de son amant comme d'un instrument précieux.

Jonah vibrait contre la peau de Raine, inclinant les hanches, les yeux fermés, voulant désespérément jouir, mais Raine ne le laissait pas faire. Chaque fois qu'il s'en approchait, Raine se retirait juste d'un petit poil et cela le faisait s'écrier de frustration.

— J'ai besoin… gémit Jonah tandis qu'une main glissait entre leurs deux corps jusqu'à son sexe.

— Pas tout de suite… Je veux te montrer l'intensité de mon amour…

Raine dégagea le drap, leva sa jambe et caressa son estomac d'une main. Ensuite, Jonah sentit Raine le prendre dans sa bouche.

— Prends tout ce qu'il te faut…

Jonah commença à balancer ses hanches pour s'enfouir plus profondément dans la bouche moite de Raine, et chaque fois qu'il se rabaissait, les doigts de Raine venaient chatouiller ce point sensible. Jonah pouvait à peine respirer ; chaque mouvement, aussi léger soit-il, lui apportait plus de plaisir qu'il n'en avait jamais cru possible, et c'était Raine qui le lui apportait – Raine qui le faisait se sentir plus en vie qu'il ne l'avait jamais été de sa vie, Raine qui lui offrait quelque chose que jamais personne ne lui avait jamais offert ou n'avait pu lui offrir jusqu'à ce jour.

— Raine, je ne peux pas me retenir…

— Ne te retiens pas, mon amour… Laisse-toi aller.

Raine le serra un peu plus fort et son plaisir devint trop violent pour le contenir. Jonah ouvrit brusquement les yeux, son regard se verrouillant à celui de Raine tandis que des vagues de plaisir le secouaient, et il jouit, encore et encore, son esprit chevauchant des vagues d'un plaisir causé par les endorphines.

Quand il retrouva ses esprits, il sentit Raine l'attirer tout contre lui et le tenir, le faisant redescendre doucement du trip dans lequel il l'avait emmené.

— C'est donc ça être défoncé ?

Raine gloussa doucement.

— Où as-tu entendu ça ?

— Au cinéma. J'ai entendu des jeunes dire qu'ils allaient être défoncés. C'est ce que nous venons de faire ?

Jonah s'installa près de Raine, laissant ses mains explorer le corps encore chaud et transpirant de son amant.

— C'est si bon de te caresser.

Il laissa vagabonder ses mains jusqu'à encercler le sexe encore dur de Raine. S'inspirant de ce que Raine lui avait fait, Jonah caressa et massa, écoutant la respiration de Raine et les gémissements qu'il poussait.

— Est-ce que c'est bien ?

— Oh oui.

Jonah sentit Raine se frotter contre lui, et il l'embrassa avec passion, comme Raine l'avait fait un peu plus tôt.

— C'est si bon.

Jonah ne cessa pas de caresser et de masser, sentant sa propre excitation monter rien qu'en regardant Raine.

— Viens ici.

Raine le fit venir au-dessus de lui, leurs sexes se frottant l'un contre l'autre. Raine poussait contre lui et Jonah faisait de même. Leurs lèvres s'effleurèrent et Jonah laissa Raine l'emmener pour un énième rodéo. Le lit trembla et Jonah s'agrippa à Raine en l'embrassant tandis que leurs sexes se balançaient et se caressaient. Jonah sentit la pression monter à nouveau et Raine palpiter sous lui, criant contre ses lèvres. La première onde de jouissance de Raine contre sa peau le fit basculer, et il ajouta son propre plaisir à celui de Raine.

Ce dernier le tint dans ses bras jusqu'à ce qu'il descende du lit, puis revienne avec une serviette humide. Après un nettoyage rapide, il rapporta la serviette à la salle de bain. Il retourna au lit réarrangé entre-temps, puis s'allongea tandis que Raine l'attirait immédiatement à lui, ses lèvres effleurant son cou. La chaleur de la pièce était presque insupportable, mais le corps de Raine était si agréable, il le tenait si fermement, comme si Raine avait peur qu'il s'échappe. Mais Jonah savait que ce ne serait pas lui qui finirait par s'échapper. Allongé dans la pénombre en cet instant, il ne pouvait empêcher ses pensées et ses peurs de refaire surface. L'agresseur de Raine avait été attrapé, et Raine guérissait à vue d'œil. Eli l'avait prévenu que la vie de Raine était à Chicago et qu'il devrait un jour rentrer chez lui. Quand, il ne le savait pas. Fixant l'obscurité, il espérait que ce soit le plus tard possible, mais à la manière dont Raine s'accrochait à lui, si fermement, il sentait que ce dernier avait peur lui aussi de la séparation proche.

— Endors-toi, chuchota Raine, dont la main caressait doucement son ventre. Tu y réfléchiras demain matin.

— Hm-hm.

Jonah soupira tout en essayant d'arrêter de s'inquiéter. Il ferma les yeux et laissa la chaleur, la satisfaction de Raine et la pensée que ce dernier l'aimait chasser ses peurs, puis il finit enfin par sombrer dans le sommeil.

Sa satanée horloge interne le réveilla à l'aube. Raine le serrait toujours dans ses bras, ses jambes entremêlées aux siennes, son sexe pressé avec insistance contre ses fesses. Jonah tenta de se dégager et Raine grogna tout en se tortillant légèrement. L'excitation de Jonah se manifesta au souvenir des choses qu'ils avaient faites pendant la nuit. Il aurait voulu rester allongé là jusqu'à ce que Raine ouvre l'œil pour pouvoir tout recommencer. Son corps aimait cette idée, mais le bruit des autres dans le couloir lui indiqua qu'il était l'heure de se mettre au travail. Il y avait des choses à faire, des chevaux à nourrir et abreuver, et des stalles à nettoyer.

Jonah se glissa hors du lit et enfila son pantalon avant de ramasser le reste de ses affaires et de quitter la chambre. Il ne put s'empêcher de se retourner pour jeter un œil derrière lui. Raine était allongé sur le ventre, les couvertures au bout du lit, sa peau pâle brillant aux premières lueurs du jour. Après l'avoir observé quelques minutes, Jonah quitta la pièce discrètement et traversa le couloir. Il enfila alors ses vêtements de travail puis se dépêcha de descendre pour rejoindre les autres à la grange.

Jonah travailla pendant des heures sans relever la tête, concentré sur sa tâche, jusqu'à avoir nourri le dernier cheval, l'avoir abreuvé, et être retourné dans l'enclos, tandis qu'Eli, Joey et Stone passaient dans l'écurie, saluant leurs élèves qui commençaient à arriver.

Stone passa la tête dans la stalle qu'il nettoyait.

— Jonah, Adelle me dit de te dire de te dépêcher si tu veux du petit-déjeuner !

— Oh.

Jonah releva la tête comme si on venait de le tirer de sa torpeur.

— Je l'appelle pour lui dire que tu arrives ?

— Merci.

Jonah retira la dernière pelle de fumier de l'enclos avant d'étaler de la paille fraîche. En temps normal, ils mettaient de la sciure, mais l'une des pensionnaires était pleine, donc Eli lui avait demandé de la déplacer dans l'enclos avant de lui rappeler de ne pas utiliser de sciure pour le couchage, vu que cela pouvait provoquer une infection du cordon ombilical.

— Je veux juste finir ça.

— OK, répondit Stone avant de s'éloigner.

Jonah finit l'enclos avant d'en refermer la porte. Il rangea ses outils, déchargea son tas de fumier sur la pile à l'extérieur et rentra vers la maison.

— Je me demandais si vous alliez venir manger.

— Désolé, je me nettoie et j'arrive.

Jonah se rua dans la salle de bain avant de revenir dans la cuisine et de s'asseoir à la table où Adelle avait gardé une assiette au chaud pour lui.

— Qu'est-ce qui ne va pas, trésor ?

Adelle le surprit en posant sa propre tasse de café sur la table et en s'installant à côté de lui.

— Est-ce M. Raine ?

Jonah acquiesça et posa sa fourchette.

— Je sais bien qu'il va retourner en ville.

Adelle acquiesça doucement tout en sirotant sa tasse.

— C'est là-bas qu'il vit.

— Je sais.

Réaliser ce qu'il avait souhaité lui fit un choc.

— Vous espériez qu'il allait rester ici avec vous, non ? demanda Adelle doucement, et Jonah acquiesça, la gorge nouée. Vous êtes tombé amoureux de lui, n'est-ce pas ?

Jonah fit un autre signe de tête.

— Je sais que je n'aurais pas dû mais je n'ai pas pu m'en empêcher…

Le cœur de Jonah battait fort dans sa poitrine, si fort qu'il avait le sentiment qu'il allait exploser.

— Trésor, il n'y a rien de mal à tomber amoureux.

Adelle reposa sa tasse et posa sa main sur la sienne.

— Laissez-moi vous demander quelque chose : si vous deviez tout recommencer, vous priveriez-vous du temps que vous avez partagé ?

Jonah la regarda dans les yeux et secoua la tête avant de reporter son regard sur la table.

— Alors vous avez fait ce qu'il fallait. Parfois, il faut laisser partir ceux que nous aimons.

Jonah sentit une douce étreinte sur sa main.

— Vous ne le connaissez que depuis quelques semaines. Vous avez tous les deux besoin de vous donner un peu de temps – une relation, l'amour… tout cela prend du temps.

— Mais je n'en ai pas ! Père a dit qu'il fallait que je prenne une décision et rentre à la communauté dans quelques semaines ou il me dénoncera devant l'église.

— Et que va-t-il dénoncer ? Que vous aimez les hommes ?

Adelle gloussa.

— Trésor, le bon Dieu sait ce qu'il y a dans votre cœur et qui vous aimez. Vous ne pouvez pas vous cacher de lui. Donc votre père peut faire ce qu'il veut. Il ne fera souffrir que lui-même. Quant au fait de rentrer à la communauté, il faut que vous preniez cette décision non pas pour M. Raine, mais pour vous.

— Mais je l'aime.

Il savait que sa détresse s'entendait dans sa voix, mais il ne pouvait pas faire autrement, et il ne put pas non plus empêcher la femme de se pencher vers lui et de l'étreindre tout contre sa poitrine.

— Je sais, trésor, mais il n'y a pas que M. Raine qui vous retienne ici. Il y a votre frère et tous les autres ici qui vous aiment.

Adelle pressa sa main une nouvelle fois avant de la relâcher et de repousser la chaise.

— Vous devez finir votre petit-déjeuner. Cet agent mignon vient ce matin pour emmener M. Raine au poste de police, et je pense qu'il va avoir besoin que vous soyez à ses côtés.

Jonah ramassa sa fourchette et se tourna vers Adelle qui lui sourit avant de se remettre au travail.

Raine entra dans la cuisine et s'assit sur la chaise à côté de lui, une main sur sa jambe.

— Bonjour.

Adelle lui apporta une assiette et une tasse de café.

— Merci.

Raine but une gorgée.

— Adelle, votre café et votre cuisine vont vraiment me manquer quand je vais devoir rentrer à la maison.

— Donc tu t'en vas ? marmonna Jonah.

Entendre ces mots fut bien plus douloureux qu'il l'aurait imaginé, même s'il s'y était en quelque sorte préparé.

— Il le faut, Jonah.

Raine lui répondit d'un murmure, mais il y avait aussi une pointe d'excitation dans sa voix.

— Je veux rester avec toi, mais il faut que je parte. C'est que... c'est difficile à expliquer, mais je vais essayer.

La porte arrière s'ouvrit puis se referma en claquant, les faisant sursauter tous les deux. Duane entra dans la cuisine en uniforme, l'air très officiel.

— Prêt à y aller, Raine ?

— J'imagine.

Jonah observa Raine picorer quelques bouchées de son assiette puis se lever.

— Est-ce que tu peux venir avec moi ?

Jonah sentit la main de Raine sur la sienne, et il acquiesça en repoussant sa chaise.

Le trajet jusqu'au poste de police ressembla au trajet depuis la plage de la veille. Raine tenait sa main, nerveux et inquiet, tandis que Jonah faisait de son mieux pour le réconforter. Une part de lui l'avertissait qu'il ferait mieux de s'éloigner, de se protéger pour ne pas souffrir, mais il n'y parvenait pas, et la peur ne le forcerait pas à s'éloigner. L'éloignement et le monde pourraient le forcer à le faire, mais il ne laisserait certainement pas sa peur prendre le dessus, pas cette fois-ci. Tandis que la voiture filait à toute allure et rebondissait sur la route cahoteuse, il ne cessa de se tourner vers Raine, juste pour le regarder tout en serrant sa main. Juste pour être là pour lui.

L'arrière de la voiture rebondit et les bouscula quand ils se garèrent dans le parking plein d'ornières d'un bâtiment qui paraissait ancien. Duane sortit du véhicule et vint leur ouvrir la portière. Jonah sortit en premier et attendit Raine, puis tous deux suivirent Duane à l'intérieur du poste de police. Ce dernier les conduisit à travers le hall jusqu'à une petite pièce avec des chaises en métal et une table pliante. Jonah s'assit à côté de Raine, et Duane de l'autre côté de la table.

— Je vais vous emmener dans l'autre pièce. Il va faire noir. Vous allez pouvoir voir le suspect, mais lui ne pourra pas vous voir.

— Y'en a-t-il plusieurs ? demanda Raine d'une toute petite voix.

— Non. Nous l'avons déjà relié à plusieurs vols de voitures et d'autres choses. Nous avons juste besoin que vous l'identifiiez comme l'homme qui vous a agressé. Je veux insister sur le fait que vous n'avez aucune obligation envers nous. Si c'est lui, tant mieux, si non, ce n'est pas grave.

Raine fit un signe de tête mais ne dit rien, et Duane se leva.

— Je vais aller m'assurer que tout est bien en place. Je reviens tout de suite. Nous allons faire de notre mieux pour nous assurer que vous ressortiez de là le plus vite possible.

Raine ne dit rien et le regard de Jonah alterna entre lui et Duane.

— Merci pour ce que vous faites, dit Jonah, et Duane quitta la pièce en refermant la porte, les laissant seuls.

— Est-ce que ça va aller ? demanda Jonah en se retournant vers Raine.

Ce dernier avait l'air pâle et fragile. Il n'avait pas arboré cette expression depuis le jour où il était arrivé à la ferme.

— Je ne veux pas partir, Jonah.

Raine lança un coup d'œil vers la porte.

— Cela ne fait rien que ce soit lui ou pas. Je veux que tu saches que je ne veux pas te quitter, mais je dois partir.

Jonah ouvrit la bouche pour répondre, mais Raine frôla ses lèvres avec une douceur inouïe.

— J'ai pensé maintes fois à te demander de m'accompagner, mais je sais que tu serais malheureux.

— Peut-être pas, contra Jonah, un peu sur la défensive. Tu ne peux pas savoir.

— Si. C'est grand, bruyant, rempli de voitures et de gens.

Raine lui caressa la joue.

— Il n'y a aucun cheval. Il y a tellement de lumière à cause des immeubles qu'on ne peut pas voir les étoiles la nuit, et tellement de bruit que l'on ne peut pas entendre les criquets.

Raine se retourna vers lui.

— La nuit, quand tu laisses la fenêtre ouverte, tout ce que tu entends, ce sont les voitures et les gens. Tu serais si malheureux, et je t'aime trop pour t'infliger ça.

— Alors, pourquoi pars-tu ? Pourquoi ne restes-tu pas ici ?

Il voulait réellement comprendre pourquoi Raine partait, mais rien n'avait de sens. Chicago avait l'air horrible, et oui, il le détesterait très probablement. Mais si c'était si affreux, pourquoi Raine ne restait-il pas ici ?

La porte s'ouvrit sur Duane, accompagné d'un autre homme en uniforme.

— Raine, Jonah, voici le Shérif Dean Colton.

Jonah se leva, mais le shérif lui fit signe de se rasseoir.

— Cela ne va prendre que quelques minutes.

Le shérif s'installa sur la chaise en face de Raine.

— Je voulais vous donner l'opportunité de poser quelques questions. Vous devez en avoir une tonne.

Raine se racla la gorge.

— A-t-il un lien avec ce qui s'est passé à mon travail ?

— Nous ne pensons pas, non. La police de Chicago nous l'a assuré, et j'ai moi-même parlé avec leur chef il y a quelques heures : ce sont deux incidents sans lien, même si l'enquête concernant votre attaque a permis de découvrir la fraude.

— Alors si ce n'était qu'une simple agression homophobe, pourquoi m'avoir suivi jusqu'ici ?

Le shérif se passa la main sur la nuque.

— C'est ce que nous nous demandons aussi.

Il soupira bruyamment.

— Ce type est coriace. Nous travaillons en réalité de pair avec le FBI et l'armée.

— L'armée ? répéta Raine, confus, et Jonah posa sa main sur la sienne.

Il remarqua le shérif regarder ostensiblement leurs mains enlacées et il faillit retirer la sienne, mais il s'en empêcha : Raine avait besoin de lui, et c'était le plus important.

— Oui. Il semblerait que notre hôte…

Il inclina sa tête vers la porte.

— … ait passé beaucoup de temps en Irak et en Afghanistan, et que cela l'ait profondément marqué. Ce type était un spécialiste de la lutte contre l'insurrection et d'un tas d'autres choses qu'ils n'ont pas voulu me révéler. Il semblerait qu'il ait été une sorte de héros. Jusqu'à ce qu'il frappe pratiquement à mort l'un des membres de sa section parce que ce dernier lui avait fait des avances.

— C'est lui qui vous a avoué tout ça ? demanda Raine, sa voix reprenant de la vigueur.

— Oui, il s'en est vanté, pour ainsi dire. Il semblerait qu'il vous ait vu à la parade et qu'il vous ait suivi un moment. Il n'a pas dit pourquoi vous en particulier. Il a ensuite fait jouer quelques faveurs que certaines de ses connaissances lui devaient pour savoir où vous aviez atterri. Il…

Le shérif déglutit.

— Nous avons eu de la chance de l'attraper à ce moment-là. Il avait tout un arsenal dans le coffre de sa voiture.

— Pourquoi ne pas avoir simplement fait profil bas ? Pourquoi m'avoir suivi à travers trois états ?

— Le médecin militaire à qui nous avons pu parler nous a dit qu'après sa dernière crise, tout l'obsédait. Nous pensons que son obsession l'a empêché d'abandonner.

Un coup sec se fit entendre, puis la porte s'entrouvrit.

— Tout est en place ?

— Oui, Shérif, répondit l'agent avant de refermer la porte.

Raine se leva, mais le shérif ne bougea pas et Jonah les regarda l'un après l'autre.

— Je préfère vous avertir.

Raine se rassit.

— Ce type n'est pas particulièrement stable. Il a blessé deux de mes agents et refuse de se taire. Vous serez dans une autre pièce, mais il y va fort. Prenez tout le temps qu'il vous faudra, dit l'homme, puis il sourit. Mais je sais que vous allez vouloir en finir rapidement avec ça. À votre place, je le voudrais aussi.

Le shérif se leva. Raine et Jonah le suivirent à travers le couloir défraîchi. Jonah entendait déjà le type s'époumoner et il ne put retenir une grimace tandis qu'ils se rapprochaient. Les mots devinrent clairs et Jonah ne put s'empêcher de rougir et d'attraper la main de Raine.

— Pourquoi crie-t-il cela ?

Il ne comprenait même pas la moitié des mots, mais il sentait quand même son estomac se tordre.

— Tout va bien, le rassura Raine, tapotant sa main. Il crie simplement parce qu'il pense que cela lui donne du pouvoir.

Le shérif ouvrit une porte et Jonah suivit Raine dans la pièce sombre. La porte se referma derrière eux et Jonah aperçut un homme grand, large, aux cheveux noir courts, de l'autre côté d'une vitre, dans une autre pièce. Son visage se crispait tandis qu'il criait et hurlait, rôdant dans la pièce. Ses poignets et ses chevilles étaient enchaînés, donc il ne pouvait pas aller bien loin, mais il n'arrêtait pas de bouger.

Jonah se retourna vers Raine qui se tenait au milieu de la pièce, figé. Jonah sortit de ses pensées et reprit la main de Raine.

— C'est lui ?

Raine ne répondit pas, il se contenta de fixer l'homme.

— Raine, est-ce que c'est lui ? répéta-t-il.

— Oui.

— En êtes-vous sûr ? demanda le shérif derrière eux.

— Je vois ce visage presque chaque fois que je ferme les yeux. J'entends cette voix dans mon sommeil.

Raine se retourna et lâcha l'homme des yeux pour la première fois.

— Oui, c'est bien lui. J'en suis absolument certain.

Raine se retourna vers la fenêtre.

— Pourrais-je avoir une invitation quand il passera à la chaise électrique ?

La voix de Raine couvrit les hurlements en provenance de l'autre pièce, et le suspect se tut.

— Oui, tu as bien entendu. Tu vas y passer.

Avant qu'un autre mot ne soit échangé, Raine se précipita hors de la pièce. Jonah le suivit et tout le monde en fit de même.

Le shérif les remercia de s'être déplacés avant de leur serrer la main, et Duane les raccompagna à travers le poste jusqu'à la voiture. Jonah attendit que Raine y grimpe puis s'y engouffra à son tour. Duane referma la portière avant de s'installer derrière le volant.

— Vous vous en êtes très bien tiré, Raine.

— Non… J'ai perdu mon sang-froid.

— Non. Vous avez rendu un peu de la monnaie de sa pièce à l'homme qui vous a fait du mal. C'est parfaitement normal et sain. Alors, ne culpabilisez pas un seul instant. Il mérite ce qui lui arrive.

Duane démarra le moteur et Jonah sentit Raine se rapprocher de lui.

— Quand nous serons de retour à la ferme, pourrons-nous aller faire un tour en calèche ? suggéra Raine.

Jonah sourit et l'étreignit.

— Nous pouvons faire tout ce que tu veux.

Raine le serra fort, et Jonah aurait voulu qu'il le serre ainsi pour toujours. Le bercement de la voiture, le bruit du moteur, tout disparut pour Jonah et il ne resta plus qu'eux deux.

Duane gara la voiture dans la cour, près de la maison. Il vint leur ouvrir la portière et Jonah sortit en premier, suivi de Raine.

— Merci pour tout, dit Jonah pour eux deux.

— Je vous en prie. Je vous reverrai peut-être à l'occasion.

Duane se tenait derrière la portière de la voiture, la tenant dans ses mains.

— Passez quand vous voulez.

Jonah lui fit un signe de la main tandis que Duane remontait dans la voiture et disparaissait à l'horizon.

— Est-ce que tu veux toujours aller faire un tour ?

Raine ne répondit pas dans un premier temps, et Jonah pensa qu'il avait changé d'avis. Ensuite, Raine le serra fort contre lui et passa ses doigts dans ses cheveux.

— S'il te plaît, fut tout ce qu'il dit, et Jonah acquiesça.

Raine le relâcha, et Jonah se dirigea vers la cabane près de la grange.

Avec une facilité née de l'habitude, Jonah sortit la calèche. Il grimpa dessus, fit claquer sa langue et fut dehors. Raine n'avait pas l'air d'avoir bougé, se tenant à la même place, les yeux dans le vide, regardant tout et rien en même temps. Jonah attendit, et Raine grimpa prudemment sur la calèche qui se balança sous son poids. Raine s'installa sur le siège à côté de lui et se colla à lui. Jonah fit à nouveau claquer sa langue et Skipper commença à avancer.

— J'aimerais savoir quoi te dire, chuchota Raine tandis qu'ils s'engageaient sur la route.

— À quel propos ? Tu as dit ce que tu avais besoin de dire au poste.

Jonah sentait la douleur se réveiller en lui. Il ne voulait pas que Raine parte, et il n'arrivait pas à comprendre pourquoi il allait le quitter pour un endroit qui avait l'air horrible, au lieu de simplement rester ici avec lui. Il savait que sa mère dirait qu'il se comportait en égoïste, mais pour une fois dans sa vie, il le méritait. Il aimait Raine, et s'il ne pouvait pas être un peu égoïste à cause de cela, alors à cause de quoi le pourrait-il ? Les pensées agitées de Jonah se calmèrent au son des sabots du cheval sur la route. C'était faux – aimer quelqu'un était la seule occasion où l'on ne pouvait pas être égoïste. C'était ce qu'Adelle lui avait dit plus tôt.

— Je sais que tu dois partir, mais je n'en ai pas envie. Je voudrais que tu restes ici avec moi.

Et mince, ses yeux commençaient à se remplir de larmes, et il les essuya de ses manches, se retournant légèrement pour que Raine ne s'en aperçoive pas.

— Je sais. Je ne veux pas partir non plus, mais il le faut. J'ai essayé de te le dire tout à l'heure. J'ai reçu un appel d'un ami qui m'a dit qu'avec Abernathy parti, tout le monde pense qu'il va y avoir une restructuration, donc c'est vraiment ma chance.

Jonah chercha dans les yeux de Raine une quelconque explication qu'il pourrait mieux comprendre, mais il ne vit rien qui puisse l'aider.

— Pouvons-nous retourner là-bas ?

Raine pointa du doigt un chemin à travers les champs et Jonah ralentit la calèche pour quitter la route. Raine se tut lorsqu'ils traversèrent les rangées de maïs. Au bout du champ, la route devenait tortueuse, et ils passèrent sous des arbres. Jonah stoppa la calèche et se retourna vers Raine, le regarda intensément et vit tout ce que lui-même était en train de ressentir : la peur et la déception, se reflétant dans les yeux de Raine.

— Je dois partir, murmura Raine en secouant légèrement la tête.

Ils restèrent assis là, les yeux dans les yeux, immobiles, chacun perdu dans ses pensées. Raine fut le premier à bouger et il descendit, faisant trembler la calèche. Jonah l'observa, se demandant où il pouvait bien aller, lorsqu'il le vit se diriger vers ce qui semblait être un chemin entre les arbres. Il descendit à son tour et mit le frein avant d'attacher Skipper à un arbre voisin. Le cheval se mit immédiatement à brouter. Jonah suivit Raine à travers les arbres, entendant maintenant lui aussi le son clapotant de l'eau ruisselante.

Le ruisseau étincelait dans une ombre tachetée de lumière. Au son de ses pas, Raine se retourna de l'endroit qu'il était en train de fixer, ses bras l'encerclèrent fermement et il posa sur ses lèvres un baiser ferme qui fit presque se dérober ses genoux sous lui. Jonah laissa Raine le guider sur l'herbe douce. Il savait qu'il ferait sans doute mieux de se tenir à distance. Raine partait, et Jonah savait qu'il allait se retrouver le cœur brisé. Il aurait dû le repousser, se protéger, mais il n'y parvenait pas. Pas quand il pouvait goûter aux lèvres de Raine et sentir ses mains chaudes glisser sous son tee-shirt pour aller taquiner ses tétons jusqu'à ce qu'ils soient durs. Il devrait s'arrêter. Vraiment.

Au lieu de cela, il gémit avec force et insistance, et Raine releva son tee-shirt, ses lèvres et sa langue jouant sur son torse, ses dents mordillant sa peau sensible.

— Raine, gémit-il, balançant ses hanches vers l'avant.

— Lève les bras.

Jonah fit ce que Raine lui ordonnait, et son tee-shirt passa par-dessus sa tête, l'herbe haute lui chatouillant le dos. Raine retira son tee-shirt lui aussi, les allongeant tous les deux au sol, se tenant au-dessus de lui sans presser son torse contre le sien, l'embrassant de plus en plus fort. Jonah laissa son propre désir prendre le dessus et agrippa la peau de Raine, griffant son dos de ses mains. Il se cambra à cette sensation, puis le bouton de son jean fut ouvert, des doigts s'introduisirent entre leurs deux corps, sur son torse, son estomac et à l'intérieur de son caleçon, l'attrapant d'une poigne ferme.

Jonah se tortilla et se balança au rythme de la main qui l'agrippait. Puis elle le lâcha et il grogna du plus profond de sa poitrine, laissant sa frustration s'échapper. Se tortillant, il se dégagea de sous le corps de Raine, fixant ses yeux surpris quand il prit les choses en main. Jonah le pressa contre le sol et attrapa ensuite ses mains, les posant au-dessus de sa tête tandis qu'il traçait un chemin du torse de Raine jusqu'à son téton avec sa bouche. Il lécha, faisant tourbillonner sa langue comme Raine le faisait. Il releva la tête, le regarda et fit disparaître ses lèvres entre ses dents comme il le faisait toujours lorsqu'il n'était pas sûr de lui.

— Fais ce que tu désires.

Des doigts caressèrent sa joue.

— Ces choses auxquelles tu pensais quand tu étais seul dans ton lit.

Jonah s'agenouilla entre les jambes de Raine et déboutonna son pantalon avant de le descendre le long de ses cuisses. Il se releva et retira ses chaussures avant de se délester de son pantalon lui aussi. Puis il sentit la peau de Raine tout contre la sienne, avec le soleil qui lui réchauffait le dos tandis qu'ils s'embrassaient. Caressant sa peau brûlante, il sentit les jambes de Raine s'enrouler autour de son bassin. Se rappelant le plaisir que Raine lui avait donné, il descendit sa main le long des jambes de Raine, suivant un chemin de muscles jusqu'à ses fesses fermes et son sillon. Il déglutit avec peine. Jusqu'à maintenant, Raine l'avait touché, mais il n'avait jamais eu assez confiance en lui pour le toucher en retour – mais là, cela n'avait plus d'importance. S'il voulait cette opportunité, il lui fallait la saisir maintenant.

— C'est bon ?

Il passa un doigt sur la partie plissée et vit les yeux de Raine rouler dans leur orbite avant de se refermer, sa bouche était ouverte et sa respiration laborieuse.

— Oui, haleta-t-il, ce qui fit sourire Jonah.

Raine caressa son bras, s'y agrippant doucement, et Jonah retira sa main. Raine attira cette main à sa bouche et suça ses doigts, faisant courir sa langue partout. Jonah les retira de la bouche de Raine et pressa un doigt humide dans son corps. La chaleur enveloppante qu'il ressentit autour de son doigt ne ressemblait à rien de ce qu'il avait déjà ressenti : fluide, doux, et pourtant incroyablement serré. Raine rejeta la tête en arrière et poussa un cri alors que Jonah tâtait quelque chose de ferme. Il le toucha de nouveau et sentit les jambes se resserrer autour de sa taille.

— Rajoute un autre doigt, souffla Raine.

Jonah n'était pas certain qu'un doigt de plus rentre, mais il fit comme Raine le lui avait demandé. Son propre sexe se frottait contre lui, peignant des lignes glissantes sur la peau douce de Raine. Il vit Raine attraper son pantalon, fouiller dans sa poche et en sortir un petit carré bleu. À l'aide de ses dents, il déchira l'emballage et Jonah sentit la main de Raine glisser quelque chose sur son membre.

— Qu'est-ce que c'est ?

La sensation était bizarre, mais cela ne faisait pas mal, et il était trop excité pour s'en soucier.

— Pour te protéger, fut la seule explication qu'il reçut. Va doucement, tu es sacrément bien monté.

Jonah sentit ses yeux s'écarquiller.

— Tu veux dire que tu veux que je…

Il sentit Raine le guider, et son corps prit le dessus, comme animé d'une force primitive. Au début, il sentit une résistance, mais ensuite le corps de Raine s'ouvrit à lui, l'enveloppant d'une pression et d'une chaleur qui lui coupèrent le souffle.

— S'il te plaît, ne t'arrête pas, gémit Raine, et Jonah donna un petit coup de bassin, n'arrivant pas à croire que tout ceci était vrai, et pourtant.

Il s'enfonça plus profondément et put sentir le battement du cœur de Raine se mêler au sien. Jonah essaya de reprendre son souffle, les yeux écarquillés d'émerveillement ; il pouvait sentir les fesses de Raine contre son bassin, et il regardait avec de grands yeux fascinés l'homme en dessous de lui. Jonah se pencha en avant et embrassa Raine avec force, leurs corps connectés, leurs lèvres connectées, et il put sentir leurs cœurs eux aussi se connecter, la sensation menaçant de le submerger.

— Bouge doucement.

Fléchissant ses hanches, Jonah poussa un cri en même temps que Raine alors qu'un tout nouvel afflux de sensations parcourait son corps. Prudemment, Jonah pénétra Raine un peu plus vite, un peu plus fort, tandis que son corps prenait le dessus, sachant ce qu'il voulait. Il vit Raine se caresser et s'arrêta, ne bougeant plus à l'intérieur de lui. Raine était déjà d'une beauté renversante, sous lui, mais le voir se caresser lui fit oublier tout le reste.

— S'il te plaît, Jonah, dit Raine d'une voix rauque, alors il recommença son va-et-vient, tentant de tout voir, de tout sentir, de tout entendre en même temps.

Son corps en avait besoin, lui aussi.

Raine se resserra autour de lui et son corps se raidit alors qu'il poussait un cri, se répandant sur son propre ventre. Cette vision était plus qu'il pouvait en supporter, et Jonah sentit son propre orgasme monter. Dans un halètement, un cri, un gémissement, il jouit, s'enfonçant profondément dans son amant.

Le souffle court, il s'effondra sur Raine et sentit ses bras l'encercler. Ils haletèrent tous les deux tandis qu'il se retirait du corps de son partenaire, sentant Raine ôter ce qu'il lui avait préalablement enfilé. Il se sentit flotter, se tenant à Raine à même le sol tandis que son esprit s'envolait, avant de revenir sur Terre peu à peu.

— Tu dois vraiment partir ?

Après ce qu'ils venaient de faire, comment Raine pouvait-il s'en aller ? Comment Jonah pouvait-il le laisser faire ? Mais il connaissait déjà la réponse, leurs cœurs s'étaient connectés, et il savait. Il n'attendit pas la réponse, et rectifia sa question :

— Quand pars-tu ?

Il tenait Raine et avait posé sa tête sur son épaule, le cœur lourd. Mais il ne regrettait pas ce qu'ils venaient de faire. Il avait senti le cœur de Raine, et peu importe ce qui se passerait, il aurait toujours cela.

La voix de Raine fut telle une douche froide.

— Je devrais partir demain matin.

— Si vite ?

Il avait espéré avoir encore un peu de temps avec lui.

— Est-ce qu'un jour de plus nous ferait souffrir un peu moins ?

Il sentit les mains de Raine passer dans ses cheveux.

— Cela ne change rien à mes sentiments pour toi.

Raine prit son visage en coupe entre ses mains et ajouta :

— Je voudrais te demander de venir avec moi, mais je t'aime trop pour cela.

Mais pas assez pour rester.

— Est-ce que tu vas revenir ? demanda Jonah en levant la tête et en se plongeant dans les yeux de Raine, n'y trouvant aucune duperie.

— Je te le promets.

Raine sourit et l'embrassa longuement.

XIII

Jetant un coup d'œil à travers la vitre, Raine regarda l'entrée de son immeuble, soupirant tandis que le véhicule s'arrêtait.

— Vous avez besoin d'aide ? demanda le chauffeur d'une voix bourrue, comme s'il souffrait à la seule idée de quitter l'air conditionné plus de deux minutes.

— Je vais me débrouiller, merci, répondit Raine en payant le chauffeur.

Il s'extirpa de la voiture et retrouva le chauffeur près du coffre. Ce dernier lui donna sa valise avant de marmonner ce qui ressemblait à un merci et de se précipiter à l'intérieur de la voiture, claquer la portière et s'éloigner. Raine attrapa la valise par l'anse et la tira – bénies soient les roulettes – jusqu'à sa porte d'entrée. Il sortit ses clefs, ouvrit la porte et se dirigea vers l'ascenseur. Les portes s'ouvrirent sur la cabine vide et il s'éleva en silence jusqu'à son étage. Il déverrouilla sa porte, tira sa valise à l'intérieur avant de la lâcher, de refermer la porte derrière lui et de se laisser tomber dans le canapé.

Il avait besoin d'un remontant, mais il était trop éreinté pour se lever et s'en servir un. Voyager était éreintant, même les petits trajets en avions étaient éreintants ; mais avoir dû dire au revoir à Jonah avait été douloureux, très douloureux. Il se força à se lever et marcha jusqu'à la cuisine. Ouvrant le dernier tiroir du placard, il sortit une bouteille de scotch et se servit un verre. Peut-être que cela l'aiderait à ôter de son esprit cette expression sur le visage de Jonah, ce regard brisé lorsqu'il avait enfin descendu sa valise et qu'il l'avait chargée dans le coffre du pick-up de Geoff. Leur éclat, la vie qu'il y avait dans ces yeux profonds avait paru s'éteindre après qu'il lui avait dit au revoir et qu'il était monté dans le véhicule. Il s'était promis de regarder ailleurs en s'éloignant, mais il n'avait pas pu s'empêcher de se retourner, et avait vu Jonah s'accrocher à Eli, enfonçant sa tête dans l'épaule de son frère. Cela avait pratiquement suffi pour qu'il ordonne à Geoff de faire demi-tour. Il avait essayé d'effacer ce visage de son esprit durant tout le trajet du retour. Lire n'avait pas aidé, et écouter de la musique dans l'avion n'avait fait que lui rappeler la façon dont il avait tenu Jonah et dansé avec lui dans le salon de la ferme. Alors, il était resté assis, plongé dans ses pensées, pendant tout le trajet.

Il descendit le verre d'une traite, et s'en versa un autre avant de ranger la bouteille à sa place. Quelle que soit son envie de se saouler, il ne le pouvait pas. Debout au milieu de sa cuisine, il s'arrêta et tendit l'oreille. Rien. Pas de rire, pas d'odeur merveilleuse de plat assaisonné avec amour qu'Adelle préparait, pas d'amis présent pour vérifier qu'il allait bien et qu'il guérissait.

— Je suis un idiot, dit-il tout haut à la pièce.

Il marcha à travers le salon propre et moderne, il y vit toutes ses possessions, mais pas de photos de famille sur le mur. Bon sang, il réalisa qu'il n'avait même pas d'images de Jonah, sauf celles qu'il avait dans sa tête, et ce fut comme un coup de poignard en plein cœur. Il décida de ne défaire sa valise que le lendemain et s'aventura dans la salle de bain pour se délester de la crasse accumulée pendant le voyage avant de se laisser tomber sur son lit.

Raine fut réveillé par un bruit sourd, le coude douloureux, ses couvertures éparpillées autour de lui, le sol dur contre son dos. Merde, il était tombé du lit. Il se dégagea avant de s'asseoir sur le bord de son lit à même le matelas nu. Le cauchemar avait été horrible, pire que ceux qu'il avait pu avoir juste après l'agression. Il ramassa les couvertures avant de se lever pour refaire le lit. Il n'avait plus fait de cauchemar depuis qu'il avait commencé à passer toutes ses nuits avec Jonah, et même s'il voulait se convaincre que tout cela était dû à sa nervosité d'aller au bureau le lendemain, il savait pourtant que c'était plus que cela.

Une fois le lit fait, Raine grimpa dessus et se remit sous les couvertures, fixant le plafond, effrayé à l'idée de se rendormir. Il avait dû finir par s'endormir malgré tout, car il sursauta à la première sonnerie de son réveil, qu'il frappa avant de se lever. Son ancienne routine matinale lui revint sans même qu'il ait à y penser, et une demi-heure plus tard, il était habillé et sirotait une tasse de café.

Une heure et un trajet de train plus tard, Raine se tenait devant la porte d'entrée de son bureau, levant la tête vers l'immeuble, se demandant une dernière fois dans quoi il s'engageait. Il avait appris que la boîte ne s'était pas effondrée et qu'il avait toujours un travail, mais tout semblait si irréel. Peut-être était-ce perdu d'avance, après tout. Il emprunta la porte et traversa le hall, monta dans l'ascenseur jusqu'au premier étage et pénétra dans un chaos absolu. Le bureau, normalement si calme, était rempli de gens qui couraient dans tous les sens, et il n'était même pas encore huit heures.

— Raine ! l'interpela Jeremy tandis qu'il se précipitait vers lui, les mains pleines de dossiers. Je suis content de voir que tu vas mieux.

Il lui adressa un grand sourire.

— Je dois apporter ça aux experts-comptables, mais je reviens juste après.

Il repartit aussi vite qu'il était venu et Raine continua à déambuler dans le hall jusqu'à son bureau. Au moins, son nom était toujours sur la porte – c'était bon signe. Il posa sa mallette et alluma son PC, déjà fatigué rien que d'imaginer le millier d'e-mails auxquels il allait devoir répondre.

— Ça a été l'enfer, souffla Jeremy en rentrant dans le bureau et refermant la porte derrière lui. Après qu'ils ont découvert qu'Abernathy détournait de l'argent, la tempête a éclaté. Il semblerait qu'il le faisait pratiquement depuis son arrivée ici.

Il se laissa tomber dans l'une des chaises en secouant la tête.

— Mais plus important, comment vas-tu ? As-tu reçu ma carte et mes fleurs ?

— Oui, et j'ai apprécié ton coup de téléphone l'autre jour.

Raine était un peu submergé.

— Donc que s'est-il passé ? Abernathy a parlé ?

Jeremy sourit.

— Il n'a pas été aussi intelligent qu'il le pensait.

Il se pencha en avant.

— Tu sais, ces double-référencements de comptes que tu as insisté pour mettre en place l'année dernière, pour pouvoir retracer tous les paiements, pas seulement jusqu'aux comptes, mais aussi jusqu'aux vendeurs ?

— Oui, je me souviens, toute l'équipe s'en est plaint durant au moins trois semaines.

Raine leva les yeux au ciel au souvenir de ce qu'il avait enduré.

— Eh bien, nous avons recoupé ces double-référencements, et nous avons pu retrouver la plupart des fausses factures. Des types du FBI ont pu relier ces paiements à des comptes frauduleux et les pister jusqu'à des banques offshore.

Il n'avait aucune idée d'où Jérémy tenait toutes ces informations, mais il semblait toujours tout savoir sur tout, de toute façon.

— Ils ont réussi à récupérer pratiquement tout l'argent qu'il avait détourné ces dernières années !

Jeremy rigola.

— Il semblerait qu'il le gardait bien au chaud pour sa retraite ou quelque chose comme ça.

Il se remit debout d'un bond.

— Il y a une réunion d'audit dans une heure à laquelle tu devrais assister. Le conseil d'administration est en train de tout repasser, mais ils n'ont rien trouvé d'autre pour le moment. Nous avons cravaché comme des fous, mais il semblerait que tout finisse par s'arranger.

Jeremy sortit de la pièce et Raine s'assit à son bureau, avec la tête qui tournait, essayant de récapituler ce qui venait d'arriver. Il s'attendait à se faire virer, mais il semblait maintenant que tout allait bien se passer.

Il se retourna vers son ordinateur, ouvrit sa boite de messagerie et grogna lorsqu'il y vit 856 nouveaux messages. Il s'attela à la tâche et fit un premier tour où il se délesta des e-mails qu'il savait pouvoir supprimer. Il y avait beaucoup de messages lui souhaitant un bon rétablissement, et bien sûr, il y avait aussi les messages d'annonces du président concernant le départ du directeur financier et son remplacement. Il continua à travailler jusqu'à ce qu'il reçoive un rappel de réunion, et il se leva de son bureau pour rejoindre la salle de conférence. Un coup sec à la porte le stoppa.

— Raine, nous sommes contents que vous soyez de retour.

Levant les yeux, il vit Gerald Cox, l'un des propriétaires et présidents du conseil d'administration, se tenir devant sa porte.

— Je sais que vous allez à la réunion de l'audit, mais après cela, je voudrais que vous passiez me voir dans mon bureau.

— Bien sûr, répondit machinalement Raine alors que l'homme s'était déjà retourné et traversait le couloir sans même avoir attendu sa réponse.

Raine se rendit en salle de conférence où il retrouva les autres comptables et directeurs. Après les habituelles salutations, ils se mirent au travail, présentèrent leurs résultats et exprimèrent leurs questions et leurs inquiétudes. Raine put répondre à un grand nombre d'entre elles durant la réunion et avait beaucoup de recherches à effectuer lorsque la réunion prit fin. En sortant de la salle de conférence, il fut intercepté par le responsable de l'audit, qui s'était présenté plus tôt sous le nom de Tim Kennedy.

— M. Baumer

— Raine, dit-il, souriant à l'homme grand, brun et aux larges épaules.

— Raine, je me demandais si vous auriez une heure à m'accorder cet après-midi. Nous avons encore quelques questions, et bien que votre équipe se soit montrée très coopérative, il y a des choses auxquelles ils n'ont pas pu répondre, et j'espère que vous le pourrez.

— Bien entendu, est-ce que quatorze heures vous convient ?

Raine commençait à devenir nerveux en se demandant ce que Gerald pouvait bien lui vouloir, et il ne voulait certainement pas faire attendre l'homme.

— Je passerai à votre bureau.

Raine se dirigeait déjà vers l'ascenseur pour grimper à l'étage d'au-dessus où se trouvait le bureau de Gerald.

— Parfait, merci. À tout à l'heure.

Raine appuya sur le bouton, l'estomac noué. Il avait eu affaire à Gerald un certain nombre de fois, mais toujours à un meeting ou dans les couloirs. Il n'avait jamais été convoqué dans son bureau.

Il prit donc l'ascenseur et se dirigea vers l'un des grands bureaux d'angles qui avaient vue sur Grant Park. L'assistante de Gerald leva à peine les yeux de son ordinateur et dit, tout en répondant à un appel et en tapant furieusement sur son clavier :

— Vous pouvez rentrer, il vous attend.

Il toqua doucement avant d'ouvrir la porte et d'entrer. La pièce était luxueuse, avec des boiseries chaleureuses et un grand bureau, mais pas aussi grand qu'il se l'était imaginé. Bizarrement, il s'attendait à ce que le bureau de Gerald soit aussi imposant que sa personne.

— Asseyez-vous, Raine.

Gerald indiqua un fauteuil confortable à côté du sien, près d'une petite table.

— Savez-vous pourquoi je vous ai convoqué ?

— Non.

Il n'en n'avait aucune idée.

— Bien que j'espère que ce n'est pas pour me virer.

Gerald se fendit d'un sourire.

— Pas le moins du monde.

Il s'adossa à son siège, se mettant à son aise.

— Je sais que votre agression a, d'une certaine manière, provoqué l'enquête qui a permis de découvrir la fraude d'Abernathy. Et d'après ce que les comptables m'ont dit, c'est votre système de double-référencements qui a largement aidé à le démasquer ainsi qu'à récupérer une bonne partie de l'argent.

— Merci, monsieur.

— Votre équipe nous a raconté comment vous vous êtes débrouillé, seul, pour créer ce système, malgré les réticences d'Abernathy.

Gerald se racla la gorge.

— Maintenant, nous savons pourquoi, mais à l'époque, vous avez quand même fait ce qu'il fallait. C'est cet esprit d'initiative et d'intégrité qu'il nous faut ici.

Il souriait maintenant.

— Que voulez-vous dire, monsieur ?

— Le conseil d'administration s'est réuni la semaine dernière, et nous attendions votre retour. Nous aimerions vous offrir le poste d'Abernathy. Cela fait un moment que je vous observe, et vous avez de l'intégrité et de la volonté. Nous allons en avoir besoin si nous voulons nous dépêtrer de cette tombe financière qu'Abernathy a creusée pour nous.

— Vous voulez que je remplace Abernathy comme Directeur Financier ?

Il avait espéré qu'une possibilité d'avancement existe, mais il n'avait jamais envisagé *ça.*

Gerald fit un large sourire et lui tendit la main.

— C'est exactement ça. Vous avez ce qu'il faut, et nous avons besoin de remettre de l'ordre dans nos finances. C'est un travail de taille.

— Je vous remercie, Monsieur.

Raine se sentit sourire jusqu'aux oreilles.

— Je ne vous décevrai pas.

— Je le sais bien. J'ai organisé une entrevue avec le trésorier et je vais vous présenter au conseil la semaine prochaine. Vous devrez préparer un plan financier et le présenter au conseil…

Gerald passa aux choses sérieuses et Raine l'écouta tandis qu'il lui présentait le business plan de l'année à venir. Après environ une heure, la tête lourde, Raine ressortit du bureau de Gerald, n'arrivant pas à croire ce qui venait de lui arriver.

Jeremy et la moitié de son département l'attendait devant son bureau. Ils essayaient d'avoir l'air occupés, mais Raine n'était pas dupe.

— Qu'est-ce qui s'est passé ? demanda Jeremy en le suivant dans son bureau, les autres s'agglutinant à la porte.

— Gerald m'a offert le poste d'Abernathy, dit Raine sobrement, même s'il sautait de joie intérieurement.

Tout le monde se réjouit et forma pratiquement une ligne pour lui serrer la main et le féliciter avant de retourner à leur bureau respectif.

Jeremy fut le dernier à rester, et il referma la porte.

— Tu dois être content, c'est ce que tu as toujours voulu !

Raine dévisagea Jeremy, mais vit seulement quelqu'un lui voulant du bien ; il n'y avait pas de jalousie dans son commentaire.

— C'est ce que j'ai toujours pensé oui. Ce pourquoi j'ai travaillé si dur.

La clef des toilettes de la direction ; jouer dans la cour des grands. Raine laissa un grand sourire s'étirer sur ses lèvres, mais il se fana rapidement quand l'image de Jonah apparut dans son esprit, son sourire lumineux, heureux, transformé en regard brisé lorsqu'il était parti. Raine sentit un frisson le parcourir.

— Nous devrions sortir fêter ça ce soir, poursuivit Jeremy, et Raine revint à la réalité, déglutissant avec peine, reconnaissant que Jeremy n'ait rien remarqué.

— Bien sûr, ce serait super.

Raine se rassit derrière son bureau.

— Est-ce que tu peux organiser une réunion avec tout le service cet après-midi ? Je voudrais parler à l'équipe. Ils en ont bavé ces dernières semaines, et je voudrais les rassurer et m'assurer qu'ils restent concentrés sur ce qu'il y a à faire.

— Pas de problème, répondit Jeremy avec un large sourire. Encore une fois, félicitations. Ça va être génial.

Jeremy sortit enfin du bureau et Raine le suivit du regard.

— Ouais, ça va être génial.

Sortant de son cafard momentané, Raine se remit au travail.

RAINE SURSAUTA lorsque quelqu'un toqua à sa porte. Qui pouvait bien être là ?

— Raine ?

Il entendit la voix de Jeremy résonner à travers le bureau.

— On est dimanche.

Raine haussa les épaules.

— Tous les jours se ressemblent.

Il suivit le regard de Jeremy qui découvrait sa poubelle remplie de canettes et papiers d'emballage, et une couverture sur le canapé.

— Es-tu rentré chez toi depuis vendredi, au moins ? demanda Jeremy, en s'asseyant sur la chaise en face de lui.

— Bien sûr.

Ce n'était pas parce qu'il avait travaillé tard et s'était endormi sur le canapé que ça signifiait qu'il vivait là, si ?

— Il y a juste tant à faire en si peu de temps !

Il fit signe à Jeremy de s'asseoir.

— Abernathy a mis un foutoir monstre. Les livres de comptes sont corrects, mais les comptes qu'il gérait sont un vrai désastre, et j'essaie d'y mettre de l'ordre pour que nous puissions nous rendre compte de la gravité de la situation.

Il lui passa un document qui était sur son bureau.

— Sur le papier, nous faisons des bénéfices, mais il a siphonné tellement d'argent que nous avons à peine de quoi payer les salaires de ce mois-ci. La bonne nouvelle, c'est que les enquêteurs vont nous rendre l'argent récupéré bientôt, donc la situation devrait s'arranger.

Jeremy examina le document et le lui rendit.

— J'ai déjà missionné une partie de l'équipe pour transformer le plus de créances possible en espèces sonnantes et trébuchantes. Ils ont contacté les clients et nous avons déjà commencé à recevoir des paiements, dit Jeremy en le dévisageant, un air inquiet sur le visage. Que se passe-t-il réellement ?

Jeremy s'adossa à sa chaise.

— Tu as toujours été un travailleur acharné, mais là, ça va trop loin, même pour toi.

— Nous avons beaucoup de travail.

Jeremy ricana.

— Oui c'est clair. Tu es au bureau un dimanche pour rééquilibrer les comptes alors qu'il y a une demi-douzaine d'employés qui peuvent te le faire lundi à la première heure. Tu n'as pas besoin de tout faire toi-même. Nous sommes une équipe, et nous te soutenons tous. Personne n'aimait vraiment Abernathy, mais toi, ils t'apprécient tous, et ils feraient n'importe quoi pour toi parce qu'ils savent que tu es prêt à travailler aussi dur qu'eux. Mais là tu vas trop loin, tu ne penses pas ?

Jeremy pencha la tête légèrement, et Raine savait qu'il faisait de son mieux pour le charmer. Et Dieu sait si cela fonctionnait ! Il aurait dû être furieux contre lui pour venir fourrer son nez dans ses affaires, mais il ne l'était pas. Ses grands yeux chaleureux étaient simplement trop bienveillants. Raine se sentit dériver vers une autre paire d'yeux bienveillants qu'il voyait en permanence lorsqu'il n'était pas occupé à travailler. Jeremy se leva et Raine se demanda soudain ce qu'il avait loupé.

— Raine, est-ce que tu vas bien ? Je viens de te demander si tu veux aller déjeuner avec moi. Tu devrais vraiment sortir de là un moment pour pouvoir revenir demain, frais et dispo.

Regardant autour de lui, Raine songea qu'il ferait mieux d'y aller. Il commençait à coller au fauteuil en cuir à force de rester assis dessus.

— OK.

Il se leva, récupéra ses affaires et éteignit les lumières avant de refermer la porte derrière lui.

Dans l'ascenseur, Raine sentit les yeux de Jeremy posés sur lui, et au début, il pensa qu'il était peut-être intéressé ou voulait flirter, mais lorsqu'il le regarda, il s'aperçut qu'il y avait juste de l'inquiétude dans les yeux de son ami.

— Que s'est-il passé dans cette ferme ?

— Rien, pourquoi ?

Raine se demandait ce que son visage avait laissé transparaître.

— Comme je te l'ai dit. Tu vas trop loin, et je me demande simplement s'il y a autre chose que la promotion derrière cela.

Les portes de l'ascenseur s'ouvrirent et ils traversèrent le hall, faisant un signe au garde avant de sortir. Raine plissa les yeux dans la lumière vive, le soleil réchauffant son visage. Cela faisait du bien, et Raine ferma les yeux, laissant les sons de la ville s'estomper, remplacés par le bruit doux de sabots d'un cheval. Il rouvrit les yeux et la ville revint au galop, à sa grande déception. Sans y penser, il suivit Jeremy au coin de la rue jusqu'au pub irlandais, où l'hôtesse les installa sur une table isolée.

— Alors, tu comptes me parler de lui ?

Raine sentit ses yeux s'agrandir.

— Qui te dit qu'il y a un lui ?

La serveuse vint à leur table, et ils commandèrent deux bières.

— Je t'en prie, couina Jeremy, évitant heureusement d'agiter ses mains dans tous les sens. Tu as vu ton comportement ? Si je devais deviner, je dirais que tu t'es fait briser le cœur. C'est la seule chose qui puisse expliquer ta présence au bureau lors d'un beau dimanche ensoleillé.

Il désigna la fenêtre.

— Tu veux en parler ?

— Pas vraiment.

165

Leurs bières arrivèrent et Raine en prit une gorgée, la mousse glissant dans sa gorge.

— Mais je te connais, tu es comme un chien avec un os, alors je vais te dire ceci : oui, j'ai le cœur brisé, mais j'ai bien peur d'avoir encore plus brisé le sien.

— Tu devais rentrer travailler et tu ne lui as pas proposé de te suivre ?

Jeremy sirota sa bière avec circonspection.

Raine secoua la tête.

— Tu as besoin du contexte. Je t'ai déjà parlé de mon ami Geoff et de son partenaire Eli ?

— Eli a été élevé par des Amish, c'est ça ?

Il vit Jeremy frissonner.

— Je ne pourrais pas survivre sans électricité, et *pire* sans mon portable, oh et puis mon ordinateur ! Qui voudrait devoir aller au vidéoclub pour louer du porno ? Merde, c'est gênant.

Jeremy gloussa, et Raine sentit une partie de sa tristesse s'envoler, même pour une seconde.

— Oui.

Raine continua son explication.

— Lorsque j'étais à la ferme, j'ai rencontré le petit frère d'Eli.

— Et tu en es tombé amoureux ?

La voix de Jeremy perdit toute trace d'hilarité et devint sérieuse et pleine de compassion.

— Oui. Et je devais rentrer. Il n'aurait jamais pu vivre ici à la ville.

— Tu l'as appelé ? demanda Jeremy en prenant une autre gorgée de bière, et Raine secoua la tête. Pourquoi ?

— C'est mieux comme ça, répliqua Raine doucement, souhaitant que la conversation s'arrête.

— Pour qui ? Pour lui ou… pour toi ?

Raine n'avait pas la réponse à cette question.

BRUIT SOURD. Le vendredi suivant, presque deux semaines après avoir quitté la ferme, Raine se réveilla dans son lit, ou du moins à côté de son lit, son corps emmêlé dans ses couvertures – un autre satané cauchemar. Abandonnant l'idée de dormir, il se dépêtra des draps et avança à petits pas vers la salle de bain. Il alluma la lumière et se regarda dans le miroir : il avait des cernes sous les yeux, les joues pâles, les lèvres serrées. En bref,

166

il n'allait pas fort. Il se passa de l'eau froide sur le visage et se rendit à la cuisine, toujours en boxer. Son téléphone était posé sur le plan de travail. Avant de se dégonfler, il s'en saisit et composa le numéro de la ferme.

— Ce n'est pas trop tôt !

La voix d'Eli indiquait clairement son mécontentement.

— Je sais. Est-ce que je peux parler à Jonah, ou est-il déjà occupé avec les chevaux ?

Maintenant qu'il était au téléphone, il voulait entendre la voix de Jonah pour s'assurer que ce dernier allait bien, parce qu'après s'être regardé dans le miroir ce matin, il était clair que ce n'était pas son cas.

— Non, Jonah n'est pas ici. Il est retourné à la communauté.

Raine en lâcha presque le téléphone.

— Je pensais qu'il se plaisait à la ferme.

Il ne lui était jamais venu à l'esprit que Jonah pourrait quitter Eli pour retourner à la communauté Amish, pas sérieusement du moins. Il pensait que Jonah était devenu un homme trop libre pour cela. Mais peut-être se trompait-il.

— Tu t'attendais à quoi ? reprit Eli qui sembla ignorer son commentaire. Qu'il t'attendrait sagement ici ? Qu'il mettrait sa vie en attente pour toi ?

Eli fit un son dédaigneux venant de sa gorge, et Raine crut qu'il allait raccrocher.

— Tu lui as dit que tu reviendrais.

La voix d'Eli se fit plus douce, mais son intensité ne faiblit pas.

— Il a attendu que tu appelles ou que tu reviennes, mais tu ne l'as pas fait. Je t'avais prévenu que si tu lui faisais du mal, tu aurais affaire à moi. Eh bien, tu lui as fait du mal, donc si tu te pointes encore une fois ici, tu as intérêt à avoir une sacrée bonne raison.

Il savait qu'il n'avait que des excuses à offrir, et que ces dernières n'avaient pas beaucoup d'importance.

— Je...

Mais il ne savait pas quoi dire, et le téléphone se fit lourd dans sa main. Il ne pouvait croire que Jonah était parti, qu'il l'avait perdu à jamais.

— Au revoir, Raine.

La communication fut coupée. Il reposa le combiné et se dirigea vers la salle de bain, la tête ailleurs, pour se laver et se préparer pour sa journée de travail. En une demi-heure, il fut habillé et prêt, et il partit pour le bureau.

Une heure plus tard, Raine était assis dans son bureau, essayant de travailler, mais il ne pouvait s'empêcher de penser à Jonah. Ce dernier l'avait attendu, avait espéré son retour, et Raine l'avait laissé tomber. Il lui avait promis qu'il reviendrait. D'accord, il ne lui avait pas donné de date, mais il l'avait tout de même laissé tomber.

— Bonjour, Raine, le salua Gerald en passant devant sa porte.

— Bonjour, monsieur, répondit Raine en se remettant au travail, faisant tout son possible pour s'y noyer.

Une alarme pense-bête se mit à sonner une heure après, et il se dirigea vers l'ascenseur, descendant d'un étage jusqu'à la grande salle de conférence pour sa réunion hebdomadaire avec son service. Il entra dans la pièce et referma la porte derrière lui, étalant ses documents sur la table, deux douzaines de paires d'yeux fixés sur lui. Tandis qu'il se préparait, il entendit des chuchotements venir de l'assemblée. Il releva les yeux et croisa ceux de Jeremy.

— Est-ce que tout va bien ?

— Oui.

Raine regarda autour de lui, se demandant la raison de cette question.

— Pourquoi ?

— Tu portes deux chaussures différentes, fit mine de chuchoter Jeremy, et tout le monde éclata de rire.

Raine se joignit à eux avant de rétablir l'ordre et de commencer la réunion. À la fin de la réunion, il se demanda comment récupérer une autre paire de chaussures sans attirer encore davantage l'attention sur lui.

— Raine, pourquoi es-tu si distrait ? lui demanda Jeremy qui le suivit en sortant de la salle de réunion.

— J'ai découvert que Jonah est rentré à sa communauté.

Heureusement, l'ascenseur était vide.

— Je suis désolé.

La porte commença à se refermer, mais Jeremy la stoppa d'une main, et les portes se rouvrirent.

— Qu'est-ce que tu vas faire ?

Il retira sa main et la porte se referma.

XIV

CLIP, CLOP, clip, clop. Les sabots de Kilkenny faisaient un bruit réconfortant sur le bord de la route. Tout le monde l'appelait Kenny, c'était plus court, et Jonah n'arrivait toujours pas à croire qu'Eli et Geoff lui en avaient fait cadeau. Noir de la tête aux pieds, il était magnifique, et Jonah était assis bien droit sur la selle, en route pour sa communauté. Il essayait de ne pas montrer sa nervosité, mais abandonna finalement. Il en tremblait presque, et il devait se contrôler pour ne pas que Kenny commence à s'agiter lui aussi ; il était déjà assez vif comme ça. En outre, il existait peu de chevaux comme lui dans le comté, et encore moins à la communauté, et Kenny méritait d'être monté avec fierté. La robe brillante, la selle huilée et luisante, la foulée du cheval seule laissait deviner sa supériorité raciale. Geoff lui avait dit que le géniteur de Kenny était son étalon Kirk, et que de tous les poulains qu'il avait engendrés, Kenny était l'un des rares à porter la robe noire distinctive de son géniteur. Tous les deux, monture et cavalier, chevauchaient vers la communauté Amish, communiquant en silence.

Le temps passait avec lenteur, mais cela n'avait pas d'importance. Cela lui donnait l'occasion de réfléchir. Il avait demandé à Eli et s'était demandé à lui-même un nombre incalculable de fois s'il prenait la bonne décision, mais la seule réponse qu'il avait obtenue de son frère était la même, chaque fois :

— Tu sauras que tu fais ce qui est juste si ça te paraît juste.

Et malgré sa nervosité, cette décision semblait en effet être la bonne. Alors ce matin-là, il avait dit au revoir à Eli et l'avait étreint longuement avant de partir pour l'autre bout du comté, habillé d'un simple pantalon noir et d'un tee-shirt blanc, dans le même style que ce avec quoi il était arrivé un peu plus d'un mois plus tôt.

Le soleil montant dans le ciel le réchauffait. Jonah s'essuya le front tandis qu'il prenait un virage sur la route principale, à moins d'un kilomètre et demi du début de la communauté. Jonah s'attendait à ce que sa nervosité atteigne des sommets, mais cela n'arriva pas. Il se sentait calme, à présent. Eli avait raison ; il savait en lui que c'était la bonne décision.

Tandis que Jonah se rapprochait de la ferme familiale, il vit la porte d'entrée s'ouvrir et son plus jeune frère ainsi que sa sœur se précipiter vers lui, traversant le jardin et s'arrêtant à quelques mètres de Kilkenny.

— Jonah, qu'il est belle ! roucoula Sarah tandis que Kenny inclinait la tête pour que la petite fille le caresse.

— Les chevaux garçons ne sont pas belles, corrigea son frère Daniel.

À sept ans, il savait déjà différencier ce qui était propre aux filles, et ce qui était propre aux garçons.

— Il est beau.

Il croisa les bras et lança un regard à sa sœur, la mettant au défi de le corriger. Ensuite, lui aussi leva les yeux vers le cheval, plein d'admiration.

— Où l'as-tu eu, Jonah ?

— C'est un cadeau d'Eli, répondit ce dernier, balançant sa jambe par-dessus la croupe du cheval avant de le conduire vers la grange, suivi des deux jeunes enfants qui n'arrêtaient pas de babiller.

Avant d'avoir atteint la porte, Jonah les souleva tous deux pour les installer sur le dos de Kenny et les laisser chevaucher jusqu'à l'écurie. Une fois à l'intérieur, il les reposa au sol et conduisit son cheval jusqu'à une stalle vide, s'assurant qu'il avait assez de foin et d'eau avant de quitter la grange, les deux enfants chahutant sous chaque bras.

La porte de leur maison s'ouvrit tandis qu'il s'approchait, et sa mère en sortit, s'essuyant les mains sur un torchon.

— Je me demandais pourquoi ces deux-là criaient autant.

Elle sourit en s'approchant de Jonah qui déposa les enfants au sol pour l'enlacer.

— Le déjeuner est presque prêt.

Elle se retourna vers les petits.

— Allez vous laver, tous les deux.

Aucun d'eux ne bougea, et elle fouetta légèrement le plus proche sur les fesses.

— Allez-y.

Il n'y avait pas de reproche dans sa voix, tous deux se hâtèrent et coururent jusqu'à la pompe.

— Je ne m'attendais pas à te voir si tôt, commenta-t-elle avant de se retourner et de rentrer dans la maison, Jonah sur ses pas.

Leur demeure n'avait pas changé d'un iota, d'une propreté impeccable avec ses meubles bien pensés et utilitaires, sentant bon la cuisine de sa mère. Le salon avait les deux mêmes chaises qu'il avait toujours eues, une

170

pour Père et une pour Mère. Alors pourquoi les choses ne semblaient-elles pas justes ?

Il se dirigea vers la cuisine et y retrouva sa mère, occupée à préparer les plats avec l'aide de Martha.

— Jonah !

Elle se leva et se jeta à son cou.

— As-tu entendu la nouvelle ? Je me marie au printemps. David a demandé la permission à Père la semaine dernière.

Jonah lui rendit son étreinte, la soulevant du sol et la faisant tourner dans les airs.

— Félicitations ! C'est un homme bien, il te rendra heureuse.

— Oh, Jonah ! répondit-elle en souriant d'excitation, ses yeux d'un bleu aussi profond que sa robe et son bonnet.

La plupart des femmes portaient un simple bonnet blanc pour couvrir leurs cheveux, mais pas sa sœur. Martha avait appris très tôt à concevoir ses propres bonnets, et elle en avait de presque toutes les couleurs. Il ne l'avait pas réalisé auparavant, mais elle était une avant-gardiste de la mode Amish.

— C'est bon de te retrouver.

Elle l'étreignit une dernière fois avant de retourner vers la table et de se mettre au travail.

La porte d'entrée s'ouvrit et se referma. Des pas lourds au sol indiquèrent à Jonah que son père était rentré pour le déjeuner. Il remarqua les deux femmes s'activer, sa sœur emportant les plats à table tandis que sa mère finissait de servir.

— Pourquoi y-a-t-il un nouveau cheval dans l'écurie ?

La voix de Père résonna à travers la maison, depuis ce que Jonah savait être son siège présidant la table.

Prenant une grande inspiration, Jonah s'avança jusqu'à la table.

— Kilkenny est mon cheval, Père.

Jonah sourit et s'assit à sa place habituelle à la table, les autres le suivant juste derrière, Sarah et Daniel se précipitant à leur place, leurs petites jambes se hâtant autour de la table. Une fois que tout le monde fut assis, tous baissèrent la tête machinalement et Père commença la prière.

Après cela, les assiettes furent remplies et distribuées autour de la table, celle de Père en premier. Cette scène était tellement familière, semblable à ce qu'elle avait toujours été, et pourtant, tout semblait si étrange. Ils parlèrent peu, du moins, jusqu'à ce que Père se lève de table et quitte la maison. Tout d'un coup, comme si quelqu'un avait appuyé sur un interrupteur, tout le monde se mit à discuter en même temps.

— Peut-on encore monter ton cheval ? demanda Sarah la bouche pleine.

— Une fois que tu auras terminé ton repas, répondit Jonah en souriant, ce qui lui valut une étreinte.

— Jonah !

La voix de son père résonna à travers la maison, comme un soufflet qui aspira toute la joie de la pièce. Jonah posa sa fourchette, poussa sa chaise et sortit de la maison.

— Notre cheval de traie se fatigue. Il faut que tu attaches ton cheval de luxe à la charrue.

Jonah suivit son père à travers le jardin et jusque dans l'écurie.

— Père, Kenny n'est pas un cheval de traie.

Son père fit un demi-tour et le dévisagea.

— Alors quelle est son utilité ?

— Père, Kenny est un cheval que l'on monte. Il n'a jamais rien tiré, et il n'en a pas la carrure.

Jonah sentit son estomac se retourner.

— Eh bien, s'il ne peut pas travailler, nous le vendrons pour en acheter un qui le pourra.

Jonah pouvait voir des flammes de colère dans les yeux de son père.

— Et ne t'avise pas de me reprendre. Pas dans ma propre maison. Je savais que te laisser passer du temps à l'écart de ta famille te mettrait toutes sortes d'idées en tête.

— Eli est aussi ma famille, contra Jonah, redressant le dos, se tenant bien droit.

Derrière lui, Kenny s'ébroua et donna un coup de sabot sur le sol de sa stalle, l'étalon sentant la tension dans l'air.

— De plus, je ne reste pas.

Voilà, il l'avait dit, haut et fort, sans ambiguïté.

— Je t'ai prévenu, dit son père d'un ton sévère en faisant un pas vers lui, ses yeux rivés aux siens.

— De quoi ? Que vous alliez me dénoncer devant l'église ? Faites donc.

Jonah y avait longuement réfléchi.

— Cela n'a plus vraiment d'importance. Faites ce que bon vous semble.

Jonah se retourna vers Kenny, caressant son nez pour calmer l'animal.

172

— La seule personne que vous allez blesser, c'est vous-même.

Jonah caressa longuement l'encolure du cheval, tentant de les calmer tous les deux. Son cœur battait à cent à l'heure tandis qu'il tenait tête à son père. Il avait été pétrifié à l'idée de ce moment, et à cet instant précis, Jonah découvrait la vraie puissance de la peur. Contre toute attente, s'opposer à son père n'avait pas été si difficile ou si terrifiant qu'il l'avait imaginé. La peur avait tout amplifié, et maintenant, elle s'était évanouie.

— Savez-vous pourquoi Eli ne vous a jamais parlé de Geoff ?

— Cela n'a aucune importance, répondit son père d'un ton ferme.

Jonah se retourna et le dévisagea, et pour la première fois de sa vie, il le vit comme un homme et non juste comme son père.

— Si, cela a de l'importance.

Jonah haussa la voix et se pencha vers lui pour souligner son point de vue.

— Cela fait toute la différence, parce qu'Eli n'a rien dit pour vous protéger. Il s'est tenu à l'écart car il savait comment tout le monde se comporterait avec vous si cela venait à se savoir. Même après avoir eu confirmation du fait que vous ne l'accepteriez jamais pour ce qu'il était réellement, il vous a quand même fait passer vous, Mère, et la famille avant lui. Eli est le meilleur des hommes que je connais. J'aimerais être comme lui, mais ce n'est pas le cas. Donc je vous en prie, allez donc nous dénoncer à l'église, mais n'oubliez pas non plus de leur dire que vous avez essayé de me faire chanter pour que je ne quitte pas la communauté.

Jonah continuait de caresser Kenny, les crins de sa crinière dans les mains, s'apaisant aussi bien lui-même que l'animal.

— Mais vous savez bien ce qu'ils penseront. Deux fils, gays tous les deux... Ils penseront qu'il y a un problème chez vous, sur votre façon de nous élever. Ils vous tourneront le dos, ainsi qu'à tout le reste de la famille.

Il vit son père blêmir, et reculer d'un pas.

— Nous devons tous confesser nos péchés et demander Son pardon.

— Vous avez raison. Je vais aller me confesser en privé, et je vous suggère de faire de même.

Jonah fit une dernière caresse au cheval, puis sortit de la grange et se dirigea vers la maison sans dire un mot de plus. Il vit son père se remettre au travail, et alors qu'il s'approchait de la porte, cette dernière s'ouvrit à la volée, les plus jeunes se précipitant pour aller exécuter leurs corvées.

— Tu vas rester avec nous ? demanda Sarah en s'arrêtant à mi-chemin pour voler un câlin.

— Non, mais je reviendrai bientôt vous voir.

Elle l'enlaça et le serra de toutes ses forces avant de gigoter pour qu'il la repose au sol.

— Attends-moi ! cria-t-elle tout en courant derrière son frère aussi vite que ses petites jambes le lui permettaient.

Jonah sourit avec nostalgie. Pourquoi les choses devaient-elles prendre cette tournure ? Il avait pris sa décision et ne reviendrait pas dessus, mais il aurait voulu que son choix de retourner dans le monde des Anglais ne lui coûte pas tant. Il soupira doucement, puis rentra dans la maison.

La vaisselle séchant dans l'évier, le son de l'eau ruisselante et la voix excitée de Martha l'accueillirent alors qu'il refermait la porte derrière lui. Il n'avait jamais réalisé à quel point ces sons lui étaient familiers et à quel point ils allaient lui manquer.

— Pourquoi n'es-tu pas avec Père ? lui demanda sa mère depuis sa chaise, un tissu sur les genoux et une aiguille à la main, le prenant par surprise.

Il ne s'attendait pas à la trouver assise au milieu de la journée. Elle releva la tête vers lui et ne dit tout d'abord rien.

— Tu ne restes pas.

Ce n'était pas une question.

— Non, Mère. Je suis revenu pour annoncer ma décision à Père, et je vais aller vivre avec Eli.

Il s'assit sur l'autre chaise, ce qui les surprit tous les deux. Jonah ne se souvenait pas s'être déjà assis sur la chaise de son père un jour.

— Je suis heureux là-bas, j'ai trouvé ma place. Je n'ai jamais pu la trouver ici.

Elle ne répondit pas tout de suite, mais Jonah vit qu'elle hochait la tête doucement.

— As-tu rencontré quelqu'un ? Je sais que c'est le cas de ton frère, et que c'est la raison pour laquelle il est parti. Est-ce aussi ton cas ?

Il ne savait pas ce qu'elle savait à propos d'Eli, et ce n'était pas à lui de lui en dire plus sur la vie de son frère. Elle le découvrirait bien assez tôt si Père décidait de le lui dire.

— On peut dire ça, Mère. J'ai rencontré quelqu'un que j'aime beaucoup.

Il ne savait pas trop comment expliquer ce qui s'était passé entre Raine et lui, et il ne voulait pas lui mentir, donc il n'ajouta rien de plus.

— Mais cette personne a dû partir.

Il choisit soigneusement ses mots et déglutit avec difficulté. Il aurait voulu lui raconter, lui demander son avis, mais ce n'était pas possible, la situation ne le lui permettait pas.

— C'est pour moi que j'y retourne, Mère. Parce que c'est la bonne chose à faire pour moi. J'aurais juste aimé ne pas avoir à vous laisser vous et notre famille derrière.

Jonah vit sa mère poser sa couture sur le côté.

— Tu sais que ce sera toujours ta maison, quoi qu'il arrive, et il en va de même pour Eli.

Elle cligna plusieurs fois des yeux, et Jonah sut qu'elle retenait des larmes.

— Ton Père est très traditionnel. Il a été éduqué ainsi, et c'est ainsi que nous vivons. Mais ce n'est pas mon cas. Mon Père me disait toujours que les temps changeraient, mais que tant que nous respecterions nos valeurs, tout irait bien.

Elle se pencha vers Jonah pour lui attraper la main.

— Mon Père me disait qu'il m'aimerait toujours, qu'importe ce qui arriverait, même si je me comportais mal. Donc je veux te dire la même chose. Je t'aimerai quoi qu'il arrive.

Elle jeta un coup d'œil vers la porte.

— Je vais te dire ce que j'ai dit à ton frère : tu as le droit d'être heureux, et c'est ce que je te souhaite, quoi qu'il arrive.

Elle pressa sa main et l'embrassa sur la joue.

— Je t'aime, Jonah.

Elle l'attira vers elle pour l'étreindre.

— Va dire au revoir à tes frères et sœurs avant de partir. Tu vas leur manquer à eux aussi.

Jonah se leva et étreignit longuement sa mère.

— Je vous aime aussi.

Il sortit de la pièce et trouva Martha dans la cuisine.

— Tu pars, Jonah ?

Il acquiesça, et elle lâcha son torchon pour l'étreindre.

— Est-ce qu'Eli et toi viendrez à mon mariage ?

— Nous ne voudrions le rater pour rien au monde.

Jonah l'étreignit une dernière fois avant de quitter la cuisine et de s'essuyer les yeux en refermant la porte derrière lui. Il se mit ensuite en quête des autres. Il trouva les plus jeunes dans le poulailler, en train de ramasser des œufs. Après avoir dit au revoir à chacun, les avoir étreints et avoir séché les larmes de Sarah, il trouva Micah dans l'écurie, s'occupant des chevaux et exécutant ses tâches habituelles.

— Tu pars ? demanda Micah d'un ton dur.

— Oui, répondit-il en se tournant vers son frère. Ce n'est pas toi que je quitte, tu sais.

Le visage de l'adolescent se radoucit.

— Je sais. C'est juste que tu vas me manquer.

— Tu vas me manquer aussi.

Au début, Jonah crut que Micah allait l'étreindre lui aussi, mais il se contenta de faire un signe de tête, agissant comme un adulte – comme leur père. Jonah ouvrit la porte de la stalle de son cheval et le conduisit dans le jardin avant de monter sur l'étalon noir.

— Prends bien soin de Sarah et Daniel.

Micah fit un signe de la main et Jonah mit Kenny au pas, quittant le jardin et dirigeant le cheval vers la maison. En effet, il *rentrait* à la maison. La ferme, avec Eli, Geoff, Robbie et Joey, c'était sa maison. La seule chose qui aurait pu compléter le tableau aurait été la présence de Raine. Mais cela n'arriverait pas, il le savait désormais. Raine avait dit qu'il reviendrait, mais il n'était pas revenu.

— Toi, tu ne m'abandonneras pas, hein Kenny ? s'enquit Jonah en caressant l'encolure du cheval, et l'étalon balança la tête, l'air joueur. Je me disais bien !

Il l'avait fait. Il avait annoncé à sa famille sa décision et le monde ne s'était pas écroulé. Il y avait eu des moments, la semaine précédente en particulier, où il avait bien failli rentrer pour de bon. Raine n'était pas revenu. Il n'avait même pas appelé, et plus les jours passaient, plus la tristesse et le chagrin de Jonah s'étaient transformés en colère bouillonnante. Il pouvait toujours sentir cette colère. Mais chaque soir, lorsque la ferme était silencieuse et son esprit au repos, son corps se souvenait, et il désirait ardemment le contact de Raine, ses baisers, et ce qu'il ressentait quand Raine le regardait. Eli lui avait dit qu'il le ressentirait de nouveau, et si ce n'était pas avec Raine, alors avec quelqu'un d'autre, quelqu'un qui l'aimerait. Parce que Jonah avait cru que Raine l'aimait, mais ce n'était peut-être pas le cas. Peut-être que Jonah avait seulement désiré que ce soit vrai. Il ne pouvait rien y faire à présent, et il était fatigué d'attendre et fatigué d'avoir peur. Il avait fait face à son père et avait défendu ce en quoi il croyait vraiment. Il ne savait pas si ce dernier allait le dénoncer à l'église, ou s'il allait même les laisser, Eli et lui, rendre visite à la famille, mais il avait affronté ses pires peurs, et il avait survécu.

Le soleil déclinait lorsque Kenny et lui chevauchèrent jusqu'à la ferme et rentrèrent tout droit dans l'écurie. Mettant pied à terre, Jonah conduisit Kenny jusqu'à sa stalle tandis qu'une nuée d'enfants, qui venaient juste de finir leur cours, se ruaient dans l'allée centrale. Kenny frappa nerveusement des sabots tandis que Jonah le rentrait et le dessellait.

— Tu as été un bon garçon aujourd'hui, lui dit-il en le massant avant de passer la brosse douce dans sa crinière transpirante.

Jonah sut qu'il avait réussi à le calmer lorsqu'il entendit Kenny se désaltérer à son abreuvoir et mâcher son foin. Il tapota le flanc du cheval, reprit la brosse et sortit de la stalle en refermant la porte derrière lui. Il se dirigea vers la sellerie et entendit Kenny frapper des sabots, et comme il se retournait pour s'assurer que tout allait bien, il percuta quelqu'un. Il marmonna « Pardon » et recula, mais deux bras l'enlacèrent.

— Hé, qu'est-ce…

La première chose que Jonah reconnut fut l'odeur, fraîche et boisée, du savon de Raine. Sa première réaction fut de se noyer dans cette étreinte, mais il s'en empêcha. Ne pouvant pas y croire, il releva la tête.

— Tu es revenu ? demanda Jonah d'un ton neutre en se dégageant de l'étreinte et en continuant son chemin jusqu'à la sellerie pour y déposer ses affaires.

Il ne savait pas si Raine l'avait suivi, mais peu lui importait.

— Je sais que tu es en colère contre moi, et je te comprends, dit doucement Raine depuis la porte.

— Un peu, que je suis en colère contre toi, et laisse-moi te dire que tu le mérites entièrement, et tu le sais très bien !

Jonah laissa tomber sa brosse sur la table de travail.

— Tu m'as dit que tu m'aimais, et tu…

Jonah déglutit, laissant la frustration et la colère accumulées au cours des dernières semaines s'exprimer librement.

— Tu as fait des choses avec moi, des choses que tu n'aurais jamais dû faire si tu ne m'aimais pas réellement.

Jonah se sentit commencer à trembler.

— Tu m'as traité comme une espèce de…

Il hésita sur le mot.

— Comme une espèce de poupée dont tu pouvais te débarrasser une fois que tu en avais fini.

Jonah en eut assez et se dirigea vers la porte, bousculant Raine au passage.

— Ce n'est pas vrai, Jonah.

— Ah bon ? Qu'est-ce qui est vrai, alors ? C'est toi qui es parti, tu te souviens ?

Il sentit sa colère fondre, remplacée par une tristesse et une déception qu'il connaissait bien.

— Tu n'as même pas téléphoné.

— Je pensais que ce serait plus facile pour toi ainsi, dit Raine derrière lui.

— Ah oui ?

Jonah ne se retourna pas.

— Peut-être que tu aurais dû me consulter avant de prendre cette décision. Je ne suis peut-être qu'un péquenaud d'Amish qui ne sait rien de la vie, mais j'ai le droit d'exprimer mon opinion concernant mes préférences.

Jonah s'éloigna, puis se retourna pour un dernier regard.

— Pourquoi es-tu revenu, d'ailleurs ?

Jonah vit Raine déglutir.

— Pour toi. Je suis revenu pour toi.

Jonah s'arrêta et le dévisagea, étudiant Raine, cherchant à savoir si ce dernier disait la vérité.

— Tu es revenu.

— Oui. Je suis revenu.

— Pourquoi ?

Raine expira l'air qu'il avait retenu.

— Pour être honnête, j'ai appelé ce matin pour te parler, parce que tu m'as manqué depuis le jour où je suis parti, et Eli m'a dit que tu étais retourné chez ta famille.

Le visage de Raine se décomposa en une expression d'angoisse douloureuse, et Jonah sentit son désespoir commencer à se transformer en… espoir ?

— Je suis revenu pour être avec toi. Je ne savais pas comment j'allais faire pour te récupérer, mais c'est la raison de mon retour.

Raine fronça les sourcils.

— Qu'est-ce que tu fais là, au fait ? Tu n'es pas censé être…

Il s'interrompit quand Eli passa la tête dans l'embrasure.

— Je n'ai jamais dit qu'il était parti pour toujours, commenta Eli avec un sourire malicieux.

— Tu savais qu'il allait revenir, et tu m'as laissé penser qu'il était parti pour de bon ? demanda Raine, manifestement confus.

— C'est la seule chose que j'ai trouvé pour te forcer à admettre tes véritables sentiments. Je savais que tu reviendrais au galop si tu pensais qu'il était parti pour de bon.

— Et si je n'étais pas revenu ? demanda Raine avec un sourire perplexe.

— J'aurais envoyé Adelle te botter les fesses jusqu'au bout du monde.

Jonah sentit Eli lui tapoter l'épaule alors que ce dernier se dirigeait vers le manège, derrière l'écurie. Il n'avait pas quitté Raine des yeux.

— Tu es vraiment revenu pour moi ?

— Oui, vraiment. Je suis désolé d'avoir mis si longtemps.

Raine fit un pas en avant, puis un autre, jusqu'à pouvoir le prendre dans ses bras.

— Je t'aime, Jonah.

Les bras de Raine l'attirèrent tout contre lui, le serrant fort tandis qu'ils se balançaient doucement.

— Il y a beaucoup de choses que j'aurais dû faire différemment. J'aurais dû te demander si tu voulais venir avec moi au lieu de supposer que tu ne voulais pas. Bon sang, j'aurais simplement dû te demander ce que tu voulais.

— Tout ce que j'ai toujours voulu, c'est être avec toi. Ça m'a fait mal de te voir partir, mais ce qui a fait plus mal encore a été de t'attendre. J'ai pensé que tu ne m'aimais plus.

Jonah ferma les yeux et posa sa tête contre l'épaule de Raine.

— Je t'aime. Je t'aime tant.

Raine inclina un peu la tête pour pouvoir sceller leurs lèvres. Le baiser commença doucement, avant de gagner en intensité alors que les semaines de séparation s'évaporaient. Raine écrasa son corps contre celui de Jonah, et ce dernier tint bon tandis que lèvres et langue le dévoraient, lui dérobant son souffle et sa capacité à réfléchir. Puis le baiser ralentit et s'arrêta, des mains passèrent dans ses cheveux, et Jonah posa sa joue contre celle de Raine.

— Je t'aime aussi, mais…

Jonah s'arrêta lorsqu'un doigt glissa sur ses lèvres.

— Je sais ce que tu vas dire, et tu as raison. Dire que nous nous aimons ne change rien à la situation. Mon travail est toujours à Chicago, et même si j'adorerais t'avoir avec moi là-bas, tu n'y serais sans doute pas heureux.

Raine sourit.

— Je ne choisirai pas à ta place. Tu es le bienvenu si tu veux me rejoindre. En fait, j'espère même que tu me rejoindras parfois.

— Je ne comprends pas.

— Je sais, répondit Raine, qui le tenait toujours. Au lieu de me faire virer, on m'a offert une promotion. Ils veulent que je les aide à diriger la compagnie et à nettoyer ce bazar financier. C'est une opportunité en or, mais elle ne vaut pas de te perdre. Je l'ai enfin réalisé.

— Donc, comment allons-nous faire ? Est-ce que tu vas venir habiter ici ?

Pour Jonah, c'était à peu près aussi envisageable que son propre emménagement dans la grande ville.

— Eh bien…

Raine relâcha son étreinte et plaça ses bras autour de ses épaules.

— J'ai pensé que nous pourrions arriver à un compromis. J'ai eu le temps de réfléchir dans l'avion, et je pense avoir trouvé une solution. Je pourrais rester travailler en ville la semaine, et toi tu resterais ici. Je viendrais te voir les week-ends, et tu pourrais revenir avec moi en ville si tu le souhaites. Il n'y a ni chevaux ni écuries, mais il y a des parcs et beaucoup de choses que nous pourrions faire ensemble. Je sais que je devrais travailler, et je comprends si tu n'en as pas envie.

Raine parlait de plus en plus vite à mesure que son excitation montait.

— Nous pourrions être ensemble. J'aimerais bien que nous soyons ensemble.

Jonah était sans voix, et bouche bée.

— Tu ferais ça pour moi ?

Raine secoua la tête.

— Je ferais ça pour nous deux, parce que je ne suis pas heureux sans toi.

Raine l'embrassa encore.

— Tu n'as pas à me répondre tout de suite. Réfléchis-y.

Jonah savait ce qu'il voulait et donna sa réponse à Raine sous la forme d'un baiser.

XV

Il ne s'était pas attendu à trouver Jonah dans l'écurie, ni même à la ferme d'ailleurs, mais son moral monta en flèche dès qu'il posa les yeux sur l'homme qu'il aimait. Il était en quête d'Eli ; il ne s'était vraiment pas attendu au savon qu'il avait reçu, même s'il aurait dû. Il l'avait bien cherché, il le savait. Cela lui avait juste prouvé à quel point il ne méritait pas Jonah.

— Ne refais plus jamais ça, le réprimanda son amant une fois que leurs lèvres se séparèrent après un baiser langoureux qui le laissa flageolant.

— C'est promis, répondit Raine, serrant Jonah un peu plus fort.

Certaines choses, dans la vie, étaient comme un cadeau du Ciel, et Jonah était le sien. Il avait abandonné ce cadeau une fois, et il n'avait pas l'intention de refaire la même erreur.

— Comment s'est passée la visite à ta famille ?

Le corps tout entier de Jonah se raidit.

— Aussi bien qu'on pouvait s'y attendre. J'ai dit à mon père que je partais pour venir m'installer ici. Il n'était pas content, mais je n'y peux rien.

Les bras de Jonah se resserrèrent autour de sa taille, et il releva la tête pour plonger son regard dans le sien.

— Es-tu vraiment prêt à faire des allers-retours depuis Chicago juste pour me voir ?

— Je voyagerais n'importe où pour te voir.

Raine caressa sa joue lisse, adorant sentir la peau de Jonah sous sa main.

— J'ai fait semblant que tout allait bien, je me suis plongé dans le travail juste pour arriver à te sortir de mes pensées. Je sais que j'ai été stupide, et je ne recommencerai plus.

— Donc tu es en train de dire que c'est moi le plus futé ?

Les yeux de Jonah pétillaient.

Raine captura les lèvres de Jonah en un doux baiser.

— Et le plus beau, le plus mignon, tout ça en même temps !

Ils marchaient lentement, incapables de détacher leurs yeux l'un de l'autre, et se dirigeaient vers la maison.

— Et juste pour info, tu n'es pas, et tu ne seras jamais un péquenaud d'Amish.

Raine sentit Jonah chanceler.

— Tu es un homme doux, attentionné et aimant. Tu n'as peut-être pas vu grand-chose du monde, mais nous pouvons changer ça, si tu veux. Ensemble.

Il pressa l'épaule de Jonah et ils rentrèrent dans la maison.

Raine suivit Jonah à l'intérieur, se préparant à affronter le regard mauvais qu'Adelle ne manquerait pas de lui adresser. Des hommes plus forts que lui se pétrifiaient sous ce regard, et il fallut que Robbie murmure à voix basse dans l'oreille d'Adelle pour que son expression s'adoucisse un peu.

— Vous êtes revenu pour rester ? demanda-t-elle avec un rouleau à pâtisserie dans la main.

Raine fit un pas en arrière, mais surtout parce qu'elle servait aussi le ragoût.

— Oui, répondit Jonah dans un grand sourire, et Adelle remit l'ustensile dans le tiroir.

Ils rejoignirent les autres à la table, et Raine sut qu'il avait beaucoup à se faire pardonner, et pas seulement auprès de Jonah.

— Alors, que s'est-il passé avec ton travail ? demanda Robbie tandis qu'il s'installait à table, à sa place habituelle près de Joey. Est-ce que ta compagnie a mis la clef sous la porte comme tu le craignais ?

Adelle plaça un bol de ragoût devant lui, et il releva la tête pour la remercier.

— Non. Il semblerait que nous ayons été capables de récupérer une bonne partie de l'argent, et ils m'ont promu au poste de Directeur Financier pour que cela ne se reproduise jamais.

— Donc vous n'allez pas rester ? demanda Adelle derrière lui, et Raine crut qu'elle allait lui reprendre son repas.

— Il va travailler à Chicago la semaine et revenir ici les week-ends. Je vais aussi passer du temps à Chicago avec lui, parfois.

Jonah avait l'air excité, et Raine le sentit serrer son bras. Fort heureusement, on changea de sujet, et Raine se détendit. Même Adelle sembla se radoucir pendant le repas, et plusieurs fois Raine la surprit même à lui sourire.

Après le dîner, Jonah quitta la table pour aller finir ses corvées, et Raine se servit du bureau de Geoff pour lire ses e-mails et répondre à quelques coups de téléphone. Il finissait tout juste lorsque Jonah entra, refermant la porte derrière lui. La chemise de Jonah collait à sa poitrine transpirante, et sa peau luisait à cause de l'effort. En bref, l'homme était magnifique. Leurs deux semaines de séparation se firent ressentir, le pantalon de Raine devint inconfortable.

— Tu as fini ? demanda Raine, ses yeux s'écarquillant tandis que Jonah s'avançait vers lui.

La seule réponse qu'il reçut fut un hochement de tête et un regard torride. Il eut à peine le temps de se lever avant que Jonah fonce sur lui, l'embrassant violemment, son corps frétillant contre le sien.

— On monte ? Je ne suis pas sûr que Geoff apprécie que je te prenne ici sur son bureau… murmura Raine.

Les yeux foncés de Jonah étaient incandescents tandis que Raine le prenait par la main et l'attirait hors du bureau, passant devant les regards entendus dans le salon, et jusqu'en haut de l'escalier. Jonah s'arrêta devant la chambre qu'il occupait avant de partir.

— As-tu déjà défait tes affaires ?

Raine secoua la tête.

— Mes affaires sont encore dans la voiture, je n'ai pas encore eu le temps de les monter.

— Tu veux aller les chercher ? demanda Jonah, mais Raine prit son amant entre ses bras et le conduisit jusqu'à sa chambre.

— Je prends ça pour un non, dit Jonah en gloussant, tandis que Raine poussait la porte, les entraînant tous les deux à l'intérieur avant de la claquer et d'aller déposer Jonah sur le matelas dans un rebond.

— Tout peut attendre, sauf toi.

Raine poussa un grognement tout en passant sa chemise par-dessus sa tête et en se délestant de ses chaussures. Quand bien même il aurait aimé le séduire, il savait qu'il n'y arriverait pas : il voulait Jonah, il le voulait tout de suite. Il déboucla sa ceinture, fit tomber son pantalon, s'en débarrassa et grimpa sur le lit.

— Je n'ai pensé qu'à toi ces deux dernières semaines.

Raine commença à déboutonner la chemise de travail de Jonah, écartant le tissu et pressant leurs torses l'un contre l'autre, leurs peaux réclamant ce contact.

Jonah se débarrassa tant bien que mal de sa chemise, mais Raine le remarqua à peine tant ses lèvres et ses mains étaient occupées à renouer avec la douceur musquée de Jonah. Cet homme naïf et calme dans

183

certains domaines, féroce et déterminé dans d'autres, surtout avec ceux qu'il aimait. Il entoura de ses bras cet homme qu'il aimait plus que tout au monde et le serra fort, sa langue traçant un chemin depuis sa poitrine musclée par le travail jusqu'à son téton doux et ferme. Jonah se cambra sous lui, sa tête rejetée en arrière, sa poitrine s'approchant de la sienne, et poussa un léger cri.

— Je t'aime, Jonah.

Raine le mordilla doucement.

— J'aime le goût que tu as.

Il lécha la peau malmenée, l'apaisant, tandis que Jonah gémissait.

— J'aime les bruits que tu fais, chuchota Raine.

Surtout lorsque ces bruits étaient pour lui, et à cause de lui.

Raine glissa une main entre eux et entreprit de déboucler la ceinture de Jonah, écarta son pantalon puis y glissa sa main, caressant Jonah à travers le coton de son caleçon. Quand Jonah frémit sous lui, Raine sentit son propre self-control se réduire. S'écartant, il tira sur les derniers vêtements de Jonah, ainsi que sur les siens. Avant que Jonah puisse dire quoi que ce soit, Raine s'allongea sur le dos et positionna Jonah au-dessus de lui, laissant ses mains s'aventurer dans le dos de son amant.

Les lèvres de Jonah trouvèrent les siennes, et ils s'embrassèrent, longuement, à pleine bouche, leurs corps remuant l'un contre l'autre.

— Raine, je vais…

— Pas maintenant, mon amour. Je veux te goûter.

Raine fit remonter Jonah, qui se retrouva à le chevaucher, et prit dans sa bouche son long sexe en pleine érection, promenant sa langue sur l'extrémité, tandis que ses mains glissaient le long de ses cuisses fermes et musclées. Jonah poussa un profond soupir tandis qu'il glissait son membre entre les lèvres de Raine, et ce dernier détendit sa gorge et le suça profondément, ses yeux voyageant de l'entrejambe de Jonah jusqu'au plus beau des spectacles au-dessus de lui : le torse de Jonah se balançant en avant, son ventre ferme et sa peau luisante. Raine fit glisser ses mains sur la peau dorée de Jonah tandis que ce dernier faisait de petites poussées, accompagnées de gémissements semblables à des miaulements, à chacun de ses gestes. Glissant les mains sur les hanches de Jonah, Raine le sentit s'enfoncer au plus profond de lui, puis crier quand il emplit la bouche de Raine de sa semence.

Raine le suça avec vigueur, avalant chaque précieuse goutte, laissant le goût de son amant éclater sur sa langue. Ensuite, Jonah glissa plus bas et ses lèvres remplacèrent son sexe ; il embrassa Raine avec passion tandis qu'il le serrait fort, le souffle court.

— Je t'aime, haleta Jonah contre l'épaule de Raine.

— Moi aussi, je t'aime, répondit Raine en glissant ses mains le long du dos de Jonah tandis que l'homme se penchait vers lui. Tu n'as pas à faire ça, Jonah.

Raine poussa un cri tandis qu'une langue venait s'enrouler autour de l'extrémité de son sexe.

— Toi aussi, tu as bon goût, tu sais.

Jonah s'aventura à enfoncer le membre de Raine dans sa gorge, s'arrêtant à mi-chemin. Raine était déjà au paradis, mais son esprit s'envola encore plus haut lorsqu'il entendit Jonah émettre des gémissements profonds, heureux, autour de son sexe. Cela faisait un mois que Raine rêvait de ces lèvres autour de lui. À chacune de ses douches, au cours des deux dernières semaines, il s'était imaginé la sensation des lèvres de Jonah sur lui, et la réalité était dix fois meilleure que la fiction.

— Jonah, tu vas me tuer, haleta Raine tandis que Jonah le prenait de nouveau dans sa bouche, et il enfonça ses mains dans les cheveux de Jonah, veillant à ne pas restreindre ses mouvements, mais il avait besoin de le toucher, besoin de le sentir sous ses mains tandis que son corps se raidissait.

— Jonah !

Il essaya de prévenir son jeune amant, mais son orgasme le percuta comme un boulet de canon, et il ne put dire un mot de plus, ses paupières closes, ses mains se refermant dans les cheveux de Jonah, sa bouche grande ouverte dans un soupir silencieux tandis qu'il éjaculait.

Raine étreignit Jonah, leur chaleur corporelle se mélangeant à celle de la pièce, une légère brise venant les caresser depuis la fenêtre ouverte. Il avait besoin de cela, besoin de se sentir proche de son amant, *d'être* proche de son amant. Il n'avait pas remarqué à quel point le contact peau à peau apaisait son âme. Les changements vécus et les pressions subies au cours des semaines passées disparurent, et il fit une découverte de taille : il ne *voulait* pas simplement Jonah, il avait *besoin* de lui, tout comme il avait besoin d'air pour respirer. Il avait besoin de Jonah pour empêcher la pression et les cauchemars de le consumer.

— Tu as recommencé à faire des cauchemars ? demanda Jonah d'une voix douce, ses lèvres dans le creux de son oreille.

C'était presque comme s'il pouvait lire dans ses pensées.

— Oui. Ils ont recommencé dès que je suis parti et c'est devenu de pire en pire.

Il ne lui dit pas qu'ils étaient si horribles qu'il en tombait parfois du lit.

— Et la plupart du temps, ils se mélangent avec ce qui s'est passé pendant la journée.

— Tu n'as rien trouvé pour t'aider ?

L'inquiétude dans la voix de Jonah réchauffa le cœur de Raine. Il aurait dû se douter que sa première réaction serait de s'inquiéter pour lui.

Raine passa la main dans le dos de Jonah et prit une de ses fesses en coupe.

— La seule chose qui me fait aller mieux, c'est toi.

— Oh.

Jonah posa la tête sur son épaule.

— Je n'ai pas très bien dormi, moi non plus, confessa Jonah. Je n'arrêtais pas de me retourner et de palper le matelas pour te trouver.

Raine sentit son estomac se tordre sous l'effet de la honte.

— Je suis désolé…

Il n'arrêtait pas de le caresser, sa peau douce ondoyant sous sa main.

— Ne sois pas désolé, mais ne recommence pas, dit Jonah avec un léger froncement de sourcils.

— C'est promis, répondit Raine avec un soupir de contentement. J'ai juste une dernière question !

Il vit Jonah tourner légèrement la tête pour le regarder.

— Est-ce que tu veux venir passer la semaine à Chicago avec moi ?

Jonah se raidit un peu.

— Tu étais sérieux à propos de cela ?

— Bien sûr que j'étais sérieux. Tu pourrais voir avec Eli et Geoff si tu peux t'absenter la semaine prochaine. J'adorerais que tu restes avec moi.

Raine le pressa en douceur contre lui, pas encore prêt à lui dire qu'il faudrait qu'il prenne l'avion pour s'y rendre. Ils auraient cette discussion plus tard. Raine était impatient de voir la tête que Jonah ferait.

— Je leur demanderai demain, répondit Jonah en se tortillant contre lui, et Raine n'avait pas besoin d'être un génie pour en comprendre la raison.

Il pouvait le sentir, dur et prêt, contre sa hanche.

— Je te veux, Raine.

Il déglutit et regarda Jonah dans les yeux.

— Tu en es sûr ?

Sa réponse ne vint pas sous la forme de mots, mais de lèvres et d'une langue exploratrices. Tout s'arrêta : la peur, la nervosité… tout. Tant que Jonah était à ses côtés, il pouvait tout faire, tout affronter.

— Fais-moi l'amour, Raine, murmura Jonah dans le creux de son oreille, ses lèvres le suçant légèrement.

Raine guida les lèvres de Jonah jusqu'aux siennes. Il prit le visage de son amant dans ses mains et unit leurs lèvres.

— Pour le reste de notre vie, si tu le veux bien.

Pas de peur, pas d'inquiétude. Juste de l'amour.

ÉPILOGUE

— Tu es là ! cria Jonah en courant depuis le pas de la porte jusqu'à la voiture de Raine.

Ce dernier était à peine sorti du véhicule que Jonah se tortillait dans ses bras, s'inclinant pour quémander un baiser.

— Je ne t'attendais pas avant tard ce soir !

— J'ai pris un jour de congé supplémentaire et pensé que nous pourrions commencer nos vacances un peu plus tôt, répondit Raine en rendant à l'autre homme ses baisers passionnés.

— Tu vas me dire où nous allons ?

— Tu veux vraiment le savoir ? Je peux te le dire, si tu veux, sinon je peux te garder la surprise.

Raine étreignit son amant depuis un peu plus d'un an maintenant. Difficile de croire que cela faisait aussi longtemps, et pourtant, c'était bien le cas, et en regardant en arrière, cela avait été la meilleure année de sa vie.

— C'est bon. Il faut juste que tu me dises quel type de vêtements apporter.

— Des vêtements… plaisanta Raine. Qui t'a dit que tu aurais besoin de vêtements ?

Raine se dirigea vers la maison tout en sachant que Jonah se tenait derrière lui, sa jolie bouche grande ouverte.

— Nous n'allons pas dans un de ces endroits où les gens sont nus ?

Raine pouvait presque entendre le choc et l'inquiétude se disputer en Jonah, avec une pointe d'excitation dans sa voix.

— Bien sûr que non, dit-il en souriant. Je t'emmène dans un endroit très spécial et amusant.

Raine tendit le bras et Jonah vint se blottir tout contre lui.

— Je ne te ferais jamais ça.

Il eut pitié de son amant de plus en plus nerveux.

— Tu te souviens de ce passeport que nous avons eu tant de mal à t'obtenir ? Eh bien, nous allons en avoir besoin. J'ai deux billets pour l'Allemagne dans mon sac, et demain matin à la première heure, Geoff nous déposera à l'aéroport.

— J'aurais dû rester à Chicago et nous aurions pu partir de là-bas.

— Aucune importance, commenta Raine d'un ton apaisant tout en ouvrant la porte de la maison. Tout ce qui compte, c'est toi et moi, ensemble pendant deux semaines, avec plein de temps à notre disposition.

Durant l'année écoulée, Raine avait permis à Jonah d'élargir ses horizons. Il avait veillé à ne pas trop en faire, et il était conscient que c'était un grand pas pour Jonah, mais ils en avaient parlé et il lui avait montré des photos, donc Raine avait pensé que ce serait un cadeau spécial.

— Tu vas adorer. Je te le promets.

— Je sais, répondit Jonah qui l'embrassa encore, puis ils se séparèrent pour rentrer dans la cuisine. Nous n'avons pas pu passer beaucoup de temps seuls tous les deux, jusqu'à maintenant.

Raine acquiesça. Les week-ends passaient toujours si vite, mais ils avaient décidé que pour le moment, cela restait la meilleure chose à faire. La compagnie remontait bien la pente, et beaucoup de mérite en revenait à Raine.

— Mais je ne me plains pas.

Ils avaient pensé à acheter leur propre terrain dans les environs de la ferme, mais cela laisserait Jonah tout seul pendant la semaine, alors que rester à la ferme lui permettait d'avoir de la compagnie. De plus, tout le monde savait qu'Eli et Jonah étaient heureux d'être si près l'un de l'autre ; ils étaient de la même famille.

— Je vois que tu arrives pile pour le déjeuner, l'accueillit Adelle avec chaleur, et Raine marcha jusqu'à la femme d'un certain âge, l'embrassant sur la joue.

— Bien sûr que oui. Ça fait trente kilomètres que je sens ta cuisine.

— Eh bien, va te débarbouiller, râla-t-elle, cachant son sourire ravi. Le dîner sera prêt dans cinq minutes.

— Oui, madame.

Raine sourit et Jonah le précéda à l'étage, jusqu'à ce qui était devenu leur chambre. Ils ne s'approchèrent pas du lit, car ils savaient bien que si c'était le cas, ils seraient en retard pour le repas, voire le manqueraient complétement. Ils se lavèrent les mains tout en échangeant baisers et caresses, et se souriaient, leur excitation prenant le dessus. Ils furent d'ailleurs presque en retard pour le repas et coururent en bas jusqu'à la salle à manger rarement utilisée, qui était ce jour-là remplie à pleine capacité. Len, le père de Geoff, et Chris, son partenaire, étaient assis près du bout de table, avec Stone et Preston, Joey et Robbie, puis venaient les tantes de

Geoff et leurs maris, leurs cousins et leurs enfants, tous réunis autour de la table gigantesque. Adelle apporta le dernier plat et s'assit à sa place, en bout de table, à l'opposé de Geoff.

— Alors, allez-vous nous dire quelle est la grande nouvelle ? attaqua Len pour rompre le silence.

Geoff se leva.

— Eh bien, j'ai pensé qu'il était temps que nous ayons un dîner en famille.

Il passa la pièce en revue.

— Car oui, vous êtes tous notre famille.

Raine vit les yeux de son meilleur ami croiser le regard de chacun des convives.

— Je voulais présenter mes félicitations à Raine pour avoir fait la couverture de ce magazine.

— C'est juste la couverture d'un magazine professionnel.

— Allons, tu as fait la couverture de *CFO* [2] *Magazine*. C'est énorme.

Geoff leva son verre, et tout le monde en fit de même. Raine n'avait jamais vraiment eu l'impression d'avoir une famille, mais il réalisa que ce n'était plus le cas. Il sentit la main de Jonah serrer légèrement sa cuisse et il se tourna, appuyant doucement sa tête et son épaule contre celles de Jonah.

— Eli et moi-même avons aussi une petite déclaration à faire, annonça Geoff en regardant Eli, et Raine sentit des picotements dans son ventre.

Il connaissait ce regard, il l'avait vu quand Geoff était tombé pour la première fois amoureux d'Eli, et il vit Eli lui retourner un regard tout aussi intense. Cela fit papillonner son ventre, parce que Jonah lui offrait ce même regard chaque week-end lorsqu'il rentrait après sa semaine de travail.

— Eli et moi en avons beaucoup discuté, et nous sommes heureux de vous apprendre que dans les semaines à venir, notre famille va s'agrandir.

Le regard de Geoff se dirigea vers Len.

— Papa, tu vas être grand-père !

Des cris de joie remplirent la pièce, et Raine put voir une larme couler sur la joue de Len avant que Chris l'essuie. Les verres furent remplis à nouveau, et tous trinquèrent en une cacophonie de toasts qui se termina quand Len se leva pour étreindre Geoff.

2 CFO pour *Chief Financial Officer*, soit Directeur Financier, le poste occupé par Raine.

Une fois tout le monde rassit, la nourriture fut passée autour de la table et la pièce s'emplit de rires et de conversations. De la nourriture, des amis, de la famille – dans cette maison, Raine et Jonah avaient appris qu'il n'y avait pas de place pour la peur.

ANDREW
GREY

AMOUR...

SANS
HONTE

Amour…, numéro hors série

Geoff vit en ville, profitant pleinement la vie libre d'un jeune homme gay, lorsque la mort de son père le convainc de retourner dans la ferme familiale. Découvrant un jeune amish endormi dans sa grange, Geoff apprend qu'Eli passe une année loin de sa communauté avant de demander le 'Baptême' et vivre selon les traditions de son église. En dépit de leur attraction mutuelle, Geoff est déterminé à ne pas s'impliquer avec lui, mais Eli découvre que Geoff partage ses sentiments et il commence à le courtiser, capturant tout d'abord son attention, puis son cœur.

Leur relation naissante est menacée par des parents médisants et étroits d'esprit, ainsi que par la société en général. Un nouveau monde s'ouvre à Eli et il doit décider s'il doit retourner dans sa communauté, sa famille, le monde et futur qu'il connaît, ou rester avec Geoff et avoir foi en la puissance de l'amour.

www.dreamspinner-fr.com

ANDREW
GREY

Amour...

et courage

Amour…, numéro hors série

Au début des années 80, Len Parker perd son emploi pendant la récession et décide de reprendre ses études dans sa ville natale du Michigan, où il renoue des liens avec Ruby, sa meilleure amie durant ses années de lycée. Len est fou de joie en apprenant que Ruby convole en justes noces avec Cliff Laughton mais sera bientôt profondément bouleversé lorsqu'elle décèdera prématurément, laissant derrière elle son mari et son fils de deux ans.

Après s'être retrouvé une nouvelle fois sans emploi, Len est embauché dans la ferme cruellement négligée des Laughton. Cliff pleure toujours sa femme et a toutes les peines du monde à élever son fils et n'a que très peu d'enthousiasme et d'énergie à consacrer au travail de la terre. Len remettra rapidement la ferme sur pied, Cliff et son fils avec. En travaillant main dans la main, Len et Cliff se rapprocheront. Mais aimer un autre homme demande énormément de courage. Ensemble, ils devront remettre sur pied une ferme en déliquescence et faire face à une sécheresse menaçante, à des parents indiscrets et aux préjugés des fermiers de cette petite ville du centre des États-Unis, pour protéger ce qui pourrait bien être un amour éternel.

www.dreamspinner-fr.com

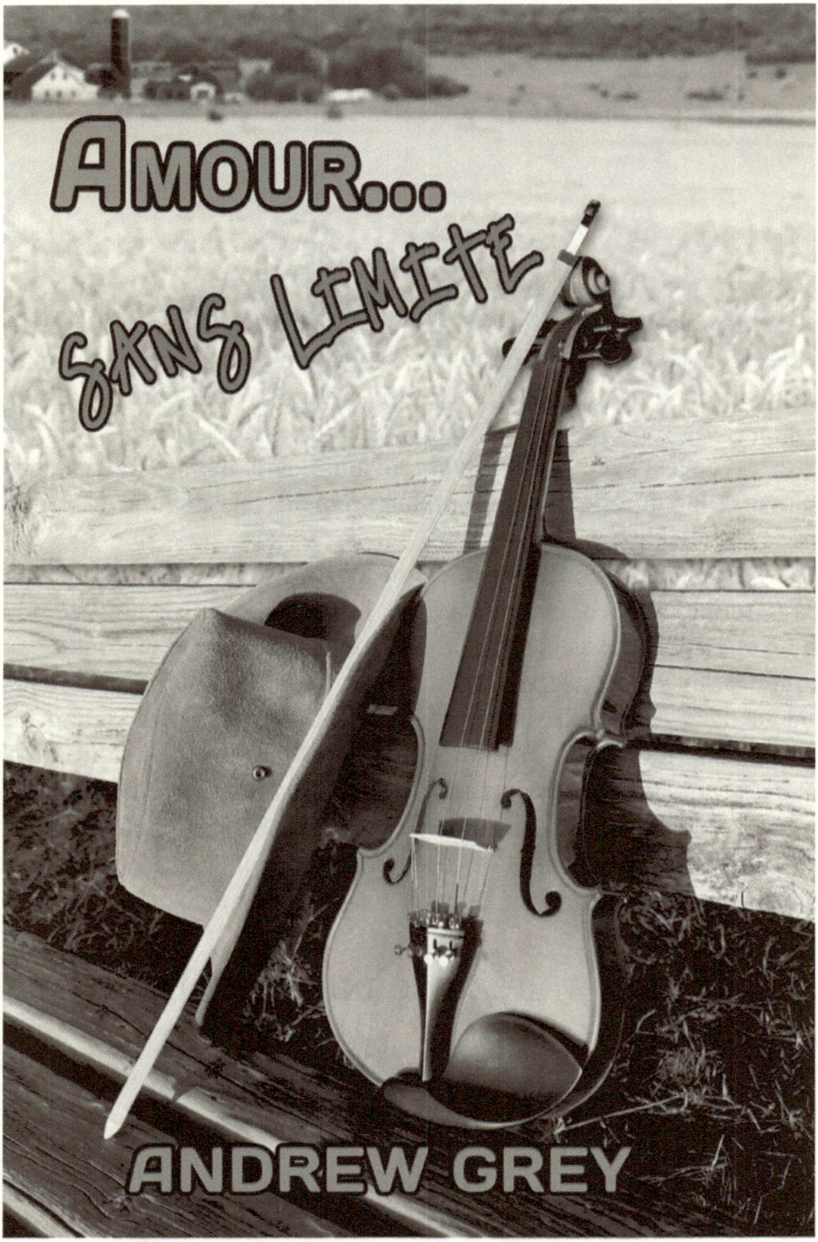

AMOUR...
SANS LIMITE
ANDREW GREY

Amour…, numéro hors série

Joey Sutherland a trouvé un foyer chez Geoff Laughton et Eli, son partenaire. Il vit et travaille désormais à la ferme, devenue son refuge après un grave accident de moto. Le visage marqué de cicatrices, Joey a du mal à accepter le regard des autres. Quand la tante de Geoff, Mari, leur demande un service : héberger un jeune musicien de l'Orchestre National des Jeunes, Joey se charge à contrecœur d'aller récupérer le jeune homme. Il imagine déjà le dégoût qu'inspirera son visage couturé.

Tout au contraire, Robert Edward Jameson se montre ouvert et amical. Une fois à la ferme, il est prêt à toutes les expériences. De plus, il est aveugle, ce qui, bien entendu, aide beaucoup Joey à se détendre en sa présence.

Très vite, Joey et Robbie deviennent inséparables et ils tombent également amoureux l'un de l'autre. Malheureusement, l'été touche à sa fin et Robbie doit retourner chez lui, dans le Mississippi, où sa famille possède une plantation et du personnel chargé de veiller sur le jeune aveugle. Joey espère obtenir de Robbie qu'il échappe à son confortable cocon pour vivre avec lui, mais acceptera-t-il de repousser ses limites par amour ?

www.dreamspinner-fr.com

ANDREW GREY

Amour...
et Liberté

Amour…, numéro hors série

Renié par son père et chassé de chez lui, Stone Hillyard erre en plein hiver dans le Michigan quand il a la chance de trouver refuge dans la ferme équestre que dirigent Geoff Laughton et son partenaire Eli. Les deux hommes l'accueillent, lui offrent un toit et un emploi : s'occuper des chevaux et les aider dans leur programme d'équithérapie « Cheval… sans limite'.

Preston Harding est devenu infirme depuis un tragique accident de voiture provoqué par un ivrogne. Il a tout perdu : son amant, son indépendance, son avenir. Toujours en fauteuil roulant après des mois de rééducation acharnée, il devient désespéré. Son thérapeute lui recommande alors le programme de Geoff et Eli. Dès sa première leçon, Preston se montre si odieux et arrogant qu'il manque être expulsé. C'est Stone qui intervient en sa faveur, malgré les insultes reçues. Ce geste inattendu oblige Preston à faire un retour sur lui-même.

Stone et Preston se soutiendront mutuellement dans leur affrontement avec leurs familles respectives, malgré la désapprobation et les vieux secrets douloureux. Ils apprendront, parfois à leurs dépens, que l'amour peut représenter la liberté.

www.dreamspinner-fr.com

Brighton McKenzie vient d'hériter d'un des derniers domaines agricoles de la banlieue de Baltimore. Cette petite ferme du Maryland a été dans sa famille depuis le temps des premiers colons. La vendre à des développeurs immobiliers serait la solution de facilité, mais Brighton veut honorer les dernières volontés de son grand-père et la travailler à nouveau. Malheureusement, depuis quelques mois, un accident l'oblige à utiliser une canne au quotidien : il a donc besoin d'aide. Tanner Houghton avait l'habitude de travailler dans un ranch du Montana jusqu'à ce que son ex le fasse virer à cause de sa sexualité. Invité par son cousin, il débarque dans le Maryland, où il est ravi de se voir offrir une nouvelle opportunité de travail.

Immédiatement, Brighton se trouve attiré par la beauté sauvage de Tanner, qui est tout ce qu'il cherche chez un homme, mais il se retient, car Tanner est un employé… Et aussi parce qu'il ne comprend pas pourquoi un homme aussi viril serait intéressé par lui. Mais ce n'est pas le pire de leurs problèmes. Ils vont devoir faire face aux machinations d'une tante, au retour inattendu d'un ex et à la nécessité de trouver un moyen de rentabiliser la ferme, s'ils ne veulent pas perdre l'héritage familial pour toujours.

www.dreamspinner-fr.com

ANDREW GREY a grandi dans l'ouest du Michigan, auprès d'un père qui aimait raconter les histoires et d'une mère qui aimait les lire. Depuis, il a vécu dans tout le pays et voyagé dans le monde entier. Il a un Master de l'Université de Wisconsin-Milwaukee et travaille dans le département informatique d'une grande société. Collectionner les antiquités, jardiner et laisser traîner sa vaisselle sale partout sauf dans l'évier (surtout quand il écrit) comptent parmi les activités favorites d'Andrew. Il se considère lui-même comme béni d'avoir une famille qui l'accepte, des amis fantastiques et le partenaire le plus solidaire et le plus aimant au monde. Andrew vit actuellement dans la ville magnifique et chargée d'histoire de Carlisle, Pennsylvanie.

Visitez le site internet d'Andrew à l'adresse www.andrewgreybooks.com et son blog à l'adresse andrewgreybooks.livejournal.com .
Envoyez-lui un e-mail à : andrewgrey@comcast.net

Par ANDREW GREY

Alchimie organique
Destinés l'un à l'autre
Fermier malgré lui
Feu et eau
Une juste cause
Le rancher solitaire

AMOUR...
Amour... sans honte
Amour... et courage
Amour... sans limite
Amour... et liberté
Amour... sans peur

LES ARÔMES DE L'AMOUR
La saveur de l'amour
Une portion d'amour

HISTOIRES DE CŒUR
Cœur de loup
Cœur à prendre
À cœur ouvert
À cœur perdu

PAR LE FEU
Le baptême du feu
Tout feu, tout flamme

Publié par DREAMSPINNER PRESS
www.dreamspinner-fr.com